O PROJETO

O PROJETO

COURTNEY SUMMERS

TRADUÇÃO
REGIANE WINARSKI

PLATAFORMA 21

TÍTULO ORIGINAL *The Project*

Plataforma21 é o selo jovem da VR Editora

DIREÇÃO EDITORIAL Marco Garcia
EDIÇÃO Thaíse Costa Macêdo
PREPARAÇÃO Juliana Bormio de Sousa
REVISÃO João Rodrigues e Fabiane Zorn
DIAGRAMAÇÃO Victor Malta e Pamella Destefi
ILUSTRAÇÕES DE CAPA Cenário por Marie Bergeron
Silhueta © Tissen/Shutterstock.com
DESIGN DE CAPA Kerri Resnick
ADAPTAÇÃO DE CAPA Victor Malta

Dados Internacionais de Catalogação na Publicação (CIP)
(Câmara Brasileira do Livro, SP, Brasil)

Summers, Courtney
O Projeto / Courtney Summers; tradução Regiane Winarski. –
Cotia, SP: Plataforma21, 2022.

Título original: The project.
ISBN 978-65-88343-28-9

1. Ficção canadense I. Título.

22-104129 CDD-C813

Índices para catálogo sistemático:
1. Ficção: Literatura canadense C813
Eliete Marques da Silva - Bibliotecária - CRB-8/9380

VR EDITORA S.A.
Via das Magnólias, 327 – Sala 01 | Jardim Colibri
CEP 06713-270 | Cotia | SP
Tel. | Fax: (+55 11) 4702-9148
plataforma21.com.br | plataforma21@vreditoras.com.br

Este é para mim.

PRÓLOGO

1998

Ela está na casa da sra. Ruthie, comendo um dos biscoitos de creme de amendoim da sra. Ruthie, olhando pela janela da sala da sra. Ruthie e esperando seus pais chegarem em casa.

Dali, Bea vê sua casa com todas as luzes apagadas e a porta da frente trancada. O balanço de madeira pendurado na árvore no jardim da frente balança lentamente com a brisa de verão. A entrada de carros está vazia. Tudo isso faz seu estômago doer, mas não o suficiente para abandonar o biscoito, tão gostoso e macio. Ela quer estar onde a ação está; pelo menos, foi o que ela ouviu seu pai dizer quando a deixou com a sra. Ruthie. Bea não facilitou as coisas, gritou e agarrou as pernas dele, uma coisinha selvagem, enquanto a sra. Ruthie olhava horrorizada. (Ela ficou muito aliviada quando a birra se reduziu a fungadas tristes, e foi nessa hora que os biscoitos de creme de amendoim apareceram.)

Seu pai se ajoelhou na sua frente e lhe deu um beijo.

Eu te levaria se pudesse, Buzz. Um dos muitos apelidos dele para ela. Bea, Abelhinha, Beabelha, Buzz. Ela esperou uma promessa (*Sua mãe e eu vamos te botar na cama hoje à noite*), mas ele não fez nenhuma. Ele ia para o hospital. Uma irmãzinha estava esperando lá, bem mais cedo do que o esperado. Deveria ter sido depois da próxima foto no calendário.

Bea tem seis anos, idade suficiente para saber o que é uma irmã mais velha. Sua melhor amiga, Ellen, é irmã mais velha, e ela já viu muitas na televisão. Ela entende que significa que ela chegou primeiro, e se ser irmã mais velha fosse só isso, seria bem fácil. Mas tem outra coisa que parece mais difícil de aceitar: ela vê Ellen e as garotas na televisão meio longe dos holofotes, quase como algo secundário, de que só se lembra depois. Bea não quer ser irmã mais velha. Ela foi muito amada pelos pais e quer ser sempre a que os pais mais amam.

Ela passa uma noite desconfortável no quarto de hóspedes da sra. Ruthie. A sra. Ruthie não sabe dar boa-noite como os pais dela dão e, na manhã seguinte, quando seu pai vai buscá-la cansado e estressado, Bea bate na lateral do corpo dele como fazia quando tinha três anos e ele estava dizendo alguma coisa que ela não queria ouvir. Ele segura os pulsos dela delicadamente e diz: *Nós não batemos em pessoas, Bea, você sabe disso.* Ele solta os pulsos dela e só a abraça, perguntando qual é o problema. *Você me deixou com a sra. Ruthie e esqueceu meu urso e eu não quero uma irmã.* É isso que ela tem vontade de dizer, mas não diz. Ele agradece à sra. Ruthie e carrega Bea para casa. Quando a coloca na entrada de casa, ela corre para o quarto do bebê, mas não encontra nenhum bebê e fica muito aliviada. Ela chama a mãe, mas sua mãe também não está.

Elas estão no hospital, diz o pai, onde a ação está.

Eles encontram a mãe na sala de espera e Bea fica confusa, porque ela ainda parece estar com um bebê dentro. Sua mãe dá um abraço na Beabelha e espera que ela diga algo doce como mel, mas Bea não consegue. *Vamos ver sua irmãzinha*, diz sua mãe enfim, e Bea grita: *Eu não quero irmã!* E se senta no chão com os braços cruzados e fazendo beicinho. Seus pais trocam olhares impotentes por cima da cabeça dela. O pai finalmente a pega, mas Bea quer ser carregada pela mãe. Sua mãe não pode carregá-la porque está dolorida e costurada do parto.

Mais um motivo para odiar o novo bebê.

Eles deixam a irmã num lugar especial. Ao menos, é assim que seus pais descrevem para ela. *É porque ela mal pôde esperar pra vir te ver*, dizem eles. Claro. Quando Bea pensa "especial", imagina coisas que são de cores bonitas e decoradas com purpurina, mas o quarto para onde os pais a levam (depois que ela lava as mãos) é frio e assustador. Eles a levam para uma caixa transparente, e dentro tem um bebezinho com tubos entrando e saindo do corpo, no nariz, presos no lugar por uma fita que mal parece conseguir grudar na pele recém-nascida.

É tão perturbador que Bea começa a chorar.

Vai ser difícil ter um bebê novo, diz sua mãe para ela quando eles estão todos na área familiar, que não é nada diferente do restante do hospital. Eles se sentam num sofá puído, Bea acomodada na lateral da mãe, a cabeça apoiada nos seios inchados dela. *Vai ser difícil ter uma irmã.* Bea não quer ouvir isso. Ela quer ouvir que vai ser fácil e nada vai mudar.

Eu espero, continua sua mãe, *que você ainda tenha espaço para amar seu pai e me amar.*

Uma pergunta se forma nos olhos de Bea e sua mãe explica como é diferente a conexão entre irmãos. Não é o que Bea tem com a mãe e o pai. Ter uma irmã, sua mãe diz, é ter um lugar que só as duas vão compartilhar, feito de segredos que elas nunca vão ter que dizer em voz alta... mas, se dissessem, seria numa língua que só as duas saberiam falar.

Ter uma irmã é uma promessa que só vocês duas podem fazer — e só vocês duas podem quebrar.

Quando eles voltam para a sala fria e assustadora, Bea observa o bebê. Ela é tão pequena e novinha. O bebê parece sentir a família perto e os membros impossivelmente pequenininhos tremem um pouco na direção deles. Sua mãe e seu pai estão cada um com uma mão nos ombros de Bea. O pai pergunta se Bea gostaria de escolher o nome do bebê. Bea fica pensativa por muito tempo e, de repente, um nome a encontra como um raio, com uma voz que não é a dela... como se tivesse vindo daquele lugar que sua mãe tinha acabado de mencionar, feito de segredos que ainda seriam compartilhados. O começo de uma língua que só as duas sabem falar. Uma promessa.

2011

Bea está parada ao lado do corpo da irmãzinha. Tem tubos entrando e saindo dela, no nariz, presos no lugar por uma fina fita de hospital e indo até máquinas cujos ruídos rítmicos e persistentes oferecem a única prova de vida. Um respirador a ajuda a respirar.

Respira por ela, pensa Bea, corrigindo a si mesma.

Porque Lo não está respirando sozinha.

As partes de Lo que estão visíveis embaixo de todas as coisas de hospital parecem uma fruta machucada, mas do tipo que a gente joga fora, do tipo que não dá nem para abrir e procurar pedaços que deem para salvar. Bea estica a mão e deixa a palma pairando sobre a mão de Lo. Ela tem medo de encostar na irmã, tem medo de que qualquer contato que faça perturbe a conexão tênue de Lo com a vida.

E você não tem permissão para morrer.

Ela estava no cinema com Grayson Keller quando aconteceu. *A Coisa*. Um grupo condenado em um posto na Antártica que não soube deixar as coisas em paz atravessou a tela enquanto a mão de Grayson estava dentro da blusa dela e depois, apesar de todos os seus esforços, dentro da calça. Ela não sabe que parte do filme estava passando quando o caminhão bateu no carro dos seus pais, matando os dois no impacto; ela não sabe se os créditos estavam passando quando pegaram as ferramentas de resgate para tirar Lo dos destroços. Ela tinha desligado o celular, como o cinema pediu gentilmente que todos fizessem, e se esqueceu de ligar de volta. Grayson a levou para uma festa, onde ela cuidou para que ele a visse imprensada na parede por outro garoto, um que deixava que ela guiasse as mãos dele onde ficavam melhor e não ia além disso.

Na caminhada de volta para casa, perto da meia-noite, ela achou estranho os pais não terem mandado mensagem. Claro que ela era mais velha e não tinha mais hora para voltar nem havia nada que eles *tivessem* que fazer, mas Bea gosta de estar onde a ação está, e agora, mais do que nunca, isso faz sua mãe e seu pai se preocuparem.

Quando ela chegou em casa, a entrada de carros estava vazia.

A porta estava trancada e as luzes, apagadas.

Ela enterrou os pais sozinha, porque não dava para esperar. Ela espera ter feito bem. A sra. Ruthie foi de grande ajuda, e agora ela passa os dias tentando encontrar sua tia-avó, Patty, a única parente viva que Bea e Lo têm por parte da mãe (morta). Elas não se conheciam, mas Patty devia saber que aquilo tinha acontecido.

Tem tanta coisa errada com Lo agora que o que o acidente fez não é o que vai matá-la. É a infecção que ela pegou depois. Os médicos usaram todos os antibióticos que têm, e Lo está cheia de tantos fluidos que seus dedos e braços e pés e rosto incham. Hoje, quando Bea entra no hospital, uma enfermeira diz para ela passar a noite, se ela aguentar. Bea não aguenta.

Fica mesmo assim, diz a enfermeira.

Lo era uma menina estranha; toda a infância dela foi estranha para Bea, sem os impulsos mágicos da sua. Bea corria para o mundo sem olhar para trás e Lo parecia não conseguir ir em direção nenhuma sem a garantia de um ponto de retorno. Quando tinha 6 anos, Lo acordava à noite chorando com o lençol encharcado e ia procurar Bea, nunca a mãe nem o pai. Ela sempre parecia tão digna de pena que Bea não conseguia sentir raiva.

Eu tive um pesadelo, Lo dizia com um suspiro, enquanto suplicava para que Bea não contasse para ninguém que ela tinha molhado a cama novamente. Bea não tinha coragem de dizer para Lo que a mãe e o pai delas sabiam. Quem mais estaria lavando a roupa? Ainda assim, elas trocavam o lençol juntas, limpavam Lo, e Bea a colocava na cama, tentando, sem sucesso, chegar à raiz do que apavorava a irmã a ponto de acordá-la, para tentar fazer isso parar. Uma noite, depois que Bea a colocou na cama, Lo olhou para a irmã com olhos arregalados e perguntou a ela se tinha medo das coisas que não sabia que podiam acontecer com ela. Bea disse para Lo que não. Ela só acreditava nas coisas que conseguia ver.

Lo quer ser escritora.

Bea fica atormentada por todas as histórias que sua irmã nunca vai ter a chance de contar.

Bea vai para a capela do hospital, onde não tem ninguém, o trajeto composto de um passo hesitante atrás do outro, até chegar. Ela desaba na frente do altar e da cruz, puxada pelo peso da própria dor, e chora.

Eu faço qualquer coisa, diz ela para o chão porque ela não sabe para onde olhar.

Eu faço qualquer coisa.

Ela se deita bem ali, os olhos vermelhos, as bochechas molhadas de lágrimas, a pele em volta dos lábios e do nariz rachando, dolorida e vermelha.

Deus, sussurra ela, e é só isso que ela sussurra, sem parar. *Deus, eu faço qualquer coisa. Por favor, Deus...*

E aí, Ele aparece.

PARTE UM

SETEMBRO DE 2017

Acordei com a promessa de uma tempestade. Não estava no ar, mas senti nos ossos. A luz do sol contornava os cantos da minha janela coberta, e se eu falasse para qualquer pessoa levar um guarda-chuva, a pessoa me diria que eu estava louca, porque, quando abri a cortina, não havia uma nuvem no céu. Mas meu corpo nunca mente e, quando eu chego na estação de trem, está chovendo.

— Droga.

Levanto os olhos do colo lentamente e abro os dedos das mãos apertadas. O motorista do táxi está inclinado para a frente, olhando pelo para-brisa para uma mortalha cinza--escura à frente. Tiro a carteira do bolso e pego umas notas, passo para ele por cima do banco e saio. As primeiras gotas de chuva caem frias na minha pele, e o temporal começa de verdade no momento em que passo em segurança pelas portas automáticas. Eu me viro para olhar as pessoas que não deram tanta sorte correndo para se proteger.

— Taquepariu — murmura uma mulher enquanto entra correndo, encharcada, arrastando duas criancinhas infelizes, um menino e uma menina. O menino começa a chorar.

Olho para a estação e verifico o quadro de avisos na parede. Estou dez minutos adiantada; não há atrasos. Um alívio, mas não em termos de chegada. Quando fecho os olhos, vejo, me esperando, o amontoado de cobertores em cima da cama da qual forcei meu corpo a sair.

Eu me viro e dou de cara com uma parede humana, um homem. Ou um garoto. Não tenho certeza. Ele pode ser um pouco mais velho do que eu, mas talvez um pouco mais novo. O tempo ainda não se manifestou nele de forma definida. Seus olhos se arregalam de leve quando ele vê meu rosto.

— Eu te conheço? — pergunta ele.

As bochechas dele estão vermelhas e febris na pele branca pálida e há círculos escuros debaixo dos olhos castanhos, como se ele não conhecesse o sentido da palavra dormir. Ele tem uma cabeleira cacheada oleosa e é bem magro. Eu nunca o vi e gosto cada vez menos da forma como ele está me olhando, então o contorno e o deixo com o erro dele.

— Eu te conheço — diz ele para as minhas costas.

Eu me junto à multidão reunida na plataforma. Odeio a agitação antes do embarque, odeio me ver em meio a um coletivo impaciente que perdeu todo o sentido de assentos marcados. Em pouco tempo, sou cercada de passageiros inquietos, os ombros deles tocando nos meus, os cotovelos tocando nos meus. Aperto os lábios, fecho os olhos e esfrego as mãos. Adoro perder um dia no consultório médico para meu diagnóstico anual de *ainda a toda*, seja lá o que isso signifique.

— Quem perder a vida por minha causa a encontrará.

Paro pela estranheza das palavras, pela familiaridade recente e desagradável da voz a que pertencem. Abro os olhos e espio ao lado para ver se mais alguém ouviu, mas, se ouviram, as pessoas fazem o que eu não faço, ficam com o rosto virado para os trilhos, esperando o trem. Decido fazer o mesmo, ignorar a presença pesada atrás de mim até sentir um empurrão nas minhas costas e as palavras de novo... só que mais perto.

— Quem perder a vida por minha causa...

Eu me viro para ele.

— Olha, será que dá pra chegar pra trás, *porra*...

— Você é Lo — diz ele.

Isso me surpreende a ponto de eu ficar em silêncio. Os olhos dele não aceitam discussão, mais seguros de mim do que jamais senti sobre mim mesma. Antes que eu possa perguntar como ele sabe meu nome, onde poderia ter ouvido, ele abre a boca de novo. O ribombar do trem chegando encobre as palavras dele, mas eu leio seus lábios: *A encontrará*. Ele segura meu braço e me move para o lado para abrir caminho entre os viajantes desgrenhados que estão entre ele e a beirada da plataforma. A beirada da plataforma e os...

— Ei — digo para as costas dele. — *Ei!*

Ninguém o vê até ele ter pulado nos trilhos, e aí todo mundo o vê e todo mundo olha, esperando o que ele vai fazer em seguida.

— Ainda dá tempo — alguém grita.

Ainda dá tempo. Talvez ele só precisasse chegar tão perto do outro lado para se dar conta de que estava lá o tempo todo, porque às vezes é para esse momento que a vida te leva. Mas, com mais frequência, é como agora: você se deita nos trilhos e o trem está vindo.

O garoto, tremendo, levanta a cabeça para ter certeza.

Eu me viro, o coração disparado, e me obrigo a andar contra os corpos todos até estar livre da multidão, só para ser capturada por uma onda maior ainda de observadores.

Um deles grita:

— *Não faz isso!*

Mas já está feito.

OUTUBRO DE 2017

Eu atendo o telefone de Paul Tindale, respondo os *e-mails* de Paul Tindale, marco os compromissos de Paul Tindale e pego o café de Paul Tindale há exatamente um ano. Lauren chama minha atenção para isso (como se eu não estivesse ciente) quando chego no escritório da *SVO*, às oito da manhã, como sempre, equilibrando o café da manhã nos braços. Arrumo com dedicação a variedade de *bagels*, *croissants* e *donuts* na ilha da cozinha e vejo-a pegar um doce no meio da minha obra de arte, fodendo a estética toda. Ela está impecável, como sempre: cabelo preto preso em um coque alto desgrenhado; óculos grandes de aro preto como uma interrupção estilosa no rosto; o batom *merlot* que é a marca registrada dela complementando perfeitamente a pele marrom-dourada. Antes de dar a primeira mordida delicada e sair andando, ela diz:

— Feliz aniversário, novata.

Há sons baixos de trovão acima do prédio, precursores de uma grande tempestade. Pego um *croissant* de chocolate e sigo para a minha mesa, que fica no canto do lado de fora da sala do Paul. Passo por uma fileira de cubículos para chegar lá, vazios agora, mas, em uma hora, os sons dissonantes de teclado e falação de escritório vão ultrapassar as divisórias. É um espaço pequeno, mas a *SVO* o aproveita bem por ter uma equipe tão pequena. Dois anos antes, Paul fundou a revista com dinheiro do próprio bolso, imaginando um lugar para "perspectivas radicais e novas vozes ousadas". Ele paga por isso desde então. Espera que algumas de suas escolhas fora da caixinha (se estabelecer fora de Nova York, publicar conteúdo de qualidade) acabem compensando e façam com que ele seja adquirido por uma editora que possa puxá-lo de volta para a cidade enquanto mantém controle total sobre sua visão. Por enquanto, a revista é uma novata respeitável, e é excitante esperar o momento em que vamos levantar voo e sair por aí, sabendo que, quando isso acontecer, vou poder dizer que fiz parte daquilo.

Faço o *login* no meu computador e verifico o calendário do Google dele. Ele tem alguma coisa no almoço, mas não diz o quê. Depois disso, duas ligações com potenciais patrocinadores.

O telefone na minha mesa toca. Eu atendo.

— *SVO*. Sala de Paul Tindale.

Depois de vinte segundos, não há resposta, só o som baixo de alguém respirando. Olho para Lauren e reviro os olhos.

— O respirador? — pergunta ela.

Eu desligo.

— Estou de saco cheio dessa merda. Quem ele irritou este mês?

— Quem ele *não* irrita?

Eu fecho o calendário e abro a caixa de entrada de *feedback* em seguida, separo todos os *e-mails* de ódio dos de críticas construtivas e, de vez em quando, um ou dois elogios.

Acabei de apagar uma mensagem que diz *Paul Tindale é um grande babaca* quando ele entra, batendo palmas.

— Mais vigor, pessoal. — O grito de guerra dele. Ainda me lembro da emoção inebriante que senti na primeira vez em que testemunhei o ritual matinal sobre o qual tinha lido (e que tinha decorado) no perfil dele no *New York Times*.

Paul Tindale: qualquer verdade, qualquer custo.

Ele pisca para Lauren, bate com os dedos na minha mesa quando passa e diz: "Agora mesmo, Denham", o que significa café. Vou para a cozinha e preparo o coador, tentando ignorar o rubor de constrangimento que a falta de reconhecimento da data inspira. Eu não consegui acreditar quando *o* Paul Tindale falou comigo no fim da aula pública na Universidade de Columbia. Eu tinha me aventurado, sozinha em Nova York pela primeira vez, só para ver isso, e fui (pela primeira vez na vida) recompensada imediatamente: ele me chamou para trabalhar para ele. Paul fez nome com vinte e poucos anos ao ligar os pontos em uma série de casos antigos, acabando por desvendar um estuprador em série ainda na ativa que, por acaso, era uma estrela em ascensão na cena política de Nova York; para depois fazer um nome maior ainda ao expor cada figurão que sabia dos crimes e ajudou a encobrir o caso. Eu aceitei na hora, achando que era o mais perto que minha vida ia chegar de um filme. Agora, eu atendo o telefone dele, respondo os *e-mails*, marco os compromissos e faço o café há exatamente um ano.

Arthur Lewis é o compromisso de Paul de meio-dia. Ele chega com a tempestade no corpo, as roupas encharcadas. Na mesma hora, entendo como algo a que ele se sujeitou de propósito; uma forma de o mundo testemunhar a dor dele. O terno pende pesadamente do corpo e me lembra um garotinho brincando de vestir as roupas do pai, embora aquele homem já tenha passado da infância há tempos. A chuva se acumula nas linhas fundas do rosto vermelho e gruda seu cabelo preto e ralo na testa. O olhar avermelhado percorre a sala com uma certeza traída pelo comportamento lamentável. É uma justaposição estranha, ele estar tão deslocado e ao mesmo tempo parecer não haver outro lugar em que deveria estar. É a primeira vez que vejo Arthur em mais de um mês. Uma série de condolências percorre minha mente, todas ofensivamente deficientes. No fim das contas, não faz diferença, porque quando Arthur vem até a minha mesa o buraco negro da dor dele rouba a minha voz.

Eu não contei para Paul que estava na estação no dia em que Jeremy morreu. Não contei nem depois que ele me falou que Arthur era pai de Jeremy. Arthur, que aparece no escritório de vez em quando para almoçar com Paul. Ele sempre foi legal comigo.

Depois que aconteceu, fiquei assombrada. Eu me deitei na cama à noite e repassei o momento várias vezes: a chuva e o trem, Jeremy dizendo meu nome, a formação lenta das palavras nos lábios dele — *"A encontrará."* — e a sensação da mão dele no meu ombro quando me empurrou delicadamente para o lado para encontrar o próprio fim. Foi um alívio quando a conexão dele com Arthur se revelou, porque eu soube, então, que eu devia ter sido uma história que o pai dele lhe contou e que Jeremy não conseguiu esquecer. Uma garota com um rosto como o meu. A única pergunta que restava era o que fazer com a história que Jeremy me deu. Contar para Paul? Deixar Paul contar para Arthur?

Há letras pretas pintadas na parede branca do escritório da *SVO*:

TODAS AS BOAS HISTÓRIAS TÊM UM PROPÓSITO.

Eu me dei conta de que a minha não tinha nenhum.

Então, não contei ao Paul.

Arthur pisca, tão atordoado quanto os feridos, mas, antes que qualquer um de nós possa dizer alguma coisa, Paul sai do escritório. O contraste entre os dois é quase obsceno. O rosto de Paul não prejudicou em nada a carreira dele, uma coisa que eu nunca diria para ele. Mesmo aos quarenta e poucos anos, ele tem uma boa aparência austera que, quando ele era mais jovem, era chamada de beleza. Ele é branco com cabelo louro-escuro denso penteado para trás com gel e uma barba bem cuidada ocupando a metade de baixo do rosto. Há sinais de meia-idade nos cantos dos olhos e da boca, sugerindo uma vida bem vivida ao ar livre. O corpo está com o tipo de forma que sugere a mesma coisa. Ele poderia muito bem ser o nascer do sol para o crepúsculo de Arthur, e é dolorosamente incômodo olhar para os dois.

— Art — diz Paul, franzindo a testa. — Oi.

Arthur se perde no carinho de Paul e estica as mãos para o velho amigo. Vira uma cena: Paul envolve Arthur com os braços e age como escudo entre ele e todo mundo no escritório que parece não conseguir parar de olhar. Arthur soluça, e o espetáculo revira meu estômago. Mas Paul age com tranquilidade, porque Paul age com tranquilidade com tudo. Ele começa a guiar Arthur para o escritório e seu olhar se encontra com o meu sobre a cabeça do amigo. Ele me pede para comprar almoço.

A *SVO* divide o prédio com um bar, e é possível que Paul quisesse dizer algo líquido quando disse almoço, mas vou para uma lanchonete barata, Betty's Kitchen, e compro duas quentinhas de macarrão com bacon, porque é a coisa mais reconfortante do cardápio e talvez Arthur precise de algo assim, se conseguir comer. O local está mais movimentado do que de costume; gente procurando refúgio da chuva por qualquer coisa de um dólar. Espero meu pedido perto da porta, encostada no quadro de aviso na parede com os olhos fechados, folhetos batendo no meu ombro a cada cliente novo que entra. Garfos e facas em pratos. Conversas murmuradas acontecendo ao redor. A televisão no canto passa a novela *Days of Our Lives*, o que me faz pensar em Patty, que perdia mais missas do que episódios, embora não houvesse ninguém que ela amasse mais do que Jesus.

— Mamãe, a cara dela.

Eu abro os olhos.

— Mamãe, o que tem na cara dela?

A voz baixinha e curiosa vem da minha esquerda; eu me viro e vejo uma garotinha de uns quatro anos olhando para mim da mesa em que está sentada com a mãe. Ela tem o cabelo encaracolado preso em marias-chiquinhas que parecem pompons de cada lado da cabeça.

— Mamãe — diz ela de novo, olhando diretamente para mim. — O que tem na cara dela?

A mãe finalmente afasta o olhar do celular.

— O que foi, meu amor?

Ela segue o olhar da menina até mim e a expressão fica imediatamente desesperada, suplicando por uma saída. Ela quer que eu finja que não ouvi ou, mais do que isso, que explique com gentileza para a filha dela, para as duas. Eu olho para a garotinha e ela arregala os olhos. Minha atenção total e ausência de simpatia a perturbam a ponto do lábio inferior tremer e ela começar a chorar.

— Treze — chama a mulher no balcão. O meu pedido. — Treze da sorte.

Quando volto para o escritório, Jeff me para na porta. Jeff é legal. É trabalho do Jeff ser legal. Ele é alto e bonito, com pele negra e *dreads* de comprimento mediano presos num rabo de cavalo. O trabalho dele na *SVO* é o de gerente de mídias sociais (o que me parece um pesadelo), mas ele parece um *influencer*, com o celular sempre na mão.

— Eu não iria lá se fosse você — diz ele.

Olho na direção da sala de Paul e, antes que possa perguntar, eu escuto: Paul e Arthur gritando um com o outro com a porta fechada. É um som chocante e, apesar do aviso de Jeff, eu o sigo até estar em frente à minha mesa, vendo as silhuetas de Paul e Arthur pelo vidro fosco. Arthur se move para a frente e para trás, agitado.

— Você não está ouvindo, porra. Você *não ouve há...*

— Art, eu fiz o que podia...

— *Mentira! Eles assassinaram meu filho!*

Há um silêncio breve por todo o escritório.

Conversas param, dedos pairam sobre teclados, imóveis.

A porta de Paul se abre e Arthur aparece bem no meio, e algo na raiva dele o faz parecer inteiro. Ele sai furioso do escritório. A porta de Paul balança lentamente para a frente e para trás em seguida e, se é trabalho de alguém fechá-la, esse alguém sou eu, então vou fazer exatamente isso. A sala dele tem uma vista boa, provavelmente a melhor do nosso andar. Esse lado da *SVO* é virado para longe do centro de Morel, uma série de prédios feios e velhos, e dá vista para o rio Hudson, que fica lindo no verão, com a luz do sol cintilando sobre o céu azul refletido nele. Morel é uma cidadezinha de uns dez mil habitantes, depois de Peekskill, a cerca de uma hora de trem de Nova York. Às vezes, parece um lugar no fim do mundo e, às vezes, parece não ser longe o suficiente de lá. Hoje, o rio

Hudson está de um preto mal-humorado e cheio de espuma, a correnteza forte recebendo a chuvarada. Chova ou faça sol, Paul fica de costas para o rio e, quando eu perguntei o motivo, ele disse: "Eu não estou aqui pela vista." Ele está de costas agora. Está encostado na frente da mesa, com a cara de mais chateado que eu já vi em Paul.

— Não pergunta — diz ele antes que eu possa perguntar.

Eu só quero perguntar.

— Comprei seu almoço.

— Pode deixar aqui. — Coloco o embrulho na mesa dele e ele levanta a mão. — Espera. Come comigo. Feliz um ano na *SVO*. — Quando vê a expressão no meu rosto, ele sorri. — Você acha que eu ia esquecer uma coisa assim?

— Eu não botei na sua agenda. — Lauren deve ter falado.

— A gente devia fazer alguma coisa pra comemorar a ocasião. Parece errado não fazer nada.

— Consigo pensar em coisas melhores do que um almoço descartado. — Eu olho para os sacos pardos com o queijo endurecendo dentro. — E eu não teria escolhido o macarrão com queijo e bacon.

Ele finge se empolgar por causa do macarrão com queijo e bacon, mas fica claro que o confronto com Arthur o deixou com feridas para lamber e ele é o tipo de cara que gosta de fazer esse tipo de coisa em particular. Eu acabei de me virar para a porta quando ele pergunta:

— Que coisas?

— O que você acha, Paul?

Eu me viro para ele, que está me olhando de um jeito que eu odeio. *Nós já tivemos essa conversa*, penso na voz dele antes de ele falar em voz alta:

— Denham, nós conversamos sobre isso.

— Certo. Eu vou continuar atendendo seu telefone pra sempre.

Ele passa a mão no rosto.

— Olha, eu não falei isso. Suas ideias são cruas. Suas propostas são fracas. Sua escrita ainda não chegou lá. — Ele pega o saco de comida e começa a abri-lo. — E, uma novidade: tem coisas bem piores do que ser a assistente do Paul Tindale. E me lembra de novo o quanto você era qualificada pra *esse* emprego?

Eu olho para trás dele, para o rio, enquanto mordo a parte interna da bochecha para impedir que o que ele disse apareça no meu rosto. Eu sei que tenho sorte pelo menos nesse sentido pequeno da palavra: Paul Tindale, encantado pelo fato de eu ser a única "garota" em uma sala cheia de adultos que pagaram para ouvi-lo falar (e de ter feito perguntas melhores do que qualquer um deles), me tirou da obscuridade e me convidou para trabalhar para ele apesar da minha total falta de qualificações e de estudos superiores. Mas estou lá há um ano e sei coisas agora. Não quero ser a piloto de escrivaninha dele para sempre. Quero *escrever*. No mês anterior, isso foi mais forte do que eu e um descuido tomou conta: eu coloquei uma pasta com meus melhores trabalhos na mesa de Paul, voltei para o meu lugar e esperei que ele me chamasse de gênio.

Ainda estou esperando.

— Você não vai ficar sem nada aqui só porque você não está tendo exatamente o que você quer — observa ele. — Você poderia pegar o ano que você passou aqui trabalhando para mim e conseguir um emprego em qualquer publicação menor.

— Eu provavelmente conseguiria minha assinatura.

Ele sustenta meu olhar por um longo e incômodo momento que me deixa me sentindo crua e exposta. Tem algo em Paul que parece que ele quase consegue ler a minha mente, e se ele estiver fazendo isso agora, ele sabe que estou imaginando um futuro em que a coisa mais notável na página dele na Wikipédia é um parágrafo que diz que ele *me* descobriu.

— Olha, Denham... — Ele faz uma pausa. — Estou exausto. Foi um dia daqueles, então por que você não tira folga hoje? Começa o fim de semana mais cedo na *SVO*. Volta na segunda. Pra começar do zero.

Vai ser assim mesmo?, tenho vontade de perguntar, mas não falo nada. Eu só faço que sim e saio da sala dele, usando todo o meu autocontrole para fechar e não bater a porta. Desligo o computador e sinto a presença de Lauren antes mesmo de ela entrar no meu campo de visão.

— Aonde você vai, Lo? — pergunta ela.

— Pra casa.

Lauren e eu não somos amigas, mas Paul fala com ela sobre mim como se precisasse de uma perspectiva feminina para ajudar a decidir a abordagem. É meio insultante. Tem escassez de mulheres na *SVO*, uma das fraquezas de Paul mais difíceis de resolver, e também tem uma partezinha doentia de mim que gosta de ser uma das poucas escolhidas. Acho que Lauren é igual e acho que deve ser exatamente por isso que não somos amigas... isso e a diferença de 15 anos na idade. E também o fato de que ela começou como assistente de Paul e agora está exatamente onde eu quero estar. É difícil não a odiar um pouco por isso, principalmente porque ela sabe o que eu quero. Ela gosta de saber.

Ela se apoia na minha mesa.

— Quer conselho de uma antiga assistente?

— Manda ver.

— Você não pode dizer nada para o Paul. Você tem que mostrar, porque a questão sobre o Paul é que ele vai estar sempre no mesmo ponto que você.

— E?

— E você está sempre sentada à mesa dele.

Como se combinado, o telefone toca. Lauren abre um sorrisinho. Deixo cair na caixa postal e vou para casa, saio na chuva, passo na frente do bar, o McCray's, no caminho. Às vezes, Paul e o resto da equipe vão para lá depois de um longo dia de trabalho, mas eu raramente vou junto. Uma figura de aparência lamentável em um dos compartimentos chama minha atenção. Arthur. Não foi muito longe. Eu paro e olho para ele, ficando mais e mais encharcada. Tem algo horrível e triste naquilo, naquele homem em um bar, profundamente sozinho na dor...

E que tipo de amigo Paul é se deixa Arthur ficar sentado ali, sozinho?

Eles assassinaram meu filho.

Eu entro. A iluminação é fraca, o som de música country antiga sai dos alto-falantes. A vibração é de um lugar que já viu muita merda, e, com um bando de jornalistas trabalhando em cima, tenho certeza de que viu mesmo. Vou para o compartimento de Arthur, onde ele está inclinado para a frente, a cabeça baixa. Quando estou na frente dele, me arrependo do que seja lá o que eu esteja pensando que estou fazendo. Não conheço Arthur tão bem assim, considerando tudo. Ele sabe meu nome, e tem um interesse mais do que apenas educado na minha vida ao perguntar como eu estou quando me vê, ou perguntar sobre coisas de que talvez se lembre da última vez que conversamos. Gosta de pegar no pé do Paul por minha causa quando está saindo do escritório. (*Quando você vai promover aquela ali, hein?*) Eles estudaram juntos na faculdade e ele sempre me promete histórias arrasadoras e constrangedoras sobre meu chefe, "para dar equilíbrio", mas nunca conta. Ele me olha na mesma hora em que me pergunto se devia só ir embora, sem ninguém saber.

Ele aperta os olhos.

— Lo?

Eu limpo a garganta.

— Eu só queria dizer que sinto muito pelo Jeremy.

— Ah. Obrigado. Eu… — Ele empurra a cerveja para o lado e pega um guardanapo amassado para secar os óculos úmidos que deixou na mesa. Não sei por que ele faz isso; talvez para ocupar as mãos. Ele não parece bêbado. Só o puro suco da derrota. — Eu agradeço. Pena que você teve que ver... — Ele faz um gesto fraco para cima com as mãos, como que admitindo o próprio estado. — Mas obrigado.

Eu hesito. A tristeza de Arthur é confrontadora, traz a gravidade de carregar os últimos momentos do filho dele para os holofotes. Faz com que eu sinta que devo a ele menos do que eu sei... mas mais do que o deixar assim.

— Como ele era? — pergunto.

— Jeremy?

Faço que sim, e isso parece despertar Arthur tanto quanto o destruir. Ele se empertiga, mas seus olhos ficam brilhosos. É uma pergunta impossivelmente importante agora que ele é o guardião da memória do filho. Ele olha diretamente para o lugar à frente. Eu me sento no banco.

— Ele era um bom garoto. E... um garoto difícil. Minha namorada e eu, nós tínhamos 22 anos quando o tivemos. Não planejamos. Mas a gente ia fazer dar certo. Bom. — Ele ri. — Ela foi embora, tipo, um mês depois de ele nascer, e aí ficamos só eu e o Jeremy. Mas a gente sobreviveu, a gente fez dar certo. — Ele faz uma pausa. — Quer ver uma foto?

Ele enfia a mão no bolso para pegar a carteira. Está gasta, sustentada por fios. Arthur percebe que eu reparo e diz:

— Era... a carteira do Jeremy. Era a única coisa que estava com ele quando ele morreu. — Meu estômago fica embrulhado quando ele a abre e mostra um lado, com alguns documentos. — Esse é o lado dele.

É triste pra caralho.

Um cartãozinho, um pouco maior do que um cartão de visitas, chama a minha atenção.

— O que é isso? — pergunto e aponto.

Arthur pisca, confuso, tira o cartão e me mostra.

— Um folheto da Bíblia — diz ele.

Tem um céu azul nele. Um versículo no meio. *Mas o Senhor é fiel; Ele os fortalecerá e os guardará do Maligno. — 2 Tessalonicenses 3:3.*

Jeremy o estava usando como rascunho, ao que parece. Há rabiscos na frente, uma caligrafia trêmula com uma hora anotada. 3:30.

Arthur engole em seco, oferece um palpite sem eu perguntar:

— Eu acho que ele tinha um compromisso... em algum lugar. E por que ele estaria com isso no bolso para lembrá-lo, se ele ia acabar com tudo?

Eu não comento que não tem data no cartão, que talvez o compromisso já tivesse passado. Ele voltou a atenção para o evento principal: uma foto enfiada no compartimento das notas. É uma foto de formatura de ensino médio, o Jeremy nela mais novo do que aquele que encontrei. Ele tem o tipo de rosto que não valeria outra olhada se eu já não o tivesse visto antes, mas, como vi, tem algo nele. Jeremy não parece feliz, mas não parece triste. Há uma ausência de intensidade. Eu poderia acreditar que um sorriso naquela boca iria até os olhos. Minha garganta se aperta quando devolvo a foto para Arthur.

— Você nunca falava dele — digo.

Arthur repuxa os lábios.

— Nós estávamos afastados havia uns anos. Raramente nos falávamos.

Um sentimento frio se espalha por mim.

Eu te conheço?

Arthur se mexe, pois interpreta errado minha tensão repentina.

— Porque... ele era complicado. O Jeremy. Ele sofria de depressão forte. Tentou tirar a própria vida algumas vezes, e às vezes eu precisei intervir contra a vontade dele. Ele nunca chegou a me perdoar por isso, então... então, assim que ele pôde ir embora, ele foi. E tudo bem por mim ele não me perdoar, desde que ele estivesse... desde que ele estivesse aqui.

— Sinto muito, Arthur.

— Ele se meteu com uma galera ruim. — Ele fecha os olhos e os abre com a mesma rapidez. E tira o celular do bolso. — Olha isso. — Ele vira a tela para mim. — Eles me impediram de vê-lo. Não me deixavam ver meu filho.

Ele abre a galeria e começa a passar as fotos de Jeremy. Todas foram tiradas em público, e em todas Jeremy está cercado de um grupinho de pessoas de idades e etnias variadas. *Galera ruim não seriam as primeiras palavras que surgiriam na minha mente. Jeremy está com o sorriso que eu apostei antes que ele tinha, o que vai até os olhos...* mas esse é um Jeremy bem mais recente do que o que Arthur deixa na carteira. Há uma distância perturbadora e vigilante nas fotos.

— Você que tirou?

— Eu contratei uma pessoa.

Ele continua passando pela galeria, indo cada vez mais para trás, a mudança de estações evidente pelos arredores de cada foto. Jeremy é a constante, alheio e parecendo feliz naqueles poucos momentos capturados. Não consigo nem vislumbrar o futuro dele naquele passado.

— Está vendo? — pergunta Arthur. — Você está vendo?

Não, penso... mas aparece uma mulher à direita de Jeremy, o braço em torno dos ombros dele, o rosto próximo do dele. Meu coração para na mesma hora e tudo ao meu redor parece se afastar lentamente, os sons do bar enterrados pelo zumbido na minha cabeça...

Eu te conheço.

Pego o celular da mão de Arthur e, assim que está na minha, meu coração volta a bater loucamente. Os sons do bar voltam com tudo, mais altos do que antes. Eu olho para a foto por um longo momento e volto no tempo, e lá está ela de novo... e de novo...

— Ele participou do Projeto Unidade?

— Como você sabe?

Eu balanço a cabeça, a resposta para a pergunta de Arthur residindo em um lugar além da minha voz enquanto meus olhos ficam grudados na tela, em um rosto que não vejo há...

— Lo?

Anos.

— Desculpa — consigo dizer. — É que é tão...

— Eu sei — diz ele, mas não sabe. Arthur pega o celular de volta e eu preciso deixar que pegue, apesar de tudo dentro de mim querer olhar mais um pouco. Para sempre. Eu levanto os olhos para encará-lo e ele me olha com atenção. Ele me lembra tanto o filho que preciso olhar para o outro lado.

— Eu só não entendo — diz ele. — Por que ele pularia?

Por quê?

Os limites da tempestade conseguiram entrar e o ar fica denso com o odor úmido e quase metálico de chuva e asfalto. O odor úmido e metálico da chuva e da estação. Eu fecho os olhos e vejo Jeremy, mas está diferente agora.

— Eles assassinaram meu filho.

Eu abro os olhos.

Arthur envolve a cabeça com os braços e começa a chorar.

— O Projeto está limpo — diz Paul.

Estou no canto da sala dele com os braços cruzados enquanto ele está na janela, olhando a cena lúgubre lá fora. Faz sentido que, em uma das raras ocasiões em que ele se permite esse prazer, não haja nada lá fora que valha a pena ser visto. Ele se vira da janela e se senta em frente à escrivaninha, os olhos fixos na tela do computador, as mãos no teclado. Normalmente, eu capto os sinais (*a conversa acabou, volte ao trabalho*), mas já terminei meu horário de trabalho e só vou sair daquele prédio quando souber tudo que há para saber sobre o envolvimento de Jeremy Lewis com o Projeto Unidade.

— Paul, é um culto, porra.

— A Igreja Católica também é — responde ele sem olhar para mim. — E você não é a primeira pessoa a dizer isso sobre o Projeto. Eu levei até onde pude levar, Denham. Durante todo o mês passado eu investiguei, procurando os representantes e falando com qualquer um e todo mundo relacionado a eles...

— Você falou com Lev Warren?

Paul franze a testa, mas mantém o olhar no monitor. Lev Warren não fala com a imprensa desde uma entrevista de 2011 para a *Vice*. A revista (supostamente) deixou de revelar que a reportagem era parte de uma série grande sobre cultos: *Movimento social ascendente ou culto emergente? Tudo que você precisa saber sobre o ex-seminarista Lev Warren, o Projeto Unidade e sua missão divina de nos salvar de nós mesmos.* O veredito da *Vice*: o potencial estava presente.

Quando o artigo foi publicado, o Projeto soltou na mesma hora uma declaração de que eles tinham sido entrevistados sob alegações falsas e que Lev não cederia a nenhum outro pedido da imprensa. Duas semanas depois, ele estava de volta no noticiário por um motivo diferente:

Acalmar uma suicida que ia pular da ponte Mills.

Foi uma provação de três horas, com imagens trêmulas de celular carregadas no YouTube ao mesmo tempo que estava acontecendo e cobertura ao vivo pela televisão. Lev foi identificado cerca de 24 horas depois. O *site* do Projeto Unidade e o artigo da *Vice* competiram pelo primeiro resultado das buscas com o nome de Lev, o que expôs uma quantidade absurda de pessoas à Nova Teoria de Expiação e Redenção de Warren, que declara que os pecados da humanidade nos desligaram das graças de Deus e que os bons trabalhos coletivos do Projeto vão expiar nossos pecados *e trazer a salvação para os confins da Terra.*

A disputa de palavras-chave foi praticamente um convite para o público decidir em que queria acreditar, mas, no fim das contas, o clipe viral de Lev se afastando enquanto fugia de qualquer reconhecimento e saía da ponte para o meio de um grupo como se ele fosse qualquer um tornou o caso mais atraente.

Desde então, Lev manteve o mistério enquanto o trabalho do Projeto é que se manifesta. Qualquer um que queira ouvi-lo falar pode ir ao seu sermão público anual ou se tornar membro. Nem é preciso dizer que, se Paul conseguisse uma entrevista com Lev agora, a *SVO* faria uma festa por um tempo.

— Estou dizendo pra você o que eu disse para o Arthur: não tem nada que sugira nem remotamente que eles tiveram qualquer envolvimento com a morte do Jeremy.

— Eu não acredito.

— Eu te mandei ir pra casa, Denham.

Eu puxo uma cadeira para longe da parede, coloco-a diretamente em frente à mesa dele e me sento. Ele suspira e finalmente cede e se vira da tela para me dar total atenção.

— Tudo bem. Vamos dar uma olhada no Projeto Unidade. — O tom dele sugere que ele está me fazendo um favor. Ele se vira para o computador, abre um documento e começa a ler suas anotações. — Ativo em Morel, Bellwood e Chapman. Tem abrigos 24 horas por dia, 7 dias por semana em cada cidade. Esses abrigos também oferecem a Conexão Unidade, que junta pessoas necessitadas a serviços, programas ou agentes profissionais afiliados ao Projeto, adequados para ajudá-los a lidar com cada situação específica: vários programas de recomeço, mentoria para jovens e adultos, programas de apoio para jovens em situação de risco, sobreviventes de violência doméstica, viciados, aconselhamento e ajuda legal, e assim por diante... sem mencionar a distribuição de alimentos, de roupas e vários esforços de arrecadação para caridades que não são do Projeto... as pessoas vão àquele sermão anual na Fazenda Garret, e saem de lá querendo tornar o mundo um lugar melhor. O que você pode dizer de ruim sobre uma coisa assim?

— Acham que Lev Warren tem autoridade espiritual pra redimir a humanidade…

— Por meio de atos de serviço e alcance comunitário. Quer saber o que estão fazendo agora? Neste segundo? Estão mobilizando ajuda pra Porto Rico.

— Você é fã ou é membro, Paul?

— Nenhuma das duas coisas, mas você acha que eu vou jogar uma acusação de assassinato em cima de um dos grupos mais amados deste lado de Nova York sem uma única prova pra sustentar a alegação? — pergunta Paul. — Sendo mais objetivo: ninguém empurrou Jeremy. Lev Warren é conhecido por salvar pessoas, não matar.

— Dá pra empurrar alguém de muitas formas.

— Então você está dizendo que eu deixei passar alguma coisa, o que significa que você acha que eu não sei fazer meu trabalho — retruca ele, e meu rosto arde. — Tudo bem, vou morder a isca. O Arthur eu entendo. O filho dele morreu. Ele quer justiça e só tem um lugar pra onde ele pode apontar. O que tem aí pra você, Denham?

Eu olho para as minhas mãos e curvo os dedos, parando antes de formar punhos. Penso no garoto do Projeto Unidade esmagado debaixo do peso de um trem.

O garoto morto do Projeto Unidade que conhecia Bea…

— Denham.

E eu.

— Eu estava lá.

— O quê?

Eu me obrigo a olhar para ele.

— Eu estava na estação de trem quando aconteceu.

Ele franze a testa.

— Quando o Jeremy…

— Eu o vi morrer, Paul.

Ele digere lentamente. Quanto mais tempo demora, mais eu sinto.

— Meu Deus, Denham…

— É — digo estupidamente. — Foi horrível.

Lágrimas fazem os cantos dos meus olhos arderem. Eu limpo o rosto, mas não consigo ser mais rápida do que elas. Paul se levanta e atravessa a sala. Há o som baixo de água correndo do garrafão que tem na sala dele e, um segundo depois, ele me cutuca. Pego o copo de papel que ele está oferecendo sem olhar nos olhos dele.

Ele se senta.

— Por que você não me contou isso?

— Porque não teria mudado nada.

— E o que muda agora?

Eu coloco a água na mesa, a garganta apertada demais para beber.

— Teve uma coisa que ele disse antes de morrer.

— Pra você?

— Estava mais pra… qualquer pessoa. Eu estava perto.

Paul hesita.

— O que ele disse?

— *Quem perder a vida por minha causa a encontrará.* — É sinistro ouvir as palavras na minha voz. Mesmo com a ausência de convicção por trás delas, elas são intensamente perturbadoras. Paul fecha os olhos brevemente, também sobrecarregado por elas. — É um versículo da Bíblia. Onde você acha que Jeremy teria ouvido?

— Denham...

Eu me inclino para a frente.

— Você devia ter me contado que estava investigando isso, porque eu poderia ter te contado o que eu sabia mais cedo.

— Primeiro de tudo, eu estava fazendo um favor pra um amigo. Um que exigiu que eu seguisse com muito cuidado — diz ele intensamente. — E, segundo, Denham, eu estou trabalhando em muitas coisas que não conto. Algumas histórias exigem mais discrição do que outras. Você sabe o que precisa saber quando precisa saber.

— Bom, você precisa dar outra olhada nisso.

— Não tem nada aqui.

— Mas eu acabei de *contar*...

— Vou te ajudar a entender — diz Paul, me interrompendo. — Jeremy estava doente. Eu vi aquele garoto crescer, e quando ele não estava brigando com ele mesmo, ele estava brigando com o pai. Arthur fazia de tudo para mantê-lo vivo, e eu entendo, mas isso destruiu a relação deles. Assim que Jeremy fez 18 anos, ele sumiu, e só aparecia quando precisava de dinheiro. Eu acompanhei tudo em tempo real. Depois que a avó do Jeremy morreu, ele ganhou uma herança de 25 mil. Foi a última vez que Art teve notícias dele até ele se juntar ao Projeto Unidade.

— E depois?

— Por tudo que eu sei, ele estava ótimo. Trabalhava com mentoria de jovens. Amava Lev Warren, como todos eles amam. Arthur se ressentia. Jeremy queria se reconectar com ele pelo Projeto, e o orgulho do pai atrapalhou. Esse foi o prego no caixão entre os dois.

— Mas o que o Jeremy disse antes de pular...

— Ele dizia muitas coisas quando estava tendo uma crise.

— Arthur disse que ele não tinha nada na conta quando morreu...

— Ele deu tudo voluntariamente para o Projeto. A herança dele deve estar fazendo mais o bem do que de qualquer outra forma. — Paul passa a mão cansada nos olhos e, por um brevíssimo segundo, vejo dor no rosto dele e me dou conta do quanto Jeremy devia significar para ele também. — Olha, você viu uma coisa bem traumática, Denham. Quando um evento sem sentido assim acontece, é natural, é muito humano querer atribuir significado e motivo e, no caso do Arthur, culpa, mesmo à custa da verdade, só para podermos ficar um pouco mais calmos no fim do dia. Mas eu não estou aqui pra fazer isso e não é por essa razão que você quer trabalhar pra mim. — Ele suspira. — E eu espero que Art consiga me perdoar por isso um dia. Mas o Projeto está limpo e é isso.

Mas e a garota nas fotografias?

E a garota nas fotografias com o meu sobrenome, sussurrando no ouvido do Jeremy?

Se Paul não está me perguntando sobre ela, ele não investigou fundo o suficiente.

— Mais alguma coisa? — pergunta ele. Eu faço que não com a cabeça. Ele limpa a garganta e se vira para a tela de vez agora. — Que bom, porque eu tenho um monte de trabalho pra terminar, já que mandei minha assistente passar o resto do dia em casa. Entendeu?

— Ok — digo e me levanto. — Entendi.

Quando faço a caminhada para o meu apartamento acima da Funerária Fraites, todos os pensamentos que tive desde que saí da *SVO* se enraizaram na minha cabeça. Tem mais pensamentos do que espaço para abrigá-los.

Subo os dois lances de escada e entro. Não tem muita coisa no lugar onde eu moro. Uma cozinha que se transforma numa espécie de sala; duas portas, uma ao lado da outra à direita: uma do meu quarto e a outra do banheiro. É bom, é funcional. Patty me ajudou a escolher.

Enviaram um cartão quando ela morreu no outono. Parecia que sentiram a pergunta de se eu precisava ou não procurar e avisar Bea e, de repente, por correspondência: *Profundas condolências, Projeto Unidade.* Mensagem recebida. Bea era todos eles, eles eram ela e eu não era parte de nada daquilo.

Tiro meus sapatos e casaco e os deixo na porta, viro o

interruptor e encho o aposento com um brilho frio de LED. Enfio um congelado no micro-ondas e vou para o banheiro, onde observo meu rosto no espelho do armário acima da pia. O dia foi longo e minha cara reflete isso; meu cabelo castanho--escuro está desgrenhado por causa da chuva e meus olhos estão tão vermelhos quanto meu rosto está pálido. Mas ninguém repararia nessas coisas se estivesse olhando diretamente para mim. Só reparariam na cicatriz grossa e alta no lado esquerdo do meu rosto, que vai do alto da minha sobrancelha e segue o caminho da minha bochecha, passando a centímetros sortudos da boca até finalmente parar abruptamente. É o que eu vejo todos os dias.

Tem dias em que é a única coisa que eu vejo.

Eu estico a mão e aperto a palma nesse lado do meu reflexo.

— Você é Lo — digo baixinho para o reflexo.

2011

Gloria.

Gloria. Latim. Glória.

Quando Lo começou a falar, Bea queria tanto que seu nome fosse a primeira palavra a sair da boca dela. *Mamã* e *Papa não contavam*, insistiu Bea. Ela tinha passado a ficar perto do berço de Lo durante a soneca na esperança de inspirar o cumprimento assim que Lo abrisse os olhos. Bea tentou tudo em que conseguiu pensar: o processo chato e árduo de repetir seu nome sem parar (*Bea, Bea, Bea, Bea*), seguido por uma linha igualmente repetitiva de questionamento: *Quem sou eu? Qual é meu nome? Você consegue dizer meu nome, Lo?*

A primeira vez que Lo disse o nome de Bea foi no mesmo dia em que Bea tinha desistido da possibilidade. Uma bela tarde ao ar livre. Seu pai estava deitado na grama com Lo nos braços, cochilando no sol, e Bea estava no balanço e tinha uma missão: ela ia dar impulso com as pernas até os pés tocarem no céu. Ela sempre quis tentar, mas sua mãe e seu pai diziam que ela tinha que pegar leve no balanço, porque a árvore era muito velha. A árvore podia ser velha, mas Bea sabia no fundo do coração que era forte.

Ela começou com cuidado, num ritmo leve, determinada a não chamar muita atenção para sua ambição secreta, e foi ganhando velocidade, cada vez mais rápido, o que a fez ir alto, mais alto e mais alto ainda... mais alto do que ela já tinha ido.

Devagar, Buzz, disse seu pai antes que ela pudesse beijar as nuvens, e isso chamou a atenção de Lo. A cabeça da bebê se virou na direção de Bea, os olhos se arregalando, e então...

Bea!

Beatrice. Italiano; latim. Aquela que traz a felicidade.

Bea nunca esqueceu como Lo falou. Nem cumprimento nem exclamação... mas uma súplica, como se Lo entendesse que a intenção de Bea era decolar e estivesse desesperada para não ficar para trás.

Elas não foram criadas para acreditar em Deus. Conforme Bea foi crescendo, sua falta de fé aumentou proporcionalmente de forma confortável; era simplesmente um fato dela e do mundo que ela conhecia. Crença exigia prova, a prova de Deus estava ausente e a religião parecia aos olhos dela uma espécie de *show* de mágica, cujo sucesso dependia completamente da disposição da plateia em fingir que um truque era bem mais do que realmente era. Mas isso foi antes de ela ficar no pé do leito de hospital de Lo, limpando as lágrimas dos olhos quando o médico saiu do quarto, as últimas palavras dele ecoando em sua cabeça.

Um milagre. Isso é simplesmente um milagre.

Tudo por causa dele.

Lev. Hebreu; russo. Coração; leão.

Bea treme.

O ar na Fazenda Garrett está frio e ela está mais longe do hospital do que jamais esteve desde o acidente. Lo está à beira da consciência depois de tanto tempo mantida além das fronteiras de si mesma, do trauma e das drogas. Bea quer estar lá quando Lo abrir os olhos, mas Lev a quer ali, para ver o que ele vê, saber o que ele sabe. Ela recusou na primeira vez que ele perguntou. A ideia de estar em qualquer lugar que não fosse ao lado da irmã era tão insuportável para Bea que chegava a doer. Lev disse que entendia, mas também disse: *É a única coisa que estou te pedindo.* Encheu Bea de vergonha; como ela poderia recusar depois de tudo que ele tinha feito?

Na vez que ele pediu de novo, ela não recusou.

Agora, Bea sofre por Lo e está se esforçando para não demonstrar. Casey foi encarregada dela, e Casey, Bea percebe, é uma pessoa muito importante para Lev. Ela tem uma maneira tão graciosa e segura de se portar que Bea gostaria de emular um dia, mas agora ela é esquisita e pequena ao lado de Casey, nervosa sob seu olhar alerta.

Elas param em uma cerca em volta da propriedade e observam membros arrastando bancos para o celeiro. Em poucas horas vai haver o que Lev chamava de "reunião de família". Ele pediu a Bea para ir cedo porque ele quer que ela conheça a família dele, para se ver entre eles. Bea fica maravilhada com a ideia, a mente nunca distante das noites em que ela sai do hospital para seu quarto vazio, onde sua família não está e nunca estará.

Você sabe sobre Lev?, pergunta Casey. *Fora o que ele fez por você?*

Bea sabia sobre Lev e o Projeto daquela forma abstrata em que se sabe que uma coisa existe fora das suas próprias necessidades, a missão bem distante do tipo de pessoa que Bea acreditava ser. Ela se lembra da garota na ponte no verão, se lembra de ter visto uma parte da cena acontecer na televisão antes de mudar de canal (ela fica constrangida de admitir esse detalhe). Ela sabe mais do que isso agora, ficou ansiosa para saber se Lev Warren entrava na vida de todo mundo de forma tão dramática quanto tinha entrado na dela e quantos milagres o acompanhavam. Ela encontrou o artigo da *Vice*. Não sabe se deve tocar no assunto, não por acreditar (ela não acredita), mas porque parece grosseria, e ela quer que Casey goste dela. Ela olha para Casey, que abre um sorriso encorajador porque sabe o que Bea está pensando.

Claro que sabe.

Se o artigo da Vice *revelou alguma coisa*, diz Casey, *foi que as pessoas ficam tão à vontade com as prisões que criam pra elas mesmas que rejeitam instintivamente o que vai libertá-las. O escrutínio delas ao Projeto Unidade representa um fracasso das pessoas na hora de olharem para dentro. Você concorda?*

Bea assente.

Então vou te contar sobre o Lev, diz ela, *da forma como deve ser contado.*

E Bea ouve pela primeira vez lá na Fazenda Garrett.

1980, Indiana. Um garoto nasce.

A mãe não o ama; ela demonstra isso com os punhos.

Ele está sofrendo, com raiva e solitário. Deseja ser visto.

Ele tem 17 anos quando entra na igreja e sente a atração de Deus antes que tenha linguagem para expressar esses sentimentos. O local está quente. O local é amor. Quando ele se junta à congregação em oração, um milagre acontece: ele não sente mais raiva. Ele não está mais sozinho. O garoto é tomado por uma sensação de propósito que nunca sentiu antes. Ele vê que é instrumento de Deus.

Deus o chama para segui-lo, e ele segue.

Com dedos entrelaçados, Casey leva Bea pelo caminho até o celeiro.

O garoto se torna homem. A fé do homem o leva ao seminário, onde ele vai dar a vida pelo serviço ao Senhor, mas ele logo percebe que não tem Deus na igreja, só homens que escondem seus pecados atrás das paredes. O homem sente a doença, sente a graça de Deus sufocada pela doença, e acaba se voltando para o mundo e encontra ainda mais doença e pecado; guerras por lucro, pessoas desprovidas, bolsos vazios pela recessão e mãos estendidas. O homem não está no caminho em que pensava estar. Ele não sabe mais qual é esse caminho. Ele volta para casa, para sua mãe odiosa, e ela arranca o ego dele e ele se ajoelha. Ele reza. Ele reza por trinta horas e não dorme, não come nem bebe.

Elas param na frente das portas do celeiro. Lá dentro, Lev está no meio de um círculo, a família ao redor.

Todos a esperando, Bea se dá conta.

Na trigésima hora, diz Casey, *Deus enviou uma visão para Lev. Ele decidiu compartilhá-la com você.*

Casey solta a mão dela e se mistura delicadamente com as pessoas enquanto Lev se aproxima de Bea, até parar suavemente na frente dela, olhando só para ela. Ele aperta a palma da mão no rosto dela, e está quente, e é amor.

Está pronta para receber?, pergunta ele.

Bea está sozinha em um campo, com lágrimas correndo silenciosamente pelo rosto enquanto as paredes de uma igreja se constroem em volta do coração dela. Ela não está triste. Ela não está com medo. Ela está *desperta*. Tudo está diferente de antes. Ela olha para o sol, o som de sinos soando baixo na cabeça até ela se dar conta de que é o celular. Mensagens de Patty.

Lo acordou, diz a primeira.

E a segunda: *Lo acordou e está te chamando.*

OUTUBRO DE 2017

Tem um trecho de estrada entre as cidades de Chapman e Auster que uma vez ficou coberto com o sangue dos meus pais. Eles ficaram espalhados pela estrada e deram seus últimos suspiros lá. Agora, as pessoas passam por lá como se não fosse um lugar sagrado, só a distância entre onde eles começaram e onde esperam chegar. Agora, estou onde Jeremy estava enquanto as pessoas correm para as plataformas, alheias ao que aconteceu ali um mês antes. Ou, caso se lembrem, elas seguem em silêncio para dar continuidade à vida.

Eu queria ser assim.

Eu olho para o folheto na minha mão.

O Projeto Unidade dá boas-vindas a todos no Sermão Público Anual na Fazenda Garrett.

É quase certo de que Bea estará lá. Se eu quiser falar com ela, também preciso estar lá... sem avisar, claro, porque, quando Bea sabe da minha presença, ela tem o hábito de desaparecer.

Eu não me meto com o Projeto Unidade há muito tempo. A última vez era para ter sido a última. Desde essa vez, não tentei mais falar com Bea. Eu nem falo sobre ela. Se tivesse um lugar para apostar em qual de nós ia violar essa regra primeiro, não teria sido nela.

Então, por que, depois de tantos anos, ela botou meu nome na boca de um garoto morto?

E o que ele estava me dizendo para procurar?

Eu dou um passo para dentro da estação para verificar a hora.

Quinze minutos.

Nada de atraso.

— Eu também estou indo pra lá.

Uma mulher de pele escura com um brilho âmbar e olhos castanhos calorosos está parada ali perto. O cabelo dela está trançado e cai até o meio das costas. Se eu fosse tentar adivinhar, diria que tem trinta e muitos anos ou pouco mais de quarenta. Ela sorri enquanto olha para o folheto na minha mão.

— Para o sermão, eu quis dizer.

— Você é membro?

— Sou. — O orgulho na voz dela não é pouco.

Olho em volta e me pergunto quantos outros podem estar ali para garimpar possíveis alvos. Eu devia ter previsto. Membros do Projeto não têm vergonha nenhuma de aproveitar qualquer oportunidade. Eu me viro para ela e afasto o cabelo do lado esquerdo do rosto para oferecer vista livre da cicatriz. Certos membros me reconheceriam ao me ver, e eu a eles. Jeremy não devia ter sido um desses, mas agora eu me pergunto se ele foi exceção à regra.

Devia ser melhor descobrir antes de entrar no trem.

Mas a cicatriz não parece despertar nada na mulher como fez com Jeremy. Ela a registra, mas do jeito sutil que as pessoas decentes fazem. Ela pergunta se eu já fui a um sermão. Eu respondo que não e ela diz:

— Você vai achar maravilhoso.

— E se eu não achar? — Eu amasso o folheto e o jogo em uma lixeira próxima. — Não sei. Não tenho certeza se é meu tipo de coisa.

— O que você tem pra fazer hoje?

Eu faço uma careta.

— Eu não vou tentar te persuadir, mas nós temos tempo antes do trem se você quiser tomar um café e conversar ou se tiver alguma pergunta que queira fazer. — Eu hesito. Ela dá de ombros. — Tudo bem se você não quiser, mas... eu preciso dizer que eu estava naquele mesmo lugar em que você estava, literalmente. Eu estava bem ali decidindo se pegaria o trem pra ver o sermão ou não. Um membro do Projeto me viu e me ajudou a fazer minha escolha. Eu achei que tinha que dizer alguma coisa.

— Eu nem te conheço — digo.

Ela estica a mão.

— Sou Dana.

Nós acabamos uma em frente à outra em uma mesinha ao lado de um quiosque de café ainda menor. Eu fecho as mãos em um copo de isopor quente e tomo o café escaldante. Está amargo, forte. Horrível. Eu não sei como começar essa conversa. Tento trocar as perguntas que quero fazer de verdade por perguntas que vão despertar menos desconfiança. E estou curiosa; quero saber que respostas podem fazer irmãs irem para longe de irmãs, podem fazer garotos perdidos se jogarem na frente de trens.

— É estranho, né? — pergunta Dana, antes que eu possa dizer alguma coisa. — O Projeto. No papel parece bom demais para ser verdade ou muita, muita...

— Maluquice.

— É, maluquice. Não tem meio-termo. Mas eu acho que ouvir sobre ele é uma coisa e estar nele é bem diferente. Eu queria fazer o bem e agora é exatamente o que eu estou fazendo, por isso estou feliz. O que te interessa?

— A Teoria de Warren. Eu quero ser Redimida.

Sai da minha boca com um pouco de desprezo demais. Ela me observa por um momento e decide me desafiar.

— Ou você está querendo provar alguma coisa? Esse sermão não é entretenimento de fim de semana pra você ficar rindo com suas amigas na segunda-feira. É importante pra muita gente e merece ser visto com respeito.

— Sinceramente, Dana, eu estou procurando qualquer coisa melhor do que eu tenho — eu digo, e ela relaxa um pouco. — Mas eu tenho que admitir que a Teoria de Warren pode ser a parte que parece mais maluca da coisa toda.

— Eu acho a mais bonita. Vou te contar uma coisa maluca de verdade.

— Conta.

— Eu fui do exército — diz ela. Como eu não respondo: — É isso, essa é a coisa maluca.

— Obrigada pelo serviço. — Acaba parecendo uma pergunta.

— De nada. Agora vou te dizer como é: eu fazia o que me mandavam e não questionava, porque lá não se faz isso. Ninguém está lá pra questionar nada. Nós vamos pra estar com os irmãos e irmãs que estiverem em combate com você. Quando eu fui dispensada com honras, eu teria morrido por qualquer um deles e eu quase morri mesmo, quase tentei até, em mais de uma ocasião.

Ela expira lentamente e eu vejo uma história se desdobrando por trás de seus olhos, uma que ela decide não contar... ou não pode, a julgar pelo tamanho da dor que assombra o rosto dela.

— Eu perdi... tanto. Voltei e me senti traída. E os lugares aonde eu fui, as coisas que vi, as coisas que eu... as coisas que eu fiz... eu perdi a minha fé. Não sabia como começar de novo. E ninguém estava me dando aquilo de que eu precisava. Ninguém.

"Aí eu fui a um dos sermões públicos, e Lev Warren se sentou ao meu lado e eu falei 'Eu não sei recomeçar. Não sei como colocar coisas boas de volta no mundo quando sinto que fui parte de uma coisa muito errada. Eu não sei expiar pelas coisas... pelas coisas que eu fiz.' E ele me olhou e disse: 'O Projeto Unidade já expiou por você. Esse é nosso presente. Você só precisa aceitar.' E..." Ela engole em seco. "Eu aceitei. E o Projeto está cuidando de mim desde então."

— *"Os bons trabalhos do Projeto vão expiar os pecados do mundo e trazer a salvação para os confins da Terra"* — digo. — Você realmente acredita nisso?

Ela se inclina para a frente.

— Quando se torna membro, você está aceitando sua expiação. Você aceita Lev como Redentor de Deus, e nele você está redimida. Sua redenção permite a você que participe em dar o presente da expiação. Se todos aceitarem esse presente e trabalharem juntos para tornar este mundo um lugar melhor, a que poderia levar além da nossa salvação?

— E você sempre acreditou em Deus?

— Sempre.

— Mas e se você não acreditasse? O que você teria feito? E as pessoas que querem fazer as coisas boas que você está fazendo, mas não têm essa fé? Vocês já pensaram que talvez pudessem ter salvado o mundo antes só deixando as partes de Deus de fora?

— Você acha que Lev devia trair a fé dele e esconder a vocação, o compromisso de Deus, pra deixar os outros mais à vontade? Você percebe que, em qualquer outro contexto, pedir a alguém para negar uma parte fundamental da identidade seria bem problemático, né? Nós também perderíamos credibilidade como organização se não fôssemos totalmente transparentes em todos os aspectos da nossa missão.

— Então, por que vocês não confirmaram nem negaram que Lev Warren vê o futuro e trouxe uma garota de volta dos mortos?

Há boatos sobre Lev Warren. Eu ouvi todos, encontrei nas postagens do Reddit, na parte dos comentários, li nas entrelinhas de vários artigos. A maioria das pessoas tende a aceitar Lev como um homem bom, mas um áudio vazado de um sermão do final de 2014, em que ele aparentemente previu o resultado da eleição presidencial de 2016, fez as pessoas perguntarem de forma sincera se ele poderia ser santo. *Eu recebi uma revelação*, começava o sermão, e fazia um caminho até nosso presente infeliz. Costuma reaparecer todas as vezes que algo de novo e terrível acontece na administração Trump, que é praticamente todos os dias atualmente.

Lev Warren nos avisou.

O fato de ele ter ressuscitado uma morta parece ter sido uma hipérbole em algum momento, mas todos os anos fica mais e mais presente nos sussurros entre seguidores e potenciais seguidores. O Projeto Unidade se recusa a falar sobre isso e só permite que o brilho suave de algo mais seja conectado a eles. É uma propaganda a menos que eles precisam derrubar no Facebook.

— Nós não participamos desse tipo de boato ou especulação — diz Dana —, porque iniciaria uma conversa que difamaria o trabalho que viemos fazer. Onde você ficou sabendo sobre o projeto, Gloria?

— Pela *Vice*. Eles acham que vocês podem ser um culto.

Ela toma um gole de café.

— Acham.

— E?

— E... — Ela coloca o café na mesa e começa a marcar nos dedos. — O Projeto Unidade nunca me pediu mais do que eu estivesse disposta a dar. Nunca me pediu mais de mim do que era justo pedir. Nunca me pediu pra participar da causa usando pretextos nem me usou como peão político. Eu nunca me senti insegura nem ameaçada no Projeto Unidade, e eu *sempre* senti liberdade para ir embora se quisesse. — Ela faz uma pausa. — Eu não poderia dizer o mesmo sobre o exército.

Os olhos dela percorrem minha cicatriz de uma forma que me faz me preparar para o *te peguei*, mas isso não acontece. O olhar dela fica mais atento, como se ela estivesse tentando ver o que tem além. Acaba sendo intenso demais. Eu afasto o olhar.

— Eu reconheço seu tom, sabe — diz ela. — Já ouvi muitas vezes.

— E qual é meu tom?

— Cético. Desdenhoso.

— Você acha que é escolhida por Deus.

— Eu *fui* escolhida por Deus.

— Enquanto você pagar a taxa mensal pra ser membro.

— Na verdade, quer você se torne membro ou não — diz Dana, e a breve expressão de confusão no meu rosto parece satisfazê-la. — É isso que muita gente não entende sobre o Projeto, Gloria. Nós todos fomos Escolhidos por Deus. O sacrifício dele foi nosso chamado. Com o tempo, nós perdemos a capacidade de acessá-lo. Foi esse o dom que Deus deu a Lev: ele vê isso em nós e nos permite ver em nós mesmos. É isso que vai acontecer com você hoje, e você talvez rejeite seu dom. Talvez o abrace. Mas vai sempre ser escolha sua. E se você nos julgar pela nossa? Não é fracasso nosso. — Ela me avalia. — Você é nova... ainda está no ensino médio?

— Tenho 19. Larguei a escola. Mas fiz a prova de conclusão do ensino médio.

Ela assente com conhecimento.

— Ah.

— O quê?

— Nós temos alguns membros que desviam de caminhos institucionais e tradicionais. Todos têm uma coisa em comum, uma... peculiaridade, eu diria. — Ela esclarece antes que eu peça: — Uma aversão a trabalho em grupo. Um ceticismo com o sistema. Uma necessidade de resistir. É um certo tipo. Você não é do tipo que se junta, mas quer causar impacto, e essa é a parte de você que não consegue deixar de imaginar o que vai acontecer se você pegar o trem hoje.

Uma explosão de estática estala nos alto-falantes.

— Atenção, passageiros: o trem 41 de Morel para Bellwood, com paradas em Peekskill, Croton-Harmon e Ossining, chegará em 5 minutos.

Cinco minutos.

Eu já pensei em todas as formas nas quais isso poderia acabar sendo um desastre total. Essa é a parte fácil. Saber que, mesmo que o final dessa experiência seja eu me sentindo impotente de raiva e que eu volte para o meu apartamento e quebre tudo que há lá para quebrar... ainda não seria o pior que eu já vivi. A parte difícil é a seguinte: a garotinha destruída dentro de mim arranhando o muro que eu construí para nos manter separadas. A que ainda quer muito certas coisas, apesar de tudo que ela sabe.

Tem mais gente na plataforma agora, todas banhadas no brilho dourado de uma linda manhã de outubro.

Não tem Jeremy Lewis por perto para aproveitar.

— Um cara pulou aqui mês passado — digo.

— O quê? — pergunta Dana.

— Um garoto pulou na frente do trem. Ele morreu. — Eu me viro para ela. Ela arregala os olhos com educação, do jeito distante que se faz quando se ouve que uma coisa ruim aconteceu e sabe como deve reagir. — Você não sabia?

— Não. — Ela me encara quando mente. — Não sabia.

A silhueta de um celeiro maltratado pelo tempo se projeta contra o fundo de um céu nublado.

Oito anos antes, a família Garrett deu a Lev Warren uso da terra deles em troca de trabalho de graça, e foi lá, naquele celeiro, que ele reuniu um pequeno grupo de pessoas e pediu a elas que imaginassem a parte delas no trabalho que ele estava apenas chamando de vontade de Deus na época. Há uma tenda branca grande na frente da propriedade agora, e observo inúmeros corpos percorrendo o labirinto de veículos estacionados na grama, seguindo até ela. Lembra uma tenda de encontro religioso, o ar carregado de crença tola e facilmente corruptível.

E minha irmã, aqui.

Minha irmã esteve aqui.

Eu preciso forçar minha alma além dessa realidade, por ela, para que meu corpo possa existir dentro dela. Já desperdicei tempo demais tentando ver tudo isso pelos olhos de Bea, tentando entender com o coração dela, e não consigo. Eu vejo o que é: as bordas sujas de terra da tenda presas no chão, o odor enjoativo de desespero no ar, com bosta de vaca mapeando as bordas. Membros do projeto se movendo no meio da multidão, avaliando os mais fracos para puxá-los para seu abraço. Bea era fraca. Eu não sou.

O fato de nós duas estarmos lá hoje prova isso.

— Incrível, não é? — pergunta Dana.

Eu engulo em seco e consigo encontrar minha voz.

— Quantos aqui já são membros? — Eu não acredito que metade dos frequentadores sejam presenças pontuais. Eles são cadastrados. Sabem que crença é uma coisa contagiosa, e o mais importante que eles podem fazer agora é aparecer em massa para bater palmas e gritar *amém*.

— Menos do que você pensa.

Há um toque frio no ar que me faz esfregar as mãos. Vejo uma abertura em meio às pessoas e imagino Jeremy lá, um sorriso no rosto como nas fotos. Observo a multidão e espero uma pontada enjoada no estômago que sinalize Bea, mas não acontece.

— Você só vai ver Lev quando o sermão começar — diz Dana.

— Certo — digo, como se fosse ele que eu estava procurando.

Puxo a gola para cima. Continuamos andando até a tenda, e capto trechos de conversa conforme nos deslocamos.

Tem uma boa quantidade de gente ali a pedido de amigos e familiares. Há várias pessoas que abandonaram suas igrejas recentemente e estão tentando encontrar uma coisa que pareça "certa" e esperam que seja ali. Uma garotinha reclama do frio com a mãe, e um estranho garante às duas que a tenda é aquecida. Antes que eu possa descobrir, um homem me para na entrada, levanta a mão e faz meu coração disparar. Ele é alto e magro. Tem o cabelo louro-avermelhado preso atrás das orelhas, que desce até o pescoço e forma cachos nas pontas. Uma barba ruiva bem cuidada cobre o rosto pálido. Ele está de calça *jeans*, uma camiseta cinza de mangas compridas, um colete acolchoado camuflado e luvas pretas. Olha para mim por mais tempo do que parece necessário. Eu o encaro, porque é a única coisa que eu posso fazer.

— Foster — diz Dana.

— Dana. — Ele assente na minha direção. — Quem é a sua amiga?

— É a Gloria.

— Dá um passo pra frente, os braços esticados. — Ele faz sinal para eu me aproximar, se inclina para dentro da tenda e chama: — Amalia. — Um momento depois, uma mulher mais jovem, de cabelo preto cacheado e pele negra clara, aparece. Ela está usando o mesmo tipo de roupa que ele: *jeans*, camiseta de mangas compridas, colete camuflado, luvas.

— O que é isso? — pergunto.

— Segurança — diz Dana. — Só uma revista rápida e você pode entrar.

— Está falando sério?

— A gente faz com todo mundo, eu estou logo atrás de você.

Eu dou um passo à frente e estico os braços. Amalia abre um sorrisinho antes de passar as mãos de leve pelo meu corpo, braços, pernas, costas, laterais. Não para aí: eles abrem minha bolsa, remexem dentro, e Foster tira meu celular de um dos compartimentos internos. Eu faço que vou pegá-lo e digo:

— Não mesmo.

— Nós vamos guardar com segurança.

— Me dá meu celular.

— Eu não posso deixar você entrar no sermão com ele.

Eu me viro para Dana.

— O que *é* isso?

— Nós não permitimos que as pessoas levem dispositivos eletrônicos que podem gravar áudio ou vídeo do sermão — explica Foster, o tom seco. — Estava no *site*.

— Que importância tem? Lev não sustenta o que diz?

— Claro que sim. E se ele pudesse garantir que as palavras dele não seriam manipuladas ou editadas para nos desacreditar, ele permitiria. Se pudermos impedir o potencial espalhamento de informações erradas, essa é a escolha que fazemos.

— Onde vocês os guardam?

— Na casa.

Expiro lentamente por entre os dentes e digo para Foster que quero pelo menos desligar o meu. Eles esperam que o aparelho desligue e colocam meu Samsung em um recipiente com todos os outros celulares reunidos. Em seguida, é a vez de Dana. Vejo Amalia revistá-la da mesma forma que fez comigo e percebo que é um truque, uma forma de manter os observadores menos seguros de quem é membro e quem não é. Dana não precisa entregar o celular. Quando somos liberadas, Foster chega para o lado.

— Bem-vinda, Gloria — diz ele.

Está abafado dentro da tenda, a ponto de eu sentir uma náusea quase imediata. Fileiras de bancos ocupam os dois lados, mas não parece haver espaço para todo mundo que compareceu. No fundo da tenda (ou à frente, melhor dizendo), uma janela de plástico transparente deixa uma luz cinzenta entrar. Eu espero um púlpito, mas não há nenhum. Dana fica perto de mim.

— Não me lembro de ter sido revistada na última igreja que fui.

— Você sabe o que a história mostra que acontece com homens como Lev?

Eu tento não rir.

— Alguém quer *matar* Lev Warren?

— Olhe ao seu redor. Veja quanta gente tem aqui. O governo atual e os apoiadores acham que a maior ameaça à segurança nacional é o tipo de princípios sobre os quais o Projeto é construído, e eles sabem que Lev previu que eles estavam chegando.

Olho para Foster. Ele está trabalhando em um homem de

meia-idade enquanto quatro pessoas de uma família esperam atrás dele. Uma sensação de inquietação toma conta de mim.

— Foster e Amalia estão armados?

— Vamos nos sentar aqui. — Dana aponta para um banco cinco filas à frente. Estamos a uns dez minutos do sermão começar e o ambiente está se enchendo lentamente, depois que cada pessoa é revistada pela segurança, e eu fico procurando por ela... mas continuo sem ver Bea.

A energia continua a aumentar, conforme as pessoas se sentam. Quando a tenda está cheia, as vozes frenéticas e febris se tornam perigosamente tensas, crescendo de uma forma que tenho medo que vá partir todos no meio. E aí, no que parece o segundo antes de isso acontecer, um silêncio se espalha. Tem alguma coisa acontecendo nos fundos do local. As palmas das minhas mãos estão suando. Lev Warren pode estar inextricavelmente preso à minha vida, ser uma mancha nela... mas eu nunca estive no mesmo ambiente que ele. Eu me viro no banco.

Não é ele.

Ainda.

Uma mulher branca, alta e magra, com cabelo ruivo, comprido e ondulado está parada na abertura da tenda. É Casey Byers, porta-voz do Projeto. Herdeira da NuCola. Há boatos de que o patrimônio dela fez o Projeto Unidade decolar antes que a filiação pudesse sustentá-lo. Ela está usando um vestido branco que cai suavemente sobre as curvas do corpo e tem um sorriso gentil no rosto.

Eu só vejo dentes.

Afundo no banco conforme ela anda pelo corredor.

Ela chega na frente do ambiente e nos observa de forma calorosa.

— Bem-vindos. — A voz dela é suave e exige silêncio absoluto da plateia para que possa ser ouvida. — Meu nome é Casey Byers. Estou no Projeto Unidade desde seus primeiros dias. Nós éramos um pequeno grupo na época. Uma garotada, na verdade. Nos reuníamos no celeiro para olhar para a colina e conversar sobre a visão de Lev. A visão de Deus. Eu imaginava vocês todos aqui comigo na época, e agora... aqui estão vocês. — Ela faz uma pausa. — É um certo tipo de pessoa que acaba vindo parar neste sermão. Talvez vocês estejam sofrendo, com raiva, confusos ou solitários. Vocês desejam ser vistos. Eu quero que vocês saibam que eu vejo vocês. Eu vejo vocês porque eu já *fui* vocês.

Ela espera uma rodada de aplausos apreciativa, ainda que um pouco longa demais.

— A minha vida não tinha sentido antes do Projeto Unidade. Eu tinha tudo e não queria nada, pois estava incompleta. Estava vazia e queria ficar livre do meu próprio vazio. Fugi para o pecado, me entorpeci com vícios. Eu esperava... — a voz dela falha um pouco. — Esperava que fosse morrer antes que percebessem como eu me achava indigna.

"Mas aí, Lev Warren me Viu."

Ela fecha os olhos.

— E percebi como minha alma estava faminta e desesperada para acreditar em algo maior do que eu... e para que acreditassem nela. Não posso explicar o que vocês vão vivenciar. Nenhuma palavra faria justiça à experiência. Lev Warren me testemunhou pelos olhos de Deus e eu não senti mais medo, não senti mais dor e não me senti mais sozinha. Eu segui o caminho da Teoria de Warren e estou redimida. Minha vida tem propósito. Eu vivo com esperança. Estou completa. O Projeto Unidade agora oferece essa mesma oportunidade a vocês. A fé sem trabalho está morta. Nossa fé é vibrante e viva.

Ela abre os olhos e o olhar dela passa de leve por nós.

— Deixem que ele mostre a vocês — diz ela.

Um assombro silencioso e pesado se espalha pelo ambiente e alguém começa a chorar, um som de lamento acima de tudo. O que acontece em seguida é um caos; as pessoas se juntam em volta dele, querendo ser testemunhadas. Eu nem consigo ver Lev antes de ele desaparecer na fé coletiva. Só consigo acompanhar o progresso dele pelo movimento de corpos conforme ele vai chegando perto da frente. Assim que se aproxima o suficiente para que eu o analise, uma mão segura meu braço e me puxa com violência do banco. Viro-me instintivamente para Dana, mas ela está de costas para mim; chamo o nome dela, mas ela não ouve. Os devotos de Lev não dão atenção à garota tentando se soltar desse aperto punitivo, e tenho um pensamento de que, se eu morresse bem ali, naquele momento, ninguém notaria.

É Foster. Ele me guia com grosseria até passarmos pela abertura da tenda e estarmos do lado de fora, onde o ar frio choca-se contra a minha pele e queima a parte interna dos meus pulmões e me desperta para como o ambiente lá de dentro estava doentio no delírio.

— Tira essas mãos *de mim*, filho da puta...

Ele não diz nada e não tira as mãos de mim até estarmos bem longe da tenda. A essa altura, estou prestes a rasgar a garganta dele com os dentes.

— Vai se *foder*. *Nunca mais* encosta em mim...

Para. Eu fecho os olhos e respiro fundo. Eu já fui uma garota selvagem e chorosa na presença do Projeto Unidade. Não serei essa garota hoje.

— Lo.

Eu abro os olhos e passo rapidamente a mão pelo rosto.

Casey.

Foster chega para o lado, e lá está ela. Eu sou uma emergência tão grande que ela nem teve tempo de pegar um casaco. E não parece estar com frio. Ela parece um quadro. O vento afasta o cabelo dela do rosto e, se o céu estivesse limpo e um raio de sol refletisse ali, a luz formaria uma auréola na cabeça dela e tornaria tudo naquele momento um insulto ainda maior.

— Eu quero ver Bea. — Não adianta dizer mais nada.

— Ela quer te ver?

— Traz ela aqui e vamos perguntar.

Casey não diz nada.

— Traz ela aqui.

— Eu não posso fazer isso.

— Então me mostra onde ela está.

Quando Bea parou de falar comigo e não atendia mais

minhas ligações, foi Casey que teve que lidar com as consequências. Eu nunca facilitei para ela e não lamento. Fui tomada por uma persistência febril que agora é até difícil imaginar me dominando. Foi um fogo puro, uma obsessão. As ligações, os *e-mails*, um confronto final e doloroso que deveria ter sido só entre mim e a minha irmã, mas me deixou suplicando pela pessoa da minha família para uma desconhecida...

— Foster. — Casey se vira para ele. — Lo está indo embora. Você pode buscar o celular dela?

Ele assente e vai para a casa. O olhar de Casey percorre lentamente meu corpo, de cima a baixo, e odeio a sensação. Ela tem uma atitude incômoda de mãe às vezes; é perfeita na mistura clássica de decepção paciente de mãe e pai que eu mal experimentei antes de os meus pais morrerem.

Eu levanto as mãos, como que em rendição.

— Olha, eu não vim causar confusão.

— Ah, é? — pergunta ela. — É por isso que você anda mandando seu chefe investigar, explorar nossa dor, nosso sofrimento, nossa perda?

Meu coração para.

— Você está me vigiando, Casey?

Ou estaria Bea.

— Tenho que dizer que, apesar de tudo que sei de você, Lo, eu nunca imaginei que você fosse capaz de algo tão feio e tão cruel, fazer sensacionalismo com a morte de Jeremy para que Paul Tindale fareje por aqui na esperança de vender mais algumas assinaturas da revista decadente...

— Se tem gente morrendo no Projeto, talvez valha uma história.

Ouvir o nome de Paul sair da boca de Casey me enoja.

Ela olha pra trás de mim, para o som da porta de tela se abrindo e fechando. Foster está voltando com meu celular na mão. Assim que for colocado na minha, eu sei que a conversa vai ser encerrada e eu não cheguei nem um pouco mais perto do que queria. Casey volta a atenção a mim.

— Ele não encontrou nada de errado e você sabe — diz ela.

— Isso foi antes de ele saber que eu vi Jeremy morrer. — Talvez seja a única vez na minha vida em que pego Casey desprevenida. O rosto dela fica frouxo e pálido, mas só por um segundo, até a máscara cuidadosamente construída voltar e seus olhos se fecharem. Eu continuo forçando: — Eu estava lá quando aconteceu, Casey. Eu vi tudo, e agora Paul está mesmo interessado no que eu tenho a dizer sobre o Projeto.

— Você está mentindo — diz ela.

— Não estou, não. Mas me deixa ver Bea... — Eu faço uma última tentativa e jogo cartas que nem tenho na mesa. — E você não vai precisar ler sobre isso na *SVO*.

Ela me analisa em busca de alguma falha no meu discurso, mas eu me mantenho firme.

— Nós não negociamos com ameaças — diz ela por fim. — Você não é bem-vinda aqui, Lo.

— Mas o Projeto Unidade recebe todos de braços abertos.

— Nós recebemos mentes abertas e corações abertos. — Um coral de *améns* perfeitamente sincronizados vem da tenda.

Tudo parece tão vazio lá fora. — E a única coisa que você provou hoje é que continua tão furiosa e insolente quanto sempre foi, e que só quer destruir aquilo de que não conquistou o direito de fazer parte. — Ela cruza os braços e treme quando o frio finalmente chega para ela. — Se você insistir nessa tentativa contínua de nos expor, vai fracassar. Nós não temos nada a esconder.

Foster acaba se juntando a nós e me oferece meu celular. Eu arranco o aparelho das mãos dele sem o encarar. Meus olhos são só para ela. Ela se vira e segue para a tenda, onde o Deus dela e seus adoradores (e minha irmã) esperam.

— Vai em paz, Lo — diz Casey sem olhar para mim.

E para Foster:

— Cuide para que ela vá.

No escritório, na segunda, abro o Google e digito "Bea Denham" no campo de buscas.

Não há resultados.

Havia alguns: o obituário dos nossos pais, um perfil esquecido no Facebook, algumas menções do nome dela na *newsletter* da nossa antiga escola. Mas, pouco depois de um ano de ela ter entrado no Projeto, tudo sumiu. Como ela. Em seguida, digito "Lo Denham" no campo de buscas. Nenhum resultado. Isso basta para eu me questionar se alguma de nós existe.

O telefone toca, e o breve silêncio do outro lado da linha antes da respiração pesada de sempre me exaure de repente. Eu aperto os dedos na testa.

— Você não tem nada melhor pra fazer? — pergunto com cansaço.

Nenhuma resposta.

Eu desligo e me viro para o monitor.

— Denham. Na minha sala.

— Por quê? — pergunto distraidamente, e só quando ouço Lauren dar uma risadinha é que me dou conta do que falei. Eu me viro na cadeira e Paul está parado na porta, as sobrancelhas erguidas. Ele dá um passo para trás sem dizer nada e deixa a porta aberta. Eu esfrego os olhos enquanto tento reunir energia para enfrentar aquilo, independentemente do que seja, antes de entrar.

Ele já está sentado atrás da mesa quando paro na frente.

— Sente-se. — Ele apoia o queixo nas mãos quando me sento e prossegue, e é como me dar um tapa na cara: — Tem uma coisa me incomodando desde que conversamos sobre isso da última vez. Eu só quero ter certeza de ter sido claro e de que estabeleci um limite mínimo para qualquer expectativa que você possa ter aqui. — Ele faz uma pausa. — Eu não sei a impressão que eu posso ter dado quando te contratei, mas não estou procurando mais uma escritora agora, Denham, e sua falta de estudo e de experiência seriam obstáculos consideráveis se eu estivesse. Eu achei que tivesse deixado claro, mas, se passei uma impressão diferente, me desculpe.

Eu tento manter a expressão neutra.

— Lauren começou como sua assistente.

— Lauren era superqualificada para o emprego — responde ele. — Foi o melhor que eu pude oferecer a ela na época. Passar a ser parte da equipe sempre esteve em jogo. O que eu te ofereci foi isso e só isso...

— Você não pode me passar nem revisão de texto, nem verificação de fatos, nem *nada*? — Eu levanto as mãos. — Eu não sou nem uma secretária *glorificada*, Paul.

— Você quer continuar trabalhando aqui, por acaso? — pergunta ele, mas o tom de voz diz que ele quer saber genuinamente. — Porque eu gosto de ter você aqui, Denham.

Nós nos encaramos por um longo momento.

— Quero. Eu quero continuar trabalhando aqui — acabo dizendo. Eu me levanto antes que ele possa forçar mais confrontos, porque é uma coisa que ele faz às vezes. — No fim das contas, você não tem nada às três. Bob Denbrough cancelou...

— O quê? O que o chefe de polícia tem pra fazer o dia todo?

— Estou tentando remarcar agora. Eu te aviso.

— Perfeito. Me dá tempo de tirar um cochilo.

Vá se foder, Paul.

Eu saio da sala dele, fecho a porta delicadamente e tento sufocar a fúria e a decepção que ameaçam tomar conta de mim. Paro na frente da minha mesa e olho para ela por tanto tempo que, se Lauren estiver olhando para mim, ela deve saber no que estou pensando.

— Vou almoçar cedo — digo para ninguém.

Pego meu casaco, saio e enfio as mãos nos bolsos assim que piso lá fora. Morel está arrumada para o Halloween no dia seguinte. Tem abóboras, fantasmas e bruxas de papel nas vitrines das lojas, espantalhos sinistros em canteiros de flores vazios em cada esquina. Atravesso a rua e compro um café no Betty's, me sento a uma mesa e o fico tomando devagar, olhando pela vitrine da lanchonete, o que me dá uma vista perfeita da *SVO*.

Antigamente me fazia feliz olhar para lá.

Eu tinha 15 anos quando li o perfil do Paul no *The New York Times*. Teve uma parte que foi um soco no estômago, mas daquele jeito de acontecer no momento perfeito em que você precisa. Perguntaram o que o trabalho significava para ele e o que a vida dele significava por causa do trabalho, e ele respondeu: *Sabe, eu não tenho filhos nem cônjuge. Meu trabalho é como eu me torno permanente na vida dos outros e eu só escrevo o que é real e verdadeiro porque a verdade perdura. Quanto mais perto chegamos do osso, menos dá para negar o que dizemos.*

Foi a primeira coisa que encontrei depois do acidente que me deu a sensação de que a minha vida poderia ter algum significado. Eu escrevia, amava escrever, era a única coisa que tinha sobrevivido ao acidente... e aquela revelação, a de que eu podia usar a minha escrita para ser real aqui, para ter importância... e, depois, Paul Tindale me escolher a dedo na aula pública...

Pareceu coisa do destino pra cacete.

Bebo o resto do café e olho o chat do escritório. Paul envia um chamado para tomar uma coisinha no McCray's depois do trabalho, e vejo as confirmações surgindo com um nó na garganta. Eu poderia ir, ficar tomando Coca ou água, mas, quando estou lá, acabo com o clima. Ninguém quer falar sobre a pior coisa que já fez por uma história ou com quem foderam (literal e figurativamente) nesse mercado com uma "garota" de 19 anos na mesa.

No fim do dia, quando todos saem, fico no escritório, digo para Paul que quero aliviar a caixa de entrada de *e-mails*. Ele me diz para não me esquecer de trancar tudo. Quando a área está limpa, entro na sala dele e me sento na cadeira por um longo tempo, com as palmas das mãos abertas na mesa, tentando sem sucesso imaginar qualquer outra vida que eu pudesse escolher.

O toque de celular que escolhi como o do Paul tem um tom exigente, e eu sei que é ele antes mesmo de os meus olhos estarem abertos. Procuro o celular e registro de leve meu *laptop* aberto numa posição precária na beira do colchão, ao lado de uma refeição Lean Cuisine parcialmente comida, que foi meu jantar na noite anterior. Mal amanheceu, e ele pede desculpas por me acordar antes de me perguntar se eu vi alguém por perto do escritório quando fui embora. Eu esfrego os olhos para afastar o sono, confusa.

— Hã? Não.

— Você só trancou tudo e foi embora?

— Isso mesmo. O que está acontecendo?

— Alguém invadiu o escritório e quebrou tudo.

Eu me sento repentinamente e seguro o *laptop* antes que possa cair no chão. Saio da cama, vou até a arara de roupas e pego cegamente uma calça *jeans* em um cabide.

— Puta merda, Paul. Estou indo agora...

— *Não*, Denham. Está uma bagunça e eu estou com ressaca demais pra qualquer outra informação. Eu só liguei pra avisar pra você não vir. Vai demorar pra dar um jeito nas coisas. Eu já chamei a polícia, fiz um boletim de ocorrência...

— Qual foi o dano?

— Arrombamento na porta. Vidro quebrado pra todo lado... provavelmente causado por uns filhos da puta bêbados da faculdade adiantando o começo do Halloween. — Fico com o celular equilibrado entre o queixo e a orelha enquanto visto a calça. — A minha sala está um desastre. Meu computador está detonado. Eu tenho que chamar alguém de informática aqui pra dar uma olhada e ver se dá pra salvar. — Eu começo a dizer: *Ah, meu Deus, Paul...* mas ele me interrompe. — Eu tenho *backup*, mas é uma merda...

— E o resto dos nossos dados?

— Parecem intactos, mas vou ter que mandar olhar tudo só por garantia. — Consigo praticamente ouvi-lo apertando o alto do nariz. — A pior parte é que foi *bem* no limite entre fazer merda e fazer merda comigo e a revista especificamente, e isso vai ficar martelando na minha cabeça até o dia em que eu morrer, o que me faz pensar que o objetivo foi exatamente esse. Mas mais ninguém na rua foi atingido assim...

— Você acha mesmo que foram universitários?

— Não sei. Você estava especificamente puta comigo ontem?

— Você está de sacanagem?

— Relaxa. É brincadeira. Mas não pense que eu não sei ver quando você está puta comigo.

— Tipo agora? Eu tranquei tudo, Paul. Meu Deus.

— É. — Ele suspira. — Eu sei que trancou. De qualquer modo, se você tiver alguma ideia, me diz, Denham, porque eu tenho uma sujeira danada pra limpar...

Eu hesito. Não preciso tentar imaginar o que Paul faria se ele soubesse que eu fui investigar o Projeto pelas costas dele, ou que Lev Warren e Casey Byers agora acreditam que a *SVO* esteja intrinsecamente ligada ao meu desejo de vê-los pegarem fogo. Ou que eu tenho informações sobre a morte de Jeremy que eles não têm.

Ou que aquilo deve ser consequência de todas essas coisas.

Por isso, não conto ao Paul.

— Só me deixa sair daqui.

Eu levanto o rosto do celular; estou exatamente onde diz que eu deveria estar. Uma olhada pela janela confirma. O motorista do táxi olha para a rua e pergunta:

— Tem certeza? É um longo caminho de subida.

Tiro o valor da corrida do bolso e entrego para ele por cima do banco.

Ele franze a testa enquanto recebe o dinheiro e diz:

— Eu posso te levar mais perto.

— Está bom assim.

Saio do carro. Alguns grandes flocos de neve caem do céu, eu enfio as mãos nos bolsos e começo a caminhada pela estrada de terra à frente. O táxi volta para a rodovia e eu escuto o movimento das rodas se afastando, até sumir e eu estar sozinha.

A propriedade Garrett fica diferente sem a tenda ocupando a paisagem e todos os carros parados de qualquer jeito por perto, sem a multidão desesperada. Mas ainda tem um fantasma daquela energia ali, como se esperando o próximo momento sagrado.

O chão está duro debaixo dos meus pés; o ar, dolorosamente amargo. Tento me preparar para ele, mas não consigo.

Meus ossos cicatrizados se manifestam no tempo ruim, no frio. Eles parecem um hematoma em volta de uma dor de dente. Patty era bem mais velha do que eu, mas meu corpo era bem mais gasto do que o dela, e tinha muitas fraquezas mais. Sob esse olhar, eu era a mais velha de nós duas. Encolho os ombros e sigo em frente, tentando ignorar o embrulho no estômago. A casa fica na ponta extrema da fazenda e, quando chego perto, a base das minhas unhas está roxa.

É uma casa de dois andares com aparência nostálgica, lateral branca e detalhes azuis tipo tempestade. É o tipo de lugar que já passou por muitas gerações. Está bem cuidada, mas há partes que parecem gastas o suficiente para mantê-la humilde ou, pelo menos, manter a ilusão de humildade. Jesus nasceu em um estábulo, afinal. A varanda da frente tem uma porta de tela velha bloqueando a porta pesada de madeira por trás e uma cadeira de vime maltratada na frente de um janelão que está com as cortinas fechadas.

O caminho estreito é de terra, com pedras planas em cima. Acabo de botar o pé na primeira quando a porta pesada se abre lentamente, uma luta bem aparente nas mãozinhas que seguram a borda e a empurram. A porta de tela é uma conquista bem mais fácil. Abre-se com um gemido de protesto, e uma garotinha sai correndo da casa e desaparece nos fundos. Ela não repara em mim. Eu só a registro de verdade depois que ela se foi e repito a cena na cabeça para absorvê-la. Ela era muito pequena, com cabelo castanho preso em um rabo de cavalo descuidado, estava de jaqueta amarela acolchoada e botas cor-de-rosa espalhafatosas. Surgiu e sumiu. Me pergunto se é uma fuga, se eu deveria seguir o movimento para ter certeza...

Eu me viro para a casa.

Ela deixou a porta de entrada aberta, um buraco negro atrás da tela. Subo a escada com os olhos grudados na escuridão até se ajustarem lentamente a uma forma: a curva sutil de uma pessoa recuada, nas sombras. Me observando. Eu paro e olho para ela, as palmas das mãos formigando, o pescoço arrepiado, o corpo todo reagindo à pergunta que minha mente tem medo de fazer. Eu engulo em seco e me pergunto se ela me negaria agora, ali, desse jeito.

Minha respiração entala na garganta quando a porta de tela se abre.

Mas não é ela.

É Foster. Ele sai para a varanda e me observa da mesma forma que eu o observo. Ele está usando uma calça *jeans* surrada e um casaco xadrez, menos cara de segurança do que na última vez que o vi, mas não menos imponente por isso.

— Você não devia estar aqui — diz ele.

— Vocês não deviam invadir meu escritório.

Eu o pego de surpresa, o suficiente para ele parar o trajeto até mim, mas só por um momento. Eu tremo, a fúria que me moveu até ali diminuindo naquele espaço aberto, e, de repente, a pergunta que fiz a Dana quando cheguei no sermão paira no ar.

Foster e Amalia estão armados?

— Casey diz que o Projeto não tem nada a esconder — digo. Minha voz falha quando ele chega mais perto.

— Não temos mesmo.

Eu levanto o queixo.

— Mas vocês agem como gente que tem o que esconder.

Ele para na minha frente e *eu* dou um passo à frente, ocupando o espaço que resta entre nós, desafiando-o com todo o meu corpo, usando-o para dizer que eu não tenho medo, mesmo tendo.

— Eu quero falar com a Bea.

— Vá embora e volte pra sua vida.

— Não.

— Saia daqui e nos deixe em paz.

— Onde está minha irmã, *porra*?

— Você tem que ir embora antes que alguma coisa aconteça.

Minha pulsação dispara com a ameaça dele e com a pura arrogância da minha recusa de aceitá-la.

Com o jeito como ele está me olhando.

Com o som da porta de tela se abrindo lentamente atrás de nós e com a nova voz suave que vem em seguida...

E diz meu nome.

2012

Bea sonha com ele.

Ela sonha o tipo de sonho que ninguém deveria ter com um homem tão próximo de Deus, ou pelo menos é o que ela sente quando acorda de manhã, com a pele repuxada em volta do corpo e a pulsação disparada. Ele liga para ela de noite, quando ela está mais sozinha, deitada no quarto, na casa vazia; telefona, mas nunca manda mensagem de texto. É para saber dela. O coração partido dela o chamou ao hospital e o chama agora, mas ela não precisa se desesperar; Deus está guardando um lugar para ela.

Ela só pensa nisso, o que a deixa quase louca de pavor, mas ela não pode negar sua parte no plano de Deus e, se parece cedo demais para imaginar um novo futuro tão perto das ruínas do passado dela, o que mais ela pode fazer? Enterrar-se com os pais?

Eles iam querer que ela vivesse.

Ela está te chamando há uma hora, diz Patty.

O hospital está decorado para o dia de São Valentim, o dia dos namorados, com corações de papel vermelhos e rosa grudados na parede e conectados por correntes de papel. Bea odeia aquilo, mas não tanto quanto odiou o hospital em dezembro, com as árvores berrantes de papel metálico e luzes em formato de bengala, representando o primeiro Natal delas sem os pais.

Ela está sempre me chamando, diz Bea com rispidez. Ela não sabe o que Patty tem que desperta aquilo nela. Patty não precisa estar ali, mas escolhe estar ali, ajudando Bea a navegar em meio à quantidade sufocante de decisões e papelada que acompanham seu sofrimento. Patty é idosa, digna, estoica e ferina. Quando Bea perguntou por que elas não tinham se conhecido antes, Patty respondeu: *Sua mãe e eu tínhamos vidas diferentes. Bastava pra mim saber que vocês estavam vivendo a de vocês.* A geração de Patty é movida pelo dever, responde às necessidades. Agora, há uma necessidade.

Você tem que ficar mais aqui, diz ela para Bea. *Aonde você vai?*

Nada preparou Bea para a brutalidade da recuperação de Lo, nem para o espaço que lhe permitia contar as próprias perdas. Estas, realçadas no hospital, onde o ar é tão rarefeito e difícil de respirar. Às vezes, ela anda por Morel sozinha, por horas, e às vezes vai ao cemitério chorar no túmulo dos pais, até a realidade a chamar de volta. Ela é grata pelos breves momentos de descanso em que encontra com Casey, que parece até surgir do nada, oferecendo café e um ombro no qual chorar. Grata pelas noites em que o telefone toca e é ele.

Pra lugar nenhum, diz ela para Patty.

Quando Bea entra no quarto, Lo está fingindo dormir. A testa franzida a entrega. Quando Lo está dormindo de verdade, os remédios relaxam seu rosto, exceto pela cicatriz rosa que corta a paisagem da bochecha esquerda.

Lo parece não conseguir mais relaxar, tem muitos ataques de pânico quando anoitece, e fechar os olhos parece o melhor a fazer. O tempo dela na UTI, no respirador, a confundiu de uma forma que Bea não sabia que era possível. Lo teve alucinações. Agora, tem pesadelos com as alucinações. Às vezes, ela tateia cegamente atrás da mão que houver para segurar, suada e febril, e diz para Bea que tem um homem no pé da cama dela tentando pegar seu rosto... ou que havia um. Ela tem medo de todas as coisas que nem tem certeza se realmente aconteceram com ela.

Bea se sente desconectada do próprio corpo quando está com Lo, que está presa dentro do dela, aprisionada pela dor. A clavícula e as patelas e o cotovelo esquerdo fraturados. A mão esquerda quebrada. Abriram Lo imediatamente depois do acidente e tiraram o baço, depois costuraram com a infecção dentro, a infecção que quase a matou e a deixou fraca como um gatinho, dentre outras coisas. E aí, tem a pessoa em que a perda e o trauma transformaram Lo.

Bea ainda não entende a garota que sobreviveu ao acidente de carro, mas chegou rapidamente à conclusão desesperadora de que a irmã que ela conhecia morreu junto com a mãe e o pai. No primeiro mês em que Lo recuperou a consciência, Bea tentou envolvê-la com confortos do passado, sussurrava lembranças das duas no ouvido dela, contava do nascimento dela, da primeira vez em que Lo disse o nome dela, e Lo ouvia essas histórias e outras sem expressão no rosto, e no fim de cada uma dizia para Bea que não lembrava, que não sabia do que Bea estava falando. Isso resultou em exames neurológicos assustadores para garantir que o acidente não tinha roubado ainda mais de Lo do que dava para ver. Mas, no fim das contas, Lo lembrava. Só não queria lembrar.

Bea se senta na cadeira ao lado da cama de Lo, estica o braço e envolve o pulso ossudo de Lo com a mão. Lo sempre foi pequena, mas não assim. Ela perdeu tanta massa muscular e gordura que parece a morte. Bea jamais admitira para ninguém, mas sente repulsa.

Lo deixa o fingimento se prolongar um pouco antes de soltar a mão de Bea e virar o rosto para o outro lado. Ela deve estar com enxaqueca, porque, depois do movimento, ela engasga com ar, resmunga e começa a chorar. Lo tem que dizer aos médicos quando sente que a dor está chegando e Bea desconfia que Lo tenha deixado aquilo acontecer para puni-la pela ausência.

Bea estica a mão para Lo de novo.

Eu sei, querida, eu sei...

Não, sussurra Lo, *não sabe.*

Bea achou que Lo fosse ficar aliviada de ainda ter uma pessoa na vida da mesma forma que ficou aliviada de ainda ter uma pessoa na sua, mas Lo sente tanta, tanta raiva. Ela acordou e os pais tinham morrido, já estavam mortos. Acordou em um corpo frágil e fraco e pegando fogo. Ela olha para Bea, e Bea vê a pergunta nos olhos dela: *Por quê?* E Bea sabe que nenhuma resposta seria boa o suficiente para Lo.

Nem mesmo se viesse de Deus.

Lev é paciente.

Quando Bea perguntou a ele se a esperaria até Lo estar melhor, ele disse que não esperava que ela fosse antes disso.

Todos os dias, ela desejava que fosse logo.

Bea está cansada do hospital, onde Lo sente raiva e dor, e não tem nada que Bea possa fazer, e onde ela não faz diferença. Ela está cansada da reprovação de Patty, da expectativa de que seu sentimento de dever seja maior do que sua própria necessidade. E tem Lev no telefone, quase todas as noites, lembrando-a do trabalho à frente e do quanto ficaria incompleto sem ela, de como ela é essencial para a luta. Eles precisam da sua ferocidade, da sua impulsividade e do seu coração lindo e altruísta. Ouvir isso faz Bea sentir que consegue respirar, e ela o faz repetir várias vezes. Patty e Lo, as duas olham para Bea como se ela fosse egoísta.

Deus não escolheria alguém egoísta, Deus é infalível, diz ele para Bea. Na primeira vez que ela abriu o coração para o universo, foi para salvar outra pessoa.

Isso não é egoísmo. É algo puro.

Deus me deu uma revelação, diz Lev, e conta para Bea uma coisa que ela ainda não ouviu dos médicos: Lo terá alta no fim do mês. É mais cedo do que Bea pensava. Deveria haver mais uma página do calendário antes.

Mas acontece bem assim, como todas as revelações dele.

A recuperação de Lo vai continuar em casa. Patty vai assumir o cuidado de Lo na casa dela, em Ossining. Patty diz para Bea que Lo precisa de mais do que Bea pode lhe dar. Lo precisa de alguém que cuide para que ela coma e tome os remédios, precisa de alguém para cuidar das várias lesões e ferimentos com a eficiência profissional na qual Patty é tão boa. Lo precisa de alguém que fale de sua dor quando não consegue ou se recusa a fazer isso sozinha. Patty tem tempo. Patty tem dinheiro. Patty tem espaço. Patty mora perto de um hospital melhor.

Lo vai com Patty.

Você pode ficar conosco, diz Patty, *mas não espero que fique.*

Lo está dormindo, dormindo de verdade, quando Bea entra no quarto. O rosto dela está sem expressão, os lábios entreabertos, a respiração profunda e regular. Ela está tão pequena que tem até espaço para Bea se deitar na cama ao lado dela, e Bea faz isso, com um nó na garganta e lágrimas descendo pelo rosto. Ela está dividida entre a tensão do que ela foi convocada a fazer por Lev, por Deus, e o custo desse chamado. Bea ama Lo, sem se importar com o que ela se tornou, mesmo ela parecendo uma estranha no corpo da irmã. E não importa se o acidente roubou a língua secreta delas ou destruiu o lugar sagrado das duas, porque essas coisas, pela própria natureza, precisam mudar, porque nada pode ficar sempre igual. A vida não é exatamente assim?

Mas uma coisa sempre vai ser verdade.

Bea estica a mão, passa pela cabeça de Lo e tira o cabelo do rosto pálido. Chega o mais perto que consegue.

Eu vou sempre ser sua irmã, sussurra ela. *Eu prometo.*

Ela fecha os olhos. Ela sonha com ele.

NOVEMBRO DE 2017

— Gloria.

Ele é mais alto do que ela imaginava, os ombros largos. Está usando uma camiseta branca com as mangas compridas puxadas, meio enfiadas numa calça *jeans* surrada. Tem um nariz proeminente torto o suficiente para indicar a criação tragicamente violenta, que foi bem divulgada pelo material de leitura do Projeto (não há nada mais inspirador do que superar um passado trágico para ser então escolhido por Deus), e os olhos castanhos defensivos e fundos sugerem o mesmo. O cabelo preto encaracolado está afastado do rosto, e tem uma barba por fazer cobrindo o queixo e cercando a boca curva. A luz fraca bate no pequeno pingente de prata que ele tem no pescoço, que cintila brevemente para mim quando a porta de tela se fecha lentamente com um gemido atrás dele.

Ele é só um homem.

Assim que penso isso, a raiva corre pelas minhas veias e esquenta meu sangue. É uma ira tão forte que me faz querer voar para cima dele e parti-lo em pedacinhos.

O fato de Lev Warren poder fazer tudo que ele fez comigo...

E ser só um homem.

Foster se vira para Lev, que inclina a cabeça na direção dos fundos da casa. Uma ordem silenciosa. Foster assente, vai para lá e nos deixa em paz. A garotinha devia estar sendo cuidada por ele.

Lev se vira para mim, seus olhos encontram os meus. Meu peito se aperta dolorosamente, porque só consigo pensar na minha irmã e no que ela poderia ter visto e sentido em um momento daquele. Deus?

Sério?

Não era nada que eu pudesse aceitar na época, mas pelo menos foi abstraído pela dor dela e pela necessidade repentina e desesperada de fé perante nossa perda. Agora que a realidade está na minha frente, eu aceito menos ainda e a odeio ainda mais.

Fico parada na frente da varanda, de onde Lev está olhando para mim, esperando que eu faça alguma coisa, porque, seja lá o que venha em seguida, ao que parece sou eu que tenho que fazer. Eu sei que não terei outra oportunidade como essa novamente, então sigo lentamente o caminho e subo os degraus da varanda até estar na frente dele. Os olhos dele observam meu rosto por um longo momento, percorrem minha cicatriz, e ele me leva para dentro da casa.

Eu o sigo por um corredor escuro, as paredes de madeira escura engolindo a pouca luz que entra pelas janelas da porta nos fundos da casa. Há fotos velhas emolduradas nas paredes: a fazenda em dias diferentes, antes do Projeto, quando só pertencia aos Garretts. Os Garretts obviamente não moram mais lá, e eu me pergunto para onde foram e se quiseram ir.

Se ficaram felizes de dar a vida para um Deus ou se foi uma necessidade por causa da crescente popularidade do Projeto. Que preço eles botaram na vida e história deles para deixarem tudo para trás? Dinheiro ou bênçãos? Lev olha para trás e vira, seguindo para uma cozinha pequena. Está mais iluminado lá, com o sol entrando pela janela por cima da pia. Do outro lado do vidro, Foster e a menininha brincam no quintal. A sujeira de algumas refeições cerca a mesa e a pia, pratos de comida parcialmente consumida, migalhas e talheres. Tudo indica que há mais gente ali além dos presentes. Eu me pergunto se as pessoas estão em algum lugar da casa, se ela está escondida em algum lugar daquela casa, mas só escuto o som de um relógio tiquetaqueando baixo em outro aposento.

Lev cruza os braços e se vira para a janela para acompanhar o filme mudo que acontece lá fora. Uma brincadeira de pique-pega, pelo que parece, mas mesmo de onde estou vejo a tensão no corpo de Foster por saber que alguma coisa, que *alguém* que não devia está dentro da casa. Depois de um momento, Lev se vira para mim e se encosta na pia, os braços ainda cruzados. Não há tensão nele. O jeito como ele me olha carrega junto uma certa inevitabilidade.

— Você parece bem. — A voz dele é baixa e firme. Firme, mas sem rispidez. — Você está?

Ele novamente observa minha cicatriz... e o resto de mim. A pergunta parece mais pessoal do que ele tem o direito de perguntar, mas qualquer coisa menos do que eu responder parece covardia.

— Me recuperei integralmente — digo.

— Que bom. Então Ossining foi a melhor coisa pra você.

Eu aperto os lábios para segurar um sorriso amargo. Morar com Patty na casa dela, nos termos dela... bom, não foi a pior coisa para mim, mas seria difícil dizer que foi "a melhor". Eu me lembro do dia em que tive alta do hospital e pedi para Patty passar de carro pela nossa casa. O sentimento nas minhas entranhas quando eu vi o balanço no jardim... tudo parecia tão insuportavelmente igual que foi como se meu corpo acreditasse que a perda foi um sonho do qual eu tinha finalmente acordado. Eu chorei, supliquei para ela me deixar sair, mas ela disse que isso seria muito para mim. Ela sempre acharia que era muito para mim. Eu nunca voltaria para casa.

É como a gente conversou, dissera Patty sobre o combinado, mas eu juro que ninguém conversou comigo sobre isso. Há tantos buracos daquela época, tantos pesadelos de UTI que pareceram mais reais para mim do que o que estava acontecendo de verdade. Algumas das minhas lembranças ainda me confundem, e agora eu não tenho ninguém para me dizer a diferença entre o que foi e o que nunca foi.

Bea ligou para mim uma vez na casa da Patty. Eu tinha tomado analgésicos, e a única lembrança que ficou da conversa foi a última coisa que ela me disse na vida. Eu sei que *aquilo* foi real porque se impregnou nos meus ossos, se tornou um bote salva-vidas para os meses que vieram em seguida.

Nós vamos nos ver de novo.

Dois anos na casa da Patty e eu nunca a vi.

Mesmo depois que voltei para Morel, eu não a vi.

Pisco por causa do ardor repentino que sinto nos olhos. O peso do momento me sufoca na cozinha pequena, eu parada na frente de Lev Warren, e quero me afogar na verdade: ele é só um homem e, se é só um homem, isso faz com que eu seja o quê?

Menos do que irmã dela?

— Você tem meu tempo. Tem minha atenção — diz ele.

— Eu prefiro ter a dela. — As palavras se quebram quando saem dos meus lábios, patéticas demais para serem um insulto. O olhar que inspiram nele me faz me sentir impossivelmente presa a um corpo que só mostrou a ele fraqueza. Eu fecho os olhos e afasto o rosto.

— Eu não sou guardião da sua irmã e o Projeto nunca foi a prisão da sua irmã. Aceito que você pense em mim como seu inimigo, porque é mais fácil do que acreditar que ela fez uma escolha da qual você não fez parte. — Ele faz uma pausa. — Gloria.

Eu abro os olhos.

— Você tem meu tempo — diz ele de novo. — E você tem minha atenção.

— Casey disse que, se eu ficar tentando expor você, eu vou fracassar.

— Ela está certa. Nós não temos nada a esconder.

— Então por que invadir a *SVO*?

Ele franze a testa.

— Como?

— Não aja como se não soubesse.

— Mas eu não sei — diz ele.

— Membros do Projeto invadiram a *SVO* ontem à noite, quebraram o escritório inteiro — digo para ele. — É por isso que eu estou aqui. Manda seus cachorros pararem, porra.

— Você tem prova disso?

— Quem mais seria?

— Por que você tem tanta certeza de que fomos nós?

Eu abro a boca e volto a fechá-la. Lev empurra as mangas nos braços, virado para a pia. Ele abre a torneira e pega um dos pratos sujos, e é tão estranho vê-lo fazendo uma coisa tão comum quanto lavar louça, e percebo que não consigo lidar com essa ambiguidade; ou ele é um homem e deve fazer isso, ou ele é mais do que um homem que se digna a fazer. Ele é só um homem. Ele é só. Um homem. Ele esfrega o prato, enxágua e o coloca com cuidado no escorredor, depois olha pela janela. Foster e a garotinha não estão mais visíveis.

— O Projeto pode ter inimigos, mas nós não somos inimigos de ninguém — diz Lev. — E eu soube logo cedo que, para viver com ousadia na fé, nosso trabalho teria que ser nossa primeira linha de defesa e que teria que falar por si mesmo. Nossa missão não é nem nunca foi silenciar nossos detratores, mas fazer nosso trabalho falar mais alto do que eles. A *SVO* tem liberdade para escrever o que quiser e nós não vamos atrapalhar. Nós vamos continuar fazendo o trabalho. — Ele me olha. — Eu esperaria que um jornalista tão respeitado e comprometido com a verdade como Paul Tindale cuidaria para que qualquer história que ele escrevesse sobre nós fosse um fato verificável.

Independentemente disso, nós não invadimos seu escritório. Uma ação dessas vai contra tudo que defendemos.

— Eu não acredito em você.

— Isso é escolha sua — responde ele.

— O que você fez com Jeremy...

— Seja bem específica se você vai falar sobre o Jeremy.

— Você o isolou. Você o fez de refém, como a Bea. Você o manteve longe do pai...

— Nós não mantivemos Jeremy longe do pai.

— Não é o que Arthur parece pensar.

— Então isso é uma coisa sobre si mesmo que Arthur não está pronto pra encarar. Ao longo dos anos, nós nos tornamos um santuário para os que querem recomeçar. As pessoas veem suas redenções como uma lousa em branco em todos os aspectos da vida. Ninguém que vem até nós é obrigado a deixar nada pra trás que já não esteja disposto a deixar. Jeremy não queria uma relação com o pai e nós respeitamos isso. Nós não interviemos. Se ele tivesse decidido reabrir as linhas de comunicação com Arthur, nós teríamos aceitado. Eu também não era guardião *dele*. — Lev se move na minha direção. — Mas sei que isso não encaixa com a sua narrativa.

Fecho os olhos brevemente, como se pudesse me reiniciar cada vez que fizesse isso e recuperar meu controle da situação, se é que já o tive.

— Eu estava presente quando Jeremy morreu.

— Casey falou.

— É por isso que eu sei que você é responsável.

Uma sombra surge no rosto de Lev.

— Como você se sentiria — pergunta ele baixinho — se você assumisse um compromisso com uma coisa em que você acreditava e vivesse e incorporasse essa crença só para vê-la pervertida pela recusa de outra pessoa de aceitá-la ou entendê-la?

Ele me dá um momento para responder, mas eu não respondo.

— Jeremy fez um trabalho incrível — continua Lev. Ele procura distraidamente o pingente e passa o polegar por cima. — Ele era parte de várias iniciativas de divulgação para os necessitados. Era um dos nossos principais membros na mentoria de jovens. Ele nos amava e nós o amávamos. Negar a autonomia dele e apagar o trabalho de vida, rejeitar a fé dele para você poder reescrevê-lo como minha vítima e do Projeto com o único propósito de validar seu ódio por nós e sua raiva da sua irmã é... muito horrível.

Mordo a bochecha por dentro com tanta força que sinto a pele se abrindo nos dentes. O gosto ruim de cobre vem logo em seguida.

— Se alguém podia ter salvado Jeremy, não deveria ter sido você?

— Não. Porque eu não sou Deus. Eu sou só um homem. — Ele chega mais perto e ocupa toda a minha visão, forçando contato visual, e a proximidade dele ativa uma reação de fuga em mim, deixa minha boca seca, meus lábios e as pontas dos meus dedos entorpecidos. Tem um torno em volta do meu coração, que bate freneticamente dentro dele. — Me conta o que você quer de nós.

— Eu quero a verdade.

— Eu te dei a verdade e você a rejeitou.

— Eu quero minha irm...

O som daquela voz. O som da voz *dela*. Aquela garotinha destruída arranhando a parede dentro de mim, mas agora a parede se foi e sinto a ausência dela e uma inundação de necessidades em seguida. *Eu quero a minha irmã*, sussurra a garota em mim, e as palavras tentam sair da minha boca inteiras. Eu mordo. *Eu quero a minha irmã.* É mais alto do que a voz de Jeremy ainda ecoando na minha cabeça. A súplica final dele se mescla com o refrão lamentável dela até formarem uma nova vontade: *Encontrar ela.*

— Lo.

A gentileza na voz de Lev me leva a fazer uma careta, mas tem mais alguma coisa... meu nome. O jeito como "Gloria" soou nos lábios dele antes, como se ele nunca tivesse dito o nome antes, e como "Lo" sai sem esforço agora. A ideia de ser mencionada entre ele e Bea endurece alguma coisa dentro de mim o suficiente para a minha raiva aumentar acima de todas as minhas vontades.

— Casey não te falou? A história não é mais do Paul. É *minha.*

— É? — pergunta ele.

— É. Começa com uma garota quase morta em um hospital. A única coisa que ela ainda tem no mundo é a irmã mais velha, até que o Projeto Unidade a leva embora. Eu me lembro de cada ligação com Casey, de cada porta que ela bateu na minha cara, de todas as vezes em que ela me disse que Bea não queria saber de mim. O que as pessoas achariam disso? De como vocês trataram uma *criança*? Uma *criança* ferida e órfã... — Minha voz falha. — E agora, Jeremy. Ele se junta ao Projeto Unidade, isola o pai da vida dele e pula na frente de um trem. Eu acho que você é um veneno. Eu acho que o mundo precisa saber.

Lev não responde.

— E se isso tudo não chamar a atenção de todo mundo, talvez isto chame. — Faço um gesto entre nós. — O primeiro encontro de Lev Warren com a imprensa desde 2011.

Eu me viro e vou para o corredor na hora que a garotinha sobe na varanda, rindo, Foster logo atrás. Ela para quando me vê e me observa com atenção, o rosto obscurecido pela tela.

O piso geme baixo atrás de mim.

— Tem tanta coisa que você não entende — diz Lev nas minhas costas.

— Se o Projeto Unidade não quer que essa história se espalhe — digo sem me virar —, Bea precisa me contar uma diferente, e vai ter que ser na minha cara.

PARTE DOIS

2012

Para dar a dádiva da expiação, Bea precisa primeiro ser redimida.

Para ser redimida, Bea precisa abandonar tudo que ela sabe que é.

Ela encosta o telefone no ouvido, tremendo, enquanto espera uma resposta. Observa a cena serena de inverno do lado de fora da janela à frente. Seus olhos seguem um lindo céu azul pelo topo dos pinheiros cobertos de neve que se espalham pela área da propriedade e, além deles, embora ela não consiga ver, o lago cintilando, ela sabe, com luz.

A água vai estar fria.

Mas primeiro, aquilo.

Patty atende.

Bea pede para falar com Lo.

Ela acabou de tomar os remédios. Não está em condição de conversar.

Bea insiste. Há uma série de sons em seguida. A voz de Patty de novo, mais gentil do que Bea já ouviu, encorajando Lo a abrir os olhos: *Boa menina, você está ótima...* Os sons baixos de Lo acordando, a transferência desajeitada do telefone de Patty para a mão fraca de Lo e, finalmente, a voz da irmã no ouvido, densa como melado: *Alô.*

Quando Bea diz "*Oi, Lo*", Lo responde "*Mãe?*"

O silêncio que vem em seguida é doloroso, mas bem menos do que seria se Lo estivesse mais ciente. É melhor assim, Bea diz para si mesma. Melhor que Lo esteja com tudo meio embaçado e de guarda baixa em vez de irritada e fechada, culpando-a por coisas tão fora do controle dela.

Bea. Lo se corrige. *É você mesmo?*

Ela ignora a pontada de culpa que a pergunta inspira e faz uma outra. Ela quer saber como Lo está se sentindo. A resposta de Lo atravessa lentamente a distância entre a cabeça até a boca e o ouvido de Bea: *Cansada*. Ela está muito cansada. A cicatrização é um trabalho exaustivo.

Bea engole em seco, uma dor se espalha pelo corpo a partir do coração. Por mais que ela queira o que está na frente dela, ela também quer ficar na linha assim para sempre, trocando o máximo de palavras descomplicadas que puder, porque faz muito tempo que não é fácil com Lo.

Ela sente um toque tranquilizador de mão apertar seu ombro e se concentra no calor dela sobre a blusa. Pensa na água atrás das árvores e em como vai estar fria.

Eu tenho que ir dormir, murmura Lo, e Bea suplica para ela esperar, para aguentar, ela precisa contar uma coisa importante. *Tudo bem*, sussurra Lo, e Bea se prepara para falar, mas o que sai pela boca é *Eu me lembro do dia em que você nasceu*.

Por mais longe que o tempo a leve, Bea sempre vai lembrar como se fosse ontem. Ela conta para Lo sobre sua raiva e seu medo, que ela foi egoísta e resistiu à chegada de Lo até o ponto de pedirem para ela escolher o nome da irmã. Bea não queria escolher, mas ouviu uma voz dentro de si. Anos depois, ela entendeu a quem pertencia.

Foi você, Lo. Você me deu o nome, de alguma forma.

Lo, a voz fraca na linha: *Eu gosto do meu nome.*

Bea ri um pouco e seca o rosto.

Me disseram que você ia morrer. Me disseram que eu ia ter que te enterrar.

Mas eu estou aqui, sussurra Lo. Ela está se afastando rápido. *Por que você não está aqui?*

Bea fecha os olhos. Ela quer que Lo entenda aquela noite no hospital, o que era para ser a última noite de Lo na face da Terra. Que fez Bea cair de joelhos e que partiu seu coração no meio, e como essa fissura chamou um milagre. Ela quer que Lo entenda como foi estar lá, sentir a morte tão iminente, uma podridão palpável, depois ver Lev parar ao lado do corpo deitado de Lo e tirar tudo dele. Vê-lo colocar as mãos nela, sentir a eletricidade que encheu o espaço apertado. Foi uma eletricidade que percorreu todos eles, mas ninguém mais do que Lo. As luzes piscaram um pouco, Bea lembra... não piscaram? Ela acha que deve ter sido naquele momento que aconteceu. O momento em que ele deu vida a Lo e a morte fugiu dela.

Ela nunca contou à irmã o que aconteceu naquele dia porque Lev falou para ela não contar; quando Lo estivesse pronta para saber, Deus revelaria para ela. Mas a energia de Lev, a energia de Deus, devia ter marcado a inconsciência de Lo. Quando Lo sussurrou sobre o homem no pé da cama, o que ela confundiu com um pesadelo, esticando a mão para ela, só pode ter sido uma pessoa. Bea quer tanto que Lo entenda que tudo agora deriva desse milagre, mas ela deixa bem guardado no coração. Lev prometeu a Bea que Lo um dia entenderia.

Bea precisa confiar nisso.

Lo, eu preciso que você saiba de uma coisa, diz Bea baixinho no telefone. *Aqui é onde eu devo estar. Um dia, você vai seguir o mesmo caminho. Nós vamos nos ver de novo. Mas, agora, você precisa saber que eu te amo muito.*

Lo não responde. Bea a ouve respirar.

Em seguida, a voz de Patty na linha: *Ela pegou no sono. Deixe-a dormir.*

Com uma respiração trêmula, Bea desliga o telefone e começa a chorar.

Casey passa os braços em volta de Bea, as mãos se unindo no peito de Bea, apoiadas de leve na ponta do coração.

A água vai estar fria, diz ela.

Ele está na beira do lago, com gelo na margem, o sol tocando o horizonte enquanto se põe lentamente. Ele a sente e vira. Estica a mão.

Vá até ele, diz Casey baixinho atrás dela.

Bea faz a caminhada até Lev sozinha.

Ela segura a mão dele. Está quente. Eles olham para o lago juntos e ele manda que ela entre na frente. Assim que a pele faz o primeiro contato com a água, ela inspira fundo. O corpo dela se arqueia e os joelhos quase se dobram. O frio penetra até os ossos. Lev anda ao lado dela, a água batendo nas roupas. Ele não se encolhe.

Pai misericordioso, sua filha ouviu seu chamado. Ela aceita sua dádiva de expiação e renuncia a todos os pecados. Em seu nome, vou redimi-la, para que ela possa ser santificada e renascida em nossa imagem, para assumir um lugar entre os nossos Escolhidos... e para fazer seu bom trabalho.

Ele chega mais perto, encosta o corpo no dela, encosta a boca na lateral do rosto dela antes de ir para a orelha. Ele diz para ela repetir depois dele.

Ela repete.

Eu acredito que Lev Warren foi chamado por Deus. Acredito que sou Escolhida dele. Acredito que ele é meu refúgio, que a fé dele é meu escudo e que existir na sombra Dele é viver na luz do Senhor. O mundo vai desabar em volta da fortaleza dele, mas todos lá dentro ficarão intocados, pois nenhum mal vai acontecer aos que estão sob proteção das asas de Lev. Em troca de depositar seu amor, graça e proteção em mim, sempre que ele chamar eu vou atender. Vou protegê-lo de todas as formas. Vou honrar, sustentar e exemplificar minha salvação no meu compromisso com Deus pelo trabalho do Projeto Unidade Dele e na obediência do Verdadeiro e Único Redentor Dele, Lev Warren. Eu me liberto dos meus pecados, do meu passado e de toda a minha vida antes do Projeto Unidade para que possa permitir à verdadeira fé que forme raízes. Entendo os sacrifícios que isso pede de mim e vai continuar a pedir. Amém.

Ele aninha delicadamente a nuca dela com a mão, a outra encostando delicadamente no peito dela enquanto ele a deita na água e a segura lá.

Os pulmões dela ardem querendo ar.

Ela percebe de leve que não sente mais frio.

Ele sussurra o nome dela.

Ela o deixa entrar.

NOVEMBRO DE 2017

As letras que sobreviveram do lema da *SVO* (TODAS AS BOAS HISTÓRIAS TÊM UM PROPÓSITO) estão cobertas por traços caóticos de tinta vermelha, transmitindo uma nova mensagem.

TODOS SOMOS UM

O escritório está diferente desde a invasão, daquelas formas pequenas e cruciais que provocam agitação e incômodo. As portas foram substituídas, o anúncio familiar de todas as idas e vindas em forma de gemido, silenciado. Superfícies vazias onde antes havia coisas quebráveis; de vez em quando, um de nós chuta um pedaço perdido de vidro que passou despercebido na limpeza. Os armários da cozinha estão tomados de pratos e copos descombinando que desconfio que Paul tenha trazido de casa. Fico procurando a caneca favorita dele, mas depois me lembro.

As plantas não aguentaram.

O escritório de Paul foi completamente destruído, o computador feito em pedacinhos. O disco rígido acabou dando para recuperar, mas, mesmo que não tivesse dado, está tudo na nuvem. E tem as incongruências: as coisas de todas as outras pessoas ficaram intocadas. Essa foi a prova de que Paul precisava para descartar a teoria de universitários babacas bêbados comemorando Halloween.

Foi pessoal.

Eu paro na frente da porta dele e bato.

— Entra — diz ele.

Ele está de óculos hoje, a testa franzida para o computador novo. Ele só usa óculos quando os olhos estão cansados demais para as lentes de contato, e isso só costuma acontecer quando alguém está fazendo merda. Hoje, pelo menos, eu estou razoavelmente confiante de que não sou eu.

— O que foi?

Ele indica a cadeira na frente da mesa. Eu não me sento.

— E se eu tivesse uma história? — pergunto.

— O quê?

— E se eu tivesse… sei lá, se tivesse uma história incrível, enorme, exclusiva, que nem você pudesse recusar. Só imagina comigo: e aí? O que você me diria? Você a publicaria?

— As chances disso são…

— Aconteceu com você. Foi assim que você estourou.

— Iniciar uma carreira e estourar são duas coisas diferentes — diz ele. — Já é bem difícil fazer um; o outro, mais ainda, e mais raro ainda os dois ao mesmo tempo. Foi muita sorte e momento certo, e eu não estava procurando como atalho. — Eu levanto os olhos para o teto, e ele cede. — Se você tivesse uma história "grande", sim, claro que nós tentaríamos ver como a *SVO* poderia facilitar o lançamento.

— O que isso quer dizer? Quer dizer que você me deixaria escrever?

— Se fosse a melhor das opções disponíveis, sim.

Mas ele jamais acharia que era. Eu teria que provar. Olho para o rio lá fora. Todos os dias andam cinzentos, o tempo sempre no ponto exato entre o desagradável e o horrível. O Projeto Unidade não fez contato desde que eu fui à Fazenda Garrett, e cada dia que se passou parece mais e menos urgente por causa disso. Mas olhei nos olhos de Lev Warren e falei para ele que eu seria a pior coisa que já tinha acontecido com ele. Eu *tenho* que cumprir isso, e a única pessoa que poderia me ajudar quer me atrapalhar.

— O quê? — pergunta Paul por causa do meu silêncio.

— Você acha que eu fui nas suas aulas porque queria ser sua assistente? — Eu cruzo os braços. — E o que em mim te fez dizer "Eu quero que *aquilo* seja minha assistente"?

Nós nos encaramos por um longo minuto.

— *Aquilo*? — pergunta Paul. — Denham, por que você acha que eu te contratei?

Passo os dedos pelos lábios e olho para trás dele, para a janela, mas não vejo nada lá. Andei me fazendo a mesma pergunta desde que ele me disse que não havia chance de eu mudar de função, e todas as vezes que chego perto da resposta que me parece mais plausível, eu tenho que desligar aquela parte do meu cérebro.

— Não sei.

— Tem certeza disso?

— Ah, Paul. Eu era uma garotinha em comparação a todas as outras pessoas nas suas aulas, e se você não achou que eu podia... se não achou que eu podia... — *Escrever*. Eu nem consigo dizer. — Então, só pode ser porque eu tenho essa... porque eu tenho essa aparência trágica, só isso.

Ele olha abertamente para a minha cicatriz, mas eu meio que joguei a questão na mesa, então a única culpada por eu me sentir mal sou eu mesma.

— Foi acidente de carro, você disse? Levou sua família toda?

O assunto só surgiu uma vez antes, de forma breve e constrangedora, quando eu comecei a trabalhar, depois de uma das linhas de questionamento invasivas de Lauren. Fiquei mal-humorada porque não sabia que Lauren é assim mesmo. Eu me lembro do silêncio efêmero que veio em seguida, de não conseguir encarar ninguém até uma hora depois ou mais, quando já parecia bem distante.

Ninguém nunca mais tocou no assunto.

— Foi.

— Isso é bem... difícil.

— É.

— Olha, Denham, por mais que eu tenha te dado o emprego, não foi por ter sentido pena de você. Lauren estava trabalhando dobrado tinha um tempão e não era justo com ela, e eu estava entrevistando gente para o emprego de assistente havia mais de um mês...

— Então você estava desesperado — concluo.

— Também não é isso. Você pode me deixar falar? — pergunta ele, rindo um pouco. — Sabe, esse foi o principal motivo para eu ter te escolhido para o emprego. Você não me deixava falar na minha aula. Toda vez que eu falava uma coisa, você levantava a mão. Porque essas coisas costumam ser moleza. As pessoas vão e não participam. Você me deixou alerta. Eu pensei: se ela topar, ela vai me deixar alerta. E eu estava certo.

Eu engulo em seco. Sei que Paul acha que está me elogiando, que não tem nada de errado com o que ele está dizendo, mas é difícil me ouvir colocada num papel que eu nunca visualizei para mim. E me sinto idiota de não ter percebido que era só isso que estava sendo oferecido a mim o tempo todo. Eu mudo de assunto porque não consigo agradecer por ele me fazer me sentir tão inútil.

— Você vai mandar pintar aquela parede?

— Lauren quer que eu deixe. Diz que parece poesia rabiscada. — Ele faz uma pausa. — Eu odeio. Mas vou deixar que ela curta até o ano-novo. Talvez. Provavelmente, não.

Eu o deixo trabalhando e volto para o meu trabalho.

O telefone toca assim que eu me sento.

— *SVO*. Escritório de Paul Tindale.

Desta vez, o silêncio do outro lado parece mais uma peça se encaixando no lugar. Eu me viro para longe de Lauren, levo a boca para perto do bocal e baixo a voz.

— Casey? — Faço uma pausa e fico ouvindo a respiração do outro lado da linha. — Olha, se for alguém do Projeto...

Desligam.

É a primeira vez que desligam na minha cara.

Coloco o telefone de volta no gancho e volto a trabalhar, abro a caixa de entrada de *feedbacks*, vejo a baboseira de sempre. Um *e-mail* do Facebook chama minha atenção.

Arthur Lewis quer que você entre para o grupo A VERDADE SOBRE O PROJETO UNIDADE.

— Ah, merda — digo baixinho.

Lauren me olha.

— O que foi?

— Hã, nada. Eu achei que tinha deletado uma coisa que não devia.

Isso parece satisfazê-la. Clico no *link* e espero a aba carregar.

A imagem de capa da página tira meu ar. É uma das fotos da série que Arthur me mostrou no celular... Bea está nela. Ela está perto do Jeremy, olhando para algo à esquerda. Eu aumento a imagem e a observo da forma que não pude fazer quando estava sentada em frente a Arthur no bar, sem revelar alguma coisa.

Quando eu era pequena, não havia ninguém mais bonita para mim do que Bea. Ela me lembrava as princesas nos filmes da Disney; a luz sempre batia nela do jeito certo, acentuando a fagulha nos olhos castanhos calorosos e refletindo o cabelo castanho ondulado, que sempre caía perfeitamente em volta da cabeça, sem nem um fio fora do lugar. Minha mãe sempre disse que Bea tinha um *espírito adorável*, a Beabelha, tão impulsiva e livre, e o tanto que ela era adorável tornava impossível ver além daquela camada de beleza e enxergar os defeitos. Mas ela os tinha. Eu tinha 11 anos quando tive inveja de irmã menor a ponto de começar a catalogá-los. A boca era pequena demais para o rosto, os olhos um pouco próximos demais, a pálpebra direita um pouco maior do que a outra, de forma que, às vezes, se você olhasse para ela no momento certo, dava para ver duas expressões diferentes brincando no rosto.

Tem um mundo de diferença entre 19 e 25, e é isso que estou vendo. A Bea que eu tenho na mente está congelada para sempre no corpo, no estado em que a vi pela última vez. O cansaço do hospital nela, o cansaço de cuidar de mim nela. Sumiu na foto. Ela se acomodou nas feições. Está totalmente à vontade. Faz meu estômago doer pensar no quanto ela está mais distante de mim do que eu já estive dela. Eu desço da foto para a única postagem do grupo, do Arthur, uma súplica por ajuda em letras maiúsculas, abalada pela dor.

> ESTOU PROCURANDO RESPOSTAS RELACIONADAS À MORTE DO MEU FILHO, JEREMY LEWIS... JEREMY TINHA 23 ANOS E A VIDA TODA PELA FRENTE QUANDO SE JUNTOU AO PROJETO UNIDADE. JEREMY MORREU DISTANTE DA FAMÍLIA E DOS AMIGOS, SEM DINHEIRO, SEM BENS E SEM ESPERANÇAS, E EU ACREDITO QUE O CULTO DE LEV WARREN (SIM, É UM CULTO!!!!!) É DIRETAMENTE RESPONSÁVEL. SE ALGUÉM

TIVER INFORMAÇÕES OU HISTÓRIAS PRÓPRIAS SOBRE O PROJETO UNIDADE, POR FAVOR, COMPARTILHE AQUI... EU PRECISO QUE ALGUÉM ME AJUDE A EXPOR A VERDADE E CONTAR ESSA HISTÓRIA!! LEV WARREN É UM ASSASSINO!!!!! ELE ASASSINOU MEU FILHO!!!!! VICE, NBC, CNN, INVESTIGUEM ISSO SE PUDEREM ME AJUDAR

A foto de perfil dele é a foto do Jeremy que ele guarda na carteira. Ele marcou o Projeto, marcou a imprensa. Comentou na própria postagem; uma única palavra: *Jeremy*, como se ele tivesse começado a digitar uma coisa e apertado a tecla *enter* antes de terminar e depois se afastado da tela, deixando para o resto de nós completar. É quase mais triste do que eu posso suportar.

Volto para a foto para salvá-la. Eles estão tão próximos, Bea e Jeremy. Parecem bons amigos. Penso nas outras fotos que vi rapidamente no celular de Arthur, ela sussurrando no ouvido dele, e me pergunto pela primeira vez o que mais ela poderia estar dizendo para ele além do meu nome. Quando penso em Bea, penso em uma garota feita de refém pela dor e pelas pessoas que se aproveitaram dela. Mas onde fica o limite entre o que as circunstâncias fazem de você e o que você escolhe ser?

Duas horas depois, atualizo a página de Arthur para ver se tem novas atividades. Sumiu.

***

Está caindo uma chuva gelada quando saio do trabalho. Estou andando para o meu apartamento, os ombros encolhidos até as orelhas, quando meu celular toca. Eu chego para o lado enquanto as pessoas passam correndo e enfio a mão no bolso. Olho a tela. CASEY BYERS. Deixo o telefone tocar bem mais e o levo ao ouvido enquanto fico embaixo do toldo da Confeitaria Roth, com o odor intenso de pão cortando o ar frio e sujo.

— Alô.

— Oi, Lo. É Casey.

— Onde você conseguiu este número?

— Você não é tão difícil de encontrar. Estou ligando em nome do Lev — diz ela. — Ele decidiu que há certas coisas que precisam ser discutidas se nós queremos seguir em frente para nos entendermos.

Eu olho para a rua e vejo um SUV apertar os freios e derrapar só um pouco antes de parar no sinal.

— Eu não quero falar com Lev. Quero falar com Bea.

— Você precisa entender que o que será oferecido a você nunca foi oferecido a ninguém antes e, se você recusar, então... Acho que cada um de nós vai prosseguir da forma que achar melhor.

— Você está me ameaçando?

— Não mais do que você nos ameaçou.

— Eu achava que o Projeto deixava o trabalho falar por si só. — Eu me encosto no prédio e vejo um casal passar, uma garota com o braço passado no de outra garota, dois pares de olhos voltados apenas um para o outro. Eu me pergunto como é isso.

— Nós deixamos. E você será bem-vinda para ver.

Eu limpo a garganta.

— O que exatamente é essa proposta?

— Venha para a Casa Chapman. Converse com Lev. Ele vai te contar tudo que você precisa saber.

— E Bea?

— Bea tem outras obrigações.

Eu balanço a cabeça, como se ela pudesse me ver.

— Isso não é bom o suficiente...

— Olha, posso te dizer uma coisa, Lo? — interrompe ela. — E não é uma coisa que tenham me mandado dizer, mas algo que eu acho que você precisa ouvir.

Eu fecho os olhos.

— Manda.

— Você está abordando isso de um lugar de... de terminar uma coisa. Acho que vai fazer um mundo de diferença pra você se sua abordagem for a de um começo. Eu realmente acredito que você vai conseguir bem mais se fizer assim.

— Só é estranho que vocês não queriam saber de mim quando eu era nova demais e impotente demais pra resistir — digo enquanto abro os olhos. — Agora, eu estou em cima de vocês, e de repente o Projeto Unidade tem espaço pra mim? Na última vez em que nós conversamos, você me chamou de furiosa e insolente, Casey.

— É porque você é — responde ela calmamente. — Mas você nunca foi impotente. Você só não estava pronta para a verdade. Você vai se encontrar com ele para ouvir ou não?

— Quando?

— Ele consegue arrumar um tempo no meio da semana.

— Chapman fica longe — digo. Fica no sul do estado, no condado de Dutchess. Eu teria que ir até Poughkeepsie para chegar lá. — Tem que haver algum lugar no meio do caminho.

— Essa parte não é negociável — diz ela. — Eu te busco na estação de trem. Vamos cuidar pra que você volte pra casa em segurança. Agora, você vai se encontrar com ele ou não?

Casey me espera na estação de Poughkeepsie.

Ela está usando uma calça *jeans* e um casaco preto de lã, com uma bolsa tipo carteiro pendurada no ombro e o cabelo num coque apertado na parte de trás da cabeça. Está longe da mulher de vestido branco, com o cabelo ruivo caindo nos ombros, usando a fé em Lev como se fosse um acessório. A de agora é mais a Casey que eu conheço. A que ficava sempre no meu caminho.

— Como foi a viagem de trem? — pergunta ela.

— Sem intercorrências.

— Melhor do que a alternativa.

Ela faz sinal para eu ir atrás dela. Nós seguimos pela estação lotada até o estacionamento, onde um SUV branco sujo nos espera. Casey pega a chave eletrônica, aperta um botão e, com um barulhinho baixo, a porta é destrancada. Ela entra atrás do volante e eu entro ao lado dela, coloco o cinto de segurança e ela gira a ignição e liga o aquecimento. Enquanto o carro esquenta lentamente, ela enfia a mão na bolsa.

— Antes de chegarmos lá, vou precisar de uma coisa de você.

Olho para ela com cautela e ela pega um pedaço de papel. Oferece para mim e, como eu não dou sinal de que vou pegar, ela diz:

— Eu posso ler pra você, se preferir.

Eu pego o papel da mão dela sem muita gentileza e dou uma olhada.

Como convidada na Casa Chapman do Projeto Unidade no dia 22 de novembro de 2017, eu entendo que posso ter acesso a informações confidenciais sobre o Projeto, sua história, seus membros, seus funcionamentos internos e operações diárias... com um espaço embaixo para a minha assinatura.

— Você quer que eu assine um acordo de confidencialidade?

— É pela duração da sua visita de hoje.

— E se eu não assinar?

— Por que você acha que nós ainda não saímos da estação?

— Isso é uma ordem de silêncio.

— Nós estamos protegendo nossos membros.

— Vocês tratam todos os convidados assim?

— Nós nos orgulhamos da nossa transparência como organização, mas nossos membros têm direito à privacidade. Você é da imprensa... e está indo para a casa deles.

— Vocês tratam todos os convidados assim? — pergunto de novo.

Ela me olha.

— Nós não temos convidados na Casa Chapman.

Eu mordo o lábio, furiosa, e me viro para longe dela, para olhar para os carros saindo das vagas e seguindo caminho. Foi muito inteligente me levar até Chapman para depois enfiar aquilo na minha cara. A maioria das pessoas preferiria ficar refém a sentir que perdeu tempo. O acordo me proíbe de contar minhas experiências dentro da Casa Chapman sem permissão escrita de Lev ou Casey.

— Só por hoje — repito.

— Sim.

Eu releio o acordo para ter certeza de que é a única limitação. Depois de um longo momento, peço uma caneta para Casey. Hesito antes de assinar meu nome na linha pontilhada.

Gloria Denham.

— Obrigada. — Casey guarda o papel. — Sei que não foi fácil pra você.

Ela sai do estacionamento e entra no trânsito. Eu engulo em seco e olho para as minhas mãos.

— Você não dirige, né? — pergunta ela.

— Às vezes, dirijo. — Patty me obrigou a aprender. *Não quero saber se você vai voltar a entrar atrás do volante depois disso, mas você precisa saber para o caso de precisar.* — Eu só tento não fazer com que seja um hábito.

— Isso é fascinante. Por causa do acidente, imagino?

Eu não respondo.

— Mas você era passageira — diz ela.

Eu continuo sem responder.

Tantas vezes quanto suporto isso, eu olho pela janela. Chapman é uma das menores cidades do vale. Tem uma energia pretensiosamente artesanal, o tipo de lugar feito para usuários profissionais do Instagram, mas, se você dirigir por um tempo, aquela parte vai ficando para trás e vira natureza.

É lá que fica a Casa Chapman, do Projeto Unidade, bem afastada da agitação do mundo.

Há cada vez menos carros conforme seguimos. Casas esparsas ocupam os dois lados da rodovia, até que não há mais casas, só floresta e estrada. Começa a nevar. Depois de um tempo, Casey entra em uma estrada que só posso supor que leva ao nosso destino, a julgar pelo sorrisinho que ilumina o rosto dela. E então:

— A Casa Chapman.

Não é uma casa. É uma pousada. Tem dois andares e uma largura que vai além do para-brisa. É linda, e a beleza dela é uma coisa que eu odeio, porque é impossível de ignorar. O contorno e o telhado são de um verde-floresta escuro. Os ângulos são modernos e agradáveis.

A grande entrada com moldura de madeira é iluminada pelo brilho convidativo de uma luz no teto. Janelas estreitas dos dois lados da porta indicam o que tem dentro, mas estou longe demais para ver. Casey estaciona ao lado de um grupo de carros cobertos de neve.

— Quantos moram aqui? — pergunto.

— Aqui em Chapman ou aqui na Casa Chapman?

— As duas coisas, acho.

— Temos um pouco mais de trezentos membros em Chapman. Eles estão espalhados por residências do Projeto na cidade e fora dela. Temos cinquenta morando aqui, funcionários. Nós desenvolvemos e supervisionamos iniciativas do Projeto, cuidamos das necessidades dos membros de forma individual e como um todo. Dependendo do que está acontecendo dentro do Projeto Unidade, nós podemos ter mais de cem membros entrando e saindo. A casa também tem uma função similar à da fazenda; nós fazemos reuniões, eventos e sermões aqui, principalmente quando o tempo está bom. Depois da casa tem um lago. É bem bonito.

— Quem pagou por isso?

— Meu pai doou a propriedade. Ele fazia retiros da empresa aqui — responde Casey. — Ele é um grande defensor do nosso trabalho. Não custou nada ao Projeto Unidade.

— Ele é membro?

Jerry Byers é o CEO da NuCola, o refrigerante zero calorias de melhor gosto no mercado, e está nadando em dinheiro. Sempre que Casey aparece no noticiário por trabalhos do Projeto, ninguém deixa o parentesco deles para trás. Mas eu nunca ouvi Jerry Byers identificado como membro, nem mesmo fã, e eu me lembraria de uma coisa assim.

— Não. Não oficialmente. — Casey tira a chave da ignição. — Vamos.

Ela sai do carro.

Eu fico olhando para a casa, sabendo que Bea não vai estar lá e me permitindo imaginá-la lá de qualquer modo, imaginá-la se escondendo de mim em algum lugar lá dentro.

Meu celular toca. Eu o tiro da bolsa.

Não reconheço o número.

— Alô. — O som lento e familiar de respiração chega ao meu ouvido na mesma hora em que Casey se vira para mim com expectativa. Meu sangue gela. — Quem é? Como você conseguiu esse número?

Nada. A expressão de Casey fica impaciente e eu desligo e tento deixar para lá. Saio do carro e sigo até a porta da frente. Ela a abre e indica para que eu entre na frente. Depois que passo pelo umbral, ela vai na frente de novo e entramos em uma sala ampla.

— Este é o Grande Salão — diz ela, a voz ecoando de leve.

É enorme. À frente há uma parede toda de janelas, com uma porta no meio delas, e a vista é de tirar o fôlego, como uma pintura de Bob Ross. Tem neve rodopiando em volta e no meio de pinheiros magníficos, e o gramado vai na direção deles, uma área de branco puro. Todos os móveis no aposento apontam na direção da cena, e todos parecem caros. Sem dúvida já estavam no imóvel. O teto é alto, com lindas vigas de madeira e luzes penduradas. Eu me viro e olho a sacada do segundo andar, virada para as janelas. Dos dois lados do aposento há portas de madeira pesadas e bem fechadas, que levam a partes desconhecidas.

— Onde está todo mundo? — pergunto.

— Nós estamos no meio de um dia de trabalho, Lo.

Eu sei, tenho vontade de responder. *Eu tirei um dos meus dias de folga em caso de doença para vir aqui.*

Está quente, e me lembro da tenda sufocante na Fazenda Garrett. Puxo a gola e sinto os olhos de Casey em mim enquanto observo os arredores. Ando lentamente pela sala, passo os dedos pela beira de um sofá, de uma cadeira de mogno. Paro nas janelas. A neve está caindo com mais força agora.

— Não dá pra ver agora — diz Casey quando se junta a mim —, mas tem um caminho entre aquelas árvores que leva até o lago. No verão, o céu lá fora parece que não acaba nunca. Eu adoro este lugar. É tão tranquilo. É bem silencioso pra refletir e ficar sozinha consigo mesma. Ficar verdadeiramente sozinha com Deus. Tipo um lugar no fim do mundo.

— Parece — digo. — Onde está Lev?

Ela olha para as árvores antes de ir até uma mesinha no canto, onde há uma jarra com água em infusão ao lado de uns copos. Ela serve um para mim. Por um momento, parece que ela está esperando meu agradecimento, mas eu não agradeço, e é em momentos assim que eu me pergunto o que minha mãe acharia de mim. Se ela ficaria decepcionada com o quanto fiquei amarga e obstinada. Eu tenho menos medo do que tinha, mas não sei se valeu o preço. Eu tomo um gole de água. Tem um gosto cítrico, limpo.

— Fique à vontade — diz Casey —, vou avisar a ele que você está aqui.

Ela se afasta e desaparece por trás da porta do lado esquerdo da sala. Fecha-a delicadamente, mas há um *clique* revelador. Espero um minuto e repito o caminho dela até chegar à porta. Testo-a e encontro-a trancada. Da mesma forma que a porta do lado direito da sala. Eu me viro para as janelas e tenho o mesmo pensamento que tive no sermão: se eu morresse ali, ninguém saberia.

Eu espero muito tempo. Já esperava que seria assim. Lev Warren abriu uma exceção para mim e o custo disso vai ser o que o Projeto Unidade acredita que pode me fazer pagar. Eu me sento em uma das cadeiras e o que resta da luz se rende ao fim de tarde. De vez em quando, escuto som de movimento no andar de cima, mas a fonte nunca se revela para mim. Eu pego o celular. SEM SINAL. Sério? Eu me levanto e ando lentamente pela sala, o braço levantado, e fico olhando os tracinhos. Acabei de completar um círculo inteiro quando dois deles finalmente aparecem. É bom saber que, se aquela coisa toda virar um filme de terror, eu só preciso estar exatamente naquele ponto para ligar para a emergência.

O som da porta se abrindo do lado direito da sala me sobressalta e meu coração bate num ritmo de *é agora*, porque, por mais que eu finja que estou pronta, eu não estou.

Engulo em seco e me viro.

Tem um cachorro parado no meio da porta aberta.

É um husky branco lindo. Ele me olha de boca aberta, ofegando de leve, um olho de um azul-céu vívido e o outro de um âmbar intenso. Atrás dele tem um corredor com uma escada que leva ao segundo andar. O cachorro se adianta, fareja no ar, as unhas estalando no piso de madeira. Fico parada, nervosa. Gosto de cachorros dependendo do animal, a maior parte das vezes dependendo de se eles gostam de mim ou não. Esse não parece oferecer nenhuma ameaça imediata até agora.

Olho para a porta atrás dele, ainda aberta, me provocando a passar por ela e descobrir que segredos estão escondidos atrás. Deve haver segredos; não teriam me deixado trancada se não houvesse. Sigo até lá e, quando minha intenção fica clara, o cachorro se posiciona na minha frente e bloqueia a passagem. É isso mesmo? Dou um passo hesitante à frente, e ele solta um choramingo desconcertante, os dentes aparecendo um pouco: um aviso...

— Calma — sussurro.

Ele rosna.

— Atara — diz uma voz intensa atrás de mim.

A cadela, Atara, recua e se move languidamente por mim até o dono.

Eu me viro.

Lev está parado do outro lado da sala.

Atara para aos pés dele, e ele apoia a mão na cabeça dela antes de ela se afastar de nós dois, para sair pela porta pela qual ele entrou. Nós nos olhamos por um longo momento. O cabelo dele está afastado do rosto, a barba por fazer mais pronunciada do que quando o vi pela última vez. Ele está usando um suéter marrom e uma calça *jeans* surrada.

— Onde está Bea? — pergunto.

Ele deixa o silêncio crescer de propósito, e, quando finalmente fala, ele não oferece resposta. Só aponta para um par de cadeiras perto da janela e me diz para eu me sentar.

Eu fico onde estou.

— Como quiser — diz ele.

Ele atravessa a sala na minha direção, depois passa por mim, roçando o braço no meu. Expiro baixinho assim que ele passa. Ele para à mesa com a água e se serve. Vejo-o levar o copo à boca, sem pressa, e, quando termina, ele passa o polegar lentamente pelos lábios.

— Estou tão acostumado a ouvir sobre você, Lo — diz ele por fim —, sobre a sua raiva mal direcionada ao Projeto. Suas suposições sobre nós. Casey nos manteve informados das suas explorações ao longo dos anos.

— Nos manteve — repito.

— Ouvir sobre você era uma coisa, mas testemunhar foi completamente diferente. — Ele segura o alto do copo entre os dedos, observa o reflexo distorcido da sala através dele antes de o colocar de volta na mesa. E vira a cabeça para mim. — Eu falei que o trabalho é nossa primeira linha de defesa contra nossos detratores. Sustento isso. Mas você representa um tipo de falsa impressão sobre nós que acabei me dando conta de que é melhor resolver antes que se enraíze.

— E que impressão é essa?

— De que somos um culto.

— A carapuça serviu.

— Você acha que a gente faz o que cultos fazem?

— Acho.

— Que nós doutrinamos? Fazemos lavagem cerebral? Isolamos?

A cada pergunta, ele diminui a distância entre nós, até estar a centímetros de mim. Eu permaneço rígida e me obrigo a enfrentar a imobilidade dele com a minha.

— Pode negar o quanto quiser — digo. — Eu sei o que você fez com Jeremy.

Ele me olha por entre os cílios.

— A morte dele foi uma das coisas mais arrasadoras que eu já vivi. E a ideia da memória dele usada como plataforma para o pior do que você pensa de nós, e também do que você quer que os outros pensem de nós, é inaceitável para mim.

— Você viu o grupo de Facebook do Arthur.

— Me informaram. Me magoou profundamente.

— Magoa o Arthur também — respondo. Meu corpo dói, se contrai, cada parte de mim tentando prever o próximo gesto dele. Essa imobilidade entre nós não vai se sustentar, e eu não tenho ideia do que vai virar, mas sinto a energia crescendo. — Você mandou apagar?

— Não mandei — diz ele, mas, ao ver a expressão de dúvida no meu rosto: — Desconfio que alguns membros podem ter denunciado por vontade própria...

— E qual princípio do Projeto Unidade é esse?

— Nós somos humanos, Lo, e eu nunca fui chamado de assassino.

— Tem membros me ligando?

— O quê? — pergunta ele.

— No escritório, no celular... ligações mudas... táticas de intimidação.

— Claro que não. — Não sei se acredito nele.

— Onde está Bea? — pergunto de novo.

Ele leva a mão ao pingente no pescoço e direciona minha atenção àquele pedacinho de prata. Brilha sob uma luz que não identifico. Tem uma coisa gravada que não consigo compreender, e que ele acaricia entre o indicador e o polegar. Não tem ausência de intenção em nada que ele faz, nem naquele pequeno movimento.

O vento fica mais forte, sacode as janelas, afasta nossa atenção um do outro para olharmos lá fora. Vejo as árvores se balançarem, o céu cinzento carregado sugerindo a possibilidade de uma tempestade. Lev franze a testa e o vento para de forma tão súbita quanto começou, como uma respiração presa, e uma parte de mim poderia pensar que ele fez aquilo.

Mas o resto de mim sabe a verdade.

— Arthur convenceu Paul de que havia algo que valia a pena olhar, fez com que ele xeretasse. Eu achei que tinha sido resolvido, e agora você… — Ele volta o rosto para mim, os olhos grudam nos meus. — Não tenho dúvida do que você poderia inspirar nos outros se tivesse oportunidade.

Eu engulo em seco.

— O que você quer dizer?

— Recusar a falar com a imprensa foi a escolha certa por muito tempo, mas agora está na hora de fazermos uma escolha diferente.

— E o que isso tem a ver comigo?

— Eu quero que você escreva um perfil para a *SVO*. Sobre mim. Sobre o Projeto Unidade.

Dou um passo para trás.

— O quê?

— Vou te dar acesso sem precedentes.

Eu abro e fecho a boca várias vezes, ainda sem entender o que ele disse. Uma ordem de não fazer teria feito mais sentido do que aquilo.

Eu quero que você escreva um perfil... Vou te dar acesso sem precedentes.

— Você não está falando sério — digo por fim.

— Estou.

— E com acesso sem precedentes você quer dizer...

— Vou conceder entrevistas. Você pode conversar e entrevistar qualquer membro que esteja disposto, passear pelas propriedades, aprender sobre nossas operações diárias, nossos planos futuros...

Eu levo a mão à boca. O que Lev está oferecendo é, como ele falou, sem precedentes... Ocuparia a primeira página inteira da *SVO*... e Paul *teria* que me dar isso.

Não teria?

Eu escreveria primeiro, só para garantir...

Uma assinatura pisca na minha mente e, pela primeira vez, não parece um desejo, parece que vai ser o futuro.

Por Lo Denham.

— Eu — digo.

— Acho que não poderia ser mais ninguém, você acha? — pergunta Lev. Só consigo ficar olhando para ele, ainda tonta. — Você mergulhou numa noção errada de nós nos últimos seis anos, e sei que você vai fazer tudo que puder pra provar que essa versão é verdade.

— Você acha que eu não vou conseguir — digo.

— Estou confiante de que não — responde ele. — Mas sei que sua tentativa vai produzir um perfil que não pode ser negado.

Eu paro de respirar. São praticamente as palavras do Paul pelas quais eu viveria e morreria se ele me desse oportunidade: *Quanto mais perto chegamos do osso, menos dá para negar o que dizemos*... Mas Paul nunca me daria essa chance.

Eu balanço a cabeça devagar. Ainda parece impossível...

— Eu não...

— Você queria a verdade, Lo.

— É, mas...

— Ou está com medo dela agora?

Eu olho pela janela. O local está começando a ficar com aquela cara de globo de neve, o que faz tudo parecer mais irreal do que já é.

— E a minha irmã? Meu acesso sem precedentes se estende até ela?

Por um tempo, Lev fica em silêncio.

— Você precisa saber que nós sempre agimos em nome de Bea no que diz respeito a você — diz Lev. — Ela deixou claro como queria que agíssemos e nós honramos isso. Tudo que fizemos com você, Lo, foi o que ela nos mandou fazer.

Olho para ele cheia de esperança no coração, sentindo-o entalado na garganta de repente.

— Isso significa que ela mudou de ideia? — sussurro.

— Significa — diz ele — que sua irmã não é mais membro.

2012

Estou ansiosa para me provar, sussurra Bea.

Ela olha o marcador de tempo no gravador Tascam, sentindo-se estranhamente vulnerável. Tinha apertado o botão de gravar sessenta segundos antes e esperado pelas palavras que viessem.

Agora, saíram, e ela não pode voltar atrás.

Essa é sua primeira Ajuramentação. Toda semana, os membros têm que entrar na Sala de Reflexão sozinhos e exibirem a alma para um microfone: compartilhar seus triunfos e contratempos, medos e esperanças, o que sentem em relação a Lev e o caminho do Projeto, o que sentem uns pelos outros. Lev ouve as gravações e trata do que ouviu em reuniões familiares. Bea ama essas reuniões mais do que tudo, mais até do que os sermões. Elas a deixam impressionada. O jeito como Lev chama o nome deles e fica parado na frente, cuidando para que eles se sintam vistos, deixando claro que são ouvidos. Ele faz perguntas, oferece soluções, muda de papéis tão naturalmente dependendo das exigências feitas... e essas exigências parecem infinitas. Nas reuniões, Bea o vê se tornar pai de alguns, amigo de outros, terapeuta, ombro, árbitro, salvador... e isso foi outro milagre, não foi? Ver alguém ser tanto para tantos, mas nunca a mesma pessoa duas vezes? Ele os recebia com uma especificidade tão grande que não só garantia para ela como ele era especial para o mundo... mas também como ela era especial para ele.

Bea conseguiu fugir da Ajuramentação até Lev a puxar para o lado no fim da última reunião, o sol nascendo no horizonte, e dizer que sentira falta da voz dela. Provocou-lhe um tremor pensar que ele sentiria falta de ouvi-la, que ele poderia *querer* ouvi-la. Ela não queria ser um fardo para Lev, não tinha nada de importante para dizer, mas Casey disse que isso seria impossível.

Ele nunca quer sentir distância de nós. Movimentos como o nosso dependem desse nível de conexão. A Ajuramentação é, no cerne, uma oração. Você pode entender oração como um pedido ou um agradecimento, e é mesmo. Mas nós também queremos pensar em oração como uma expressão do seu coração e da sua alma. Lev quer te ouvir rezar, Bea. Reze para ele.

Ela levou Bea para a Sala de Reflexão. Era pouco mobiliada, com uma janela solitária voltada na direção do lago batismal. Havia uma lista de sugestões colada na mesinha ao lado do gravador caso Bea precisasse de ajuda. Ela não precisou. Apertou o botão de gravar duas vezes e esperou até sua devoção a encontrar.

Há seiscentos membros ativos no Projeto Unidade. O objetivo primário deles é crescimento, expansão. Lev está estabelecendo uma presença concentrada em Morel, Bellwood e Chapman, cidades ao longo do vale do rio Hudson que são pequenas o suficiente para quantificar a diferença que o Projeto pode fazer e grandes o suficiente para que essas diferenças não passem despercebidas. Há um ponto em que a mensagem deles vai se propagar sozinha, mas, agora, *nós estamos construindo um exército*. Se não tiverem número, eles nunca vão ser um movimento, e, se não se tornarem um movimento, eles nunca vão poder mostrar o caminho para as pessoas.

Lev envia Bea junto com Casey e alguns outros membros (Jenny, Aaron e Dan) para os Protestos de Maio em Nova York. Eles passam a noite na Fazenda Garrett, em Bellwood, e pegam a Linha Hudson de Tarrytown até a Grand Central Station. Estão armados com literatura sobre o Projeto. Casey lembra a eles de serem cuidadosos e atentos na abordagem. Para procurarem gente que estiver aberta. Para serem reais. Ninguém quer sentir que estão vendendo alguma coisa para eles, nem mesmo a salvação. Ela diz para eles lembrarem que são convidados na manifestação e para enfatizarem a sobreposição dos valores do Projeto Unidade.

Estamos oferecendo ao que sobrou do Movimento Occupy um jeito de continuar a missão deles. Nós nos juntamos à manifestação deles contra a injustiça, contra o 1%, contra a manutenção do poder institucional sem supervisão, contra aqueles que queimariam o mundo para preservar suas riquezas.

Bea desconfia que sua presença é resultado direto da sua Ajuramentação. Lev foi levá-los até o carro, e ela não acha que foi imaginação que ele a abraçou por mais tempo do que aos outros, não acha que tenha imaginado a forma como ele apertou seu ombro e olhou profundamente nos seus olhos antes de ela entrar no carro. Se ela voltar para ele de mãos vazias, vai ter fracassado.

No trem para a cidade, a mente de Bea percorre o roteiro que Casey deu para eles. *O que o Projeto Unidade oferece às pessoas, nos termos mais simples, é alimento para quem tem fome, água para quem tem sede, roupas e abrigo para quem precisa e família para quem sente falta. Tudo que pede em troca é que a pessoa seja parte e sustente os princípios de uma revolução que passa adiante.*

Está chovendo quando eles chegam à Grand Central Station. Casey age como guia; ela conhece bem a cidade. Parte da infância dela foi passada ali, na casa de tijolos marrons do pai, e a familiaridade fica evidente na forma indiferente como ela os leva em meio à agitação diária da cidade. Bea não consegue imaginar sentir indiferença em relação àquilo tudo. Ela não esteve em Nova York por tempo suficiente para não ficar impressionada com tanta *vida*. Ela adora estar onde há ação, e ali tem tanta, tantos corpos diferentes se movendo em tantas direções diferentes, tantas pessoas respirando e tantos corações batendo no mesmo exato momento. É mágico.

Com uma pontada repentina, ela pensa em Lo. Lo foi a Nova York duas vezes. Uma vez, quando ela era nova demais para lembrar, e outra, quando ela tinha 12 anos, o ano anterior à morte da mãe e do pai delas. Eles foram ao Rockefeller Center ver a árvore de Natal, e a reação individual de cada irmã acabou decepcionando os pais. Bea, aos 18 anos, achou pequena e com cara de coisa de turista e odiou a árvore porque aquele era o ano em que ela queria ser descolada. Lo achou a exuberância da árvore bem menos interessante do que todas as pessoas que tinham ido vê-la. Ela ficou olhando abertamente para todo mundo.

Olha todas as histórias, dissera ela. Era assim que ela as via. Como histórias. Bea se pergunta se Lo ainda pensa nas pessoas assim. Se ela ainda quer escrever.

Você está bem?, pergunta Casey, e Bea não deveria ficar surpresa, mas ela sempre fica com o quanto Casey está sintonizada com seus humores. Bea assente e diz que está nervosa, porque é verdade. Casey segura a mão dela e não solta, e Bea se sente mais forte assim. Ela sente os outros ali perto e se sente mais forte pela presença deles também.

Juntos, eles vão até o Bryant Park, que é lindo e verde e está molhado. Bea não se importa com a chuva porque a energia é muito boa. Ela está no coração de uma linda cacofonia de música e gritos.

Olhem as câmeras, diz Casey, indicando várias equipes de filmagem. Bea olha para todas com cautela, imaginando o noticiário da noite reduzindo aqueles manifestantes a millenials estressados querendo um dia de folga no trabalho em vez de apresentar a situação como realmente é. A imprensa adora distorcer a verdade, mas, como Lev diz, *O mundo está caindo em volta deles… e eles vão cair junto.*

Bea observa os cartazes do protesto, adora todos.

OCUPEM COM ARTE!

IMPOSTOS AOS MILIONÁRIOS!

NÓS SOMOS OS 99%!

Ela esbarra em uma mulher vestida de zumbi.

O que você representa?, pergunta a zumbi, embora pense que a pergunta devesse ser o contrário. Bea, desajeitada, coloca um panfleto nas mãos da zumbi. A zumbi faz cara de desprezo e joga o papel no chão, e Bea se sente uma idiota enquanto o vê sendo pisoteado por manifestantes. Ela se sente ainda pior quando os encontros seguintes também se mostram infrutíferos. Ela não consegue encontrar as palavras para fazer as pessoas a ouvirem por muito tempo. Deveria ser possível se conectar com o ceticismo delas, rompê-lo, porque ela também já tinha sido cética... mas ela não consegue lembrar como era. Se desse para ver dentro do coração dela, eles correriam até ela, pediriam que ela falasse.

Ela vê Casey e os outros se comunicarem com a multidão sem esforço, distribuindo todos os panfletos que levaram. Eles parecem saber exatamente quem abordar e como. Espalham a palavra de Lev sem fazer parecer pregação. Bea passa mais tempo observando Casey do que fazendo qualquer coisa.

Você já ouviu falar de Lev Warren?

Nós somos um grupo baseado no vale do rio Hudson...

Gostei do seu cartaz. Conheço uma pessoa que concordaria com ele...

O que o Projeto Unidade oferece é bem parecido com isso...

Como Bea pode ser tão ruim naquilo?

Ela não acredita o suficiente?

Ela sente os olhos de Casey nela, avaliando-a, e se mistura na multidão, indo na direção de duas garotas que parecem tão inseguras quanto ela. Elas estão de mãos dadas.

Aqui, diz Bea estupidamente, oferecendo um panfleto para uma delas.

Elas não pegam. Só se afastam sem falar nada.

Ei, o que é isso? Posso ficar com um?

Um homem se materializa do nada, e Bea percebe pela forma como os olhos dele percorrem seu corpo com avidez que ele só está interessado em uma coisa. Ela entrega um panfleto a ele sem falar nada. Ele o observa por um momento e faz uma careta.

Lev Warren? Aquele babaca de culto que se acha Deus?

Bea dá um passo para trás, tão irritada quanto constrangida, e envergonhada por ter ficado constrangida. O constrangimento deveria estar longe dos que conhecem a verdade de Deus.

Ele não é um babaca, diz Bea com rispidez. *É real.*

Claro.

O homem revira os olhos. Casey se move na direção deles e Bea sente o rosto ficar quente por causa de mais um fracasso. Ela acaba dizendo subitamente: *Ele trouxe de volta uma garota que tinha morrido!*

O homem encara Bea e cai numa gargalhada barulhenta, estica a mão e segura alguém que está passando.

Ei, você não vai acreditar no que essa garota acabou de me falar...

É verdade! A fúria quente que invade o corpo de Bea é maior do que todo bom senso. *Lev Warren trouxe uma garota de volta dos mortos!*

Bea, diz Casey intensamente, e a segura pelo cotovelo. Elas se afastam da multidão e a raiva de Bea desaparece, uma série de pedidos de desculpas sai dos lábios, e isso parece pior do que qualquer outra coisa que ela tenha sentido, como se ela estivesse negando Lev.

Não dê a eles motivo para nos descreditarem, diz Casey.

Mas é verdade, responde Bea com voz fraca.

As pessoas não estão prontas para a verdade.

Durante a marcha para a Union Square, Jenny fica presa em uma onda de manifestantes, e o empurra-empurra da multidão a joga no chão. Ela cai com força sobre o pulso. Diz que está tudo bem, mas, no fim da tarde, fica surpresa de ver que está inchado e roxo... quebrado. Bea se oferece para levá-la ao hospital na esperança de aproveitar uma oportunidade de ser útil até o fim do dia. Casey fica feliz em permitir isso. No táxi, lágrimas descem pelo rosto de Jenny, e Bea se dá conta de que Jenny já devia saber que o pulso não estava bom bem antes de falar qualquer coisa. Bea pergunta por que ela não falou nada.

O trabalho é mais importante, sussurra Jenny. E depois: *Talvez seja porque estamos longe demais de Lev. Algo de ruim tinha que acontecer.*

Um arrepio percorre o corpo de Bea. Jenny articulou uma coisa que vai direto ao centro de tudo que Bea está sentindo. O calor, amor e segurança inerentes da presença de Lev estão ausentes ali. Ela sentiu uma coisa parecida em Bryant Park, mas foi incompleta, e, nessa incompletude, elas ficaram vulneráveis, e o mal aconteceu a elas.

Ela quer voltar para casa.

A sensação se intensifica no hospital. Ela não bota o pé em um no que parece mais tempo do que realmente foi. Seu corpo se rebela; ela sente náusea, é tomada por memórias sensoriais. O cheiro de antisséptico, as luzes intensas, a quase música do ambiente; a agitação estranhamente respeitosa interrompida por momentos de caos, que sinalizam o pior pesadelo de alguém, seguido pela reconstrução surreal de paz quando a emergência acaba. Sua alma se move pelo tempo e envelhece mais mil anos. Ela se parte no meio. A Bea do presente, a Bea do passado.

Quando Jenny entra, Bea fica na sala de espera, entrelaça e desentrelaça os dedos, inspira lentamente pelo nariz e expira pela boca, tentando não vomitar. Ela está pensando em Lo de novo, mas de uma forma que a arrasa. Ela se encosta na cadeira de plástico desconfortável e ouve a voz suplicante e drogada da irmã no ouvido.

Estou aqui. Por que você não está aqui?

Bea não fala com Lo desde a ligação em fevereiro, mas Lo a chama desde então. Toda vez, Casey atende o telefone. Bea se escondeu no corredor uma vez para ouvir e achou as respostas frias de Casey tão horrendas que prometeu nunca mais xeretar.

É parte do plano de Deus, prometeu Lev.

É parte do plano de Deus.

Você está transicionando para a fé. Precisa ficar segura nela. Você não pode ser fraca. Vou dizer uma coisa agora: sua irmã vai *se juntar ao Projeto. Eu vi. O caminho dela até nós não pode ser conhecido por você, mas prometo que você vai estar esperando no final... mas só se você não intervir. A fé dela depende da sua.*

Ligar para Lo só para ouvir a voz dela seria intervir? Bea não teria que dizer nada. Ela enfia a mão no bolso para pegar o celular que Casey deu para ela, e ela está na metade do número de Patty quando uma agitação de funcionários passando a traz de volta a si. Ela fica horrorizada consigo mesma. Solta o celular e esconde o rosto nas mãos. Não devia ter sido ela a levar Jenny lá. Ela não tinha se dado conta do quanto tudo viria à tona, de que todo hospital se tornaria *aquele* hospital.

Ela une as mãos e reza para Deus lhe dar força.

Por favor.

As palavras da oração são frágeis, desesperadas, enquanto ela espera a mão de Deus para levá-la para além das fraquezas. Quando não acontece, ela fica de pé. Anda pela sala de espera até a inquietação a levar a vagar, e ela vaga pelos corredores até chegar a áreas em que é proibido entrar, e são nesses pontos que ela se obriga a traçar caminhos novos de volta para o local de onde saiu. Ela aperta a mão no peito, sente uma agitação curiosa lá, uma leveza tomando conta, uma que ela costuma atribuir a Lev, a estar perto da graça dele. Ela fecha os olhos e ouve seus batimentos. Os sons do hospital somem lentamente, até só sobrarem seus batimentos, e aí... outros, ressoando além dos dela.

Ela abre os olhos e gira num pequeno círculo, ignorando os olhares estranhos que ganha por isso, até sentir um puxão nas entranhas, e segue nessa direção. Chega a um cruzamento e gira de novo, deixando que o puxão a guie para onde ela precisa ir, por um corredor e depois outro, passando por quartos com jovens e velhos, com doentes e convalescentes, seus amigos e familiares, médicos, enfermeiros, passando por uma porta dupla até entrar...

Na capela.

São momentos assim que fazem Bea se sentir tola por ficar tanto tempo sem acreditar em Deus. E pensar em tudo que ela não conseguia Ver antes do seu coração estar disposto a se entregar para um poder maior do que a pessoa dela. É apavorante saber que ela quase botou tudo em risco hoje, com uma única ligação. Mas ela resistiu.

E agora, como recompensa, ela recebeu um chamado só para ela.

No banco lá na frente, uma pessoa.

O batimento que ela ouve que não é o dela pertence àquela pessoa. É tão alto, tão incerto, tão perdido. Ela segue lentamente pelo corredor até estar ao lado do banco. Tem um homem curvado para a frente, os braços apoiados nos joelhos. Ele está de uniforme hospitalar e tem um crachá. Bea enfia as mãos nos bolsos e se senta ao lado dele, e, daquele ângulo, ela vê que o rosto dele está molhado de lágrimas. Há uma tristeza emanando dele, que é tão forte que ela sente nos ossos. O arrepio no corpo dela se intensifica. Ele enrijece com a audácia da proximidade dela, mas ela não dá bola. Deus a levou lá. Ela só precisa esperar que o homem perceba.

Depois de um tempo, acontece.

Foster, diz ela baixinho. O nome dele é Foster, e ela não sabe como sai dela, se ela viu no crachá e demorou para se dar conta ou se Deus estava esperando pelo momento perfeito para sussurrar no ouvido dela.

Ela sabe em que escolhe acreditar.

A respiração de Foster trava na garganta.

Ele encosta a mão aberta no peito.

Bea muitas vezes se pergunta como seria estar dentro da mente de Lev, analisar o mistério divino dele.

Como Deus fala com ele?

Como é quando isso acontece?

Bea acabou de ter um gostinho. A magnitude do chamado dele deve ser além da compreensão, mas aquelas noites em que a urgência flui como uma corrente dele, eletrizando todo mundo, quase permitem que ela imagine. Eles estão sentados em frente à Casa Chapman, no chão, uma fogueira estalando no centro de um círculo que eles fizeram, Lev ao lado, sua cadela linda, Atara, ao lado.

O ar do começo de primavera está um pouco frio, mas é difícil se incomodar com a temperatura na presença de Lev, principalmente porque o próprio Lev não parece se importar em sentir frio na companhia deles. Ele fica parado na frente de todos e inclina a cabeça para trás, como se pudesse ver além do céu estrelado e até a eternidade.

Ele recebeu uma revelação.

Em outubro, a nação vai ser coberta pela falsa segurança da eleição e o ódio vai se enraizar nos vãos criados por essa complacência. O Pai deles mostrou os sinais; aquele ano vai marcar o fim da inocência. Mas eles precisam ser fortes. O papel deles é testemunhar o que vai acontecer, não se partir perante os acontecimentos, e oferecer redenção e refúgio a todos afetados por eles.

Ninguém, diz Lev, está destruído demais para eles.

Mas quais são eles?, grita uma voz da multidão. *Quais são os sinais?*

O olhar de Lev procura o membro até pousar em um homem sentado em frente a Bea.

Rob.

Ele é um dos amigos mais próximos de Lev; está no Projeto desde o começo. Bea não sabe se entende o motivo. Rob vive questionando Lev, questionando Deus, questionando o trabalho. Ele não consegue pagar seu dízimo sem perguntar *por quê*. Não consegue aceitar as tarefas sem perguntar *por quê*. O altruísmo que o trabalho exige deles está ausente em Rob, e mesmo que ele acabe participando, Bea se pergunta o quanto a participação dele é realmente válida se ele não consegue fazê-la sem manter a boca desrespeitosa calada. Lev observa Rob e se aproxima dele, se agacha na frente de Rob antes de apertar as mãos nas laterais do rosto do amigo.

Ele beija a testa de Rob. A luz dança na pele deles. Apesar do estalo do fogo e de Lev falar baixo e de perto, todos ouvem a voz dele.

A fé, meu irmão, diz Lev, *não é uma pergunta. É a resposta.*

Todo mundo em volta está imóvel, assistindo.

Você ama a fé?, pergunta Lev.

Sim, Bea pensa, embora Lev não esteja fazendo a pergunta para ela. Rob engole em seco, e o pomo de adão dele sobe e desce nervosamente. A menor hesitação deve ser resposta, Bea acha.

A errada.

Mas, se nós soubéssemos o que você sabe, diz Rob, erguendo o queixo, *nós estaríamos mais bem preparados. Nós ficaríamos mais fortes.*

A fé é o que prepara você em face do desconhecido. A fé é o que permite a você que pare na frente do desconhecido e continue de pé quando os outros caem. Lev se levanta. *Deus escolhe o que revelar para nós e quando. Se fosse para você saber, você não acha que eu teria contado? Há quanto tempo você anda comigo, Rob? Você ainda anda comigo? Onde está sua fé?*

Está aqui, diz Bea antes que consiga se segurar. Ela se encolhe quando Lev a encontra no escuro... mas outras vozes soam em seguida.

Aqui! Está aqui! E aqui!

Lev se vira para Rob e pergunta de novo. *Onde está a sua fé?*

Rob está paralisado, a boca aberta.

O mundo está sendo abalado, e o que não for abalado vai prevalecer. Onde... está... sua... fé?

Rob não diz nada.

Lev manda que ele se levante.

Depois da reunião, Lev manda chamar Bea, e Casey a leva para o chalé dele perto do lago, escondido da casa. Lá dentro há apenas uma cozinha pequena, um banheiro, uma escrivaninha, uma cama. Lev não precisa de muito mais do que isso. Ele está parado à janela, olhando para a noite enluarada. Atara recebe Casey e Bea na porta, e Bea passa as mãos no pelo macio da husky. Ela está nervosa, com medo de ter falado fora de hora na reunião, de tê-lo decepcionado de alguma forma.

Obrigado, Casey, diz Lev.

Casey sai e fecha a porta silenciosamente.

Lev olha para Bea, a observa com carinho.

Você foi bem na manifestação, diz ele. *E sabia que seria assim. Você trouxe Foster para nós. Foi por isso que eu mandei você ir. E hoje... você animou nosso pessoal perante a dúvida de outro.*

Ela assente.

Onde está sua fé, Bea?

Ela aperta as mãos sobre o coração.

Ele atravessa o aposento até ela, coloca a mão na bochecha dela. Ela sente o calor se espalhar pelo corpo a partir da palma da mão dele.

Há quanto tempo nós nos conhecemos?

Seis meses. Ela não acredita que só tem seis meses.

Mas eu não consigo mais imaginar o Projeto antes de você, diz ele, os olhos nos dela. *Quando eu entro em um aposento, o primeiro rosto que eu procuro é o seu. Deus me levou até você de um jeito como não me levou a mais ninguém. Você também deve sentir.*

Ela assente e seus olhos se enchem de lágrimas.

Desde o primeiro momento em que ele foi até ela, ela sentiu.

Eu era a pergunta, diz ela, a voz tremendo, o corpo tremendo. *Você era a resposta.*

Ele encosta a testa na dela.

Não há defeito em você, diz ele.

Ele encosta a boca na dela.

NOVEMBRO DE 2017

— Quando ela deixou de ser membro? — pergunto com voz fraca.

Meu corpo está entorpecido do mesmo jeito que ficou quando Bea me contou pela primeira vez o que tinha acontecido com nossos pais. Em algum nível, acho que eu já sabia; eles nunca estavam nas minhas viagens efêmeras para a superfície. Eu abria os olhos e o hospital explodia em volta de mim, Bea em cima, Patty (embora eu não soubesse quem ela era na época) em cima, mas nunca a minha mãe nem o meu pai. Eu voltava a apagar, um pouco perturbada, mas meio convencida de que, na próxima vez, na próxima vez eles estariam lá.

Quando, finalmente, acordei de vez, descobri que tinha ficado para trás.

— Em setembro — responde Lev.

Setembro. Tento me agarrar ao entorpecimento, não ceder à dor intensa e furiosa que sinto embaixo. Setembro.

Eu me viro de costas para ele.

— Casey... não me disse nada no sermão.

Depois que Bea me contou que eles tinham morrido, eu fui sedada. Lembro-me vagamente dos segundos antes disso; a sensação de que meu coração estava à beira da desintegração total...

E aí, nada.

Quando acordei de novo, Bea estava segurando a minha mão com tanta força que meus dedos estavam doendo.

Com tanta força que continuei sentindo bem depois de ela decidir me deixar para trás também.

O jeito como Bea falava sobre aquele lugar para mim, com os olhos brilhando, o corpo tremendo pelo alívio da descoberta e tudo que significava para ela, não era algo com que eu soubesse argumentar. Ela era uma estranha para mim. *Eu encontrei Deus, Lo, eu O encontrei.* O Projeto Unidade estava tão marcado nela que não havia outro lugar para aquela estranha além de ali. E se aquela estranha não está mais ali, e minha irmã ainda não está comigo...

Quem ela é agora?

— Eu parei bem na sua frente...

— Depois de chegar sem avisar — conclui Lev. Eu o encaro. Ele está de braços cruzados, olhando pela janela. Ele me olha. — Nós podemos falar sobre quando deveríamos ter tido essa conversa, Lo, ou podemos tê-la agora.

— Onde ela está?

Ele se vira para mim.

— Nós não sabemos.

— Eu quero saber tudo.

Minha voz está tremendo, meu corpo todo, percebo, tremendo conforme o entorpecimento abre caminho para o choque. Passo os braços em volta do meu corpo, tentando ficar imóvel. Lev lambe os lábios, e eu o vejo pensar, tento adivinhar o que ele está pensando enquanto me olha.

— Sabia que o mero fato de você estar parada aqui, na minha frente, é... — Ele faz um gesto na minha direção, a mão seguindo o caminho do meu corpo do meu rosto para baixo. — É... — Ele para de falar.

— O quê?

— Trabalho de Deus.

— Baboseira.

— Você é um milagre, Lo. É uma tristeza você não ver.

Ele parece perdido por um momento, perdido em mim, e quanto mais tempo ele fica assim, mais minha pele parece apertar meus ossos. O vento lá fora se faz perceber de novo, outro sacolejo nas janelas. O ruído baixo das unhas da cadela soa na sala quando ela entra no aposento de novo.

— Você não vai gostar de nada do que vou dizer — diz ele.

— Por que isso te impediria?

Ele hesita, mas, quando fala, sua voz soa suave.

— Bea ficou apavorada com a possibilidade de te perder. E quando ficou certo que você viveria, a situação piorou muito. Ela queria te deixar em um lugar em que ela nunca tivesse que confrontar isso de novo, e esse lugar era o mais longe dela possível. Era aqui. E ela foi feliz aqui. Ela tinha propósito aqui.

Eu balanço a cabeça lentamente, sem parar, enquanto ele fala, tentando entender tudo que ele está dizendo: eu estar viva foi um fardo maior para ela do que minha morte teria sido.

— Três anos atrás, ela foi novamente confrontada com outra perda possível e arrasadora. Quase a matou. E aí, Jeremy morreu, o que foi a gota d'água. Se ela ia perder pessoas, seria nos termos dela. — Ele faz uma pausa. — Então, ela fez conosco o mesmo que fez com você: fugiu. E eu deixei. Porque eu nunca segurei aqui ninguém que não quisesse ficar.

Eu levo a mão ao peito.

— Você está me dizendo que ela me amava tanto que me deixou pra trás.

— Isso mesmo.

Eu lembro como Bea me olhou quando eu estava machucada. Como ela sentiu medo de mim. Como esse medo a consumiu e a afastou aos poucos. Ela estava ao meu lado, depois não estava, na cadeira ao lado da minha cama, depois não estava, parada com hesitação na porta, até não estar mais, até ter ido embora…

Imagino minhas ligações para Casey, mas agora, com Bea ao lado dela, o alívio suavizando seu rosto cada vez que Casey desligava na minha cara, e o dia em que desisti…

O dia em que eu finalmente desisti.

Meu coração à beira da desintegração total.

— Lo — diz Lev, se aproximando de mim, porque devia estar na minha cara. Eu estico a mão e mantenho os olhos afastados dele, e ele para na mesma hora.

— O que aconteceu três anos atrás? — pergunto.

— Ela quase perdeu Emmy.

Eu aperto os olhos.

— Quem é Emmy?

Atara acompanha Lev enquanto ele me leva pelo corredor.

Ela é um animal elegante, com olhos apenas para ele. Eu a vejo fazer pequenos ajustes ao caminhar enquanto ele anda. Nós passamos por uma série de portas fechadas até ele parar e apontar para o chão. Atara se senta, a língua para fora. Lev se apoia na moldura da porta, os olhos em mim quando ele bate de leve com as costas da mão. Depois de um momento, a porta se abre e uma morena bonita sai. Ela é pequenina, a pele pálida. Ela está usando uma camisa de brim e uma *legging* preta. Sorri para Lev depois de olhar brevemente para mim.

— Jenny. — Lev a cumprimenta. — Eu gostaria de um momento sozinho.

— Claro.

Ela entra no quarto e, depois de um momento, sai novamente, com Foster logo atrás. Ele me encara antes de desviar o olhar. Eu me viro e os vejo seguir para o Grande Salão. Quando me viro de volta, Lev está me olhando com expectativa.

— Entre você — digo com voz trêmula.

Ele assente e entra. Seco a palma das mãos nas coxas, a pulsação latejando nos ouvidos, e sinto uma vontade desesperada de me virar, de voltar para Morel, de me enterrar na familiaridade da cidade, em tudo que eu conhecia como verdade lá, e de parar de me agarrar com tanta força às coisas que me levaram lá. Nada disso teria acontecido se eu conseguisse deixar as coisas pra lá.

Por que eu não consigo deixar as coisas pra lá?

Olho para o teto, para uma rachadura pequena no gesso que se abre do lustre, e ouço Atara respirar.

Eu respiro fundo e entro no quarto.

É um quarto de criança. Tem brinquedos e livros espalhados pelo chão, mesinhas e cadeirinhas, uma caminha ao lado de uma estante. As janelas dão vista para a natureza, e vejo os pinheiros oscilarem por um longo momento antes de me virar para eles.

A garotinha, a que eu vi na fazenda, está ao lado de Lev, a mãozinha fechada sobre uns dedos dele. Ela me olha e chega mais perto dele, puxa a mão de Lev até ele voltar a atenção para ela, até se ajoelhar para ela poder sussurrar no ouvido dele. Ele olha para ela com carinho em resposta e diz baixinho:

— Emmy, esta é Lo.

Ela me olha com cautela, insatisfeita.

Sigo com cautela na direção dela, como se eu pudesse assustá-la se minhas ações fossem rápidas demais, mas é mais para a minha própria proteção, como se eu pudesse deixar esse momento se desenrolar de forma tão lenta para que houvesse um ponto de retorno. De poder ir embora. Paro na frente dela e percebo que meu silêncio a deixa nervosa, mas não consigo pensar em palavras para dizer.

Ela parece Bea.

O cabelo castanho e o rosto rosado, os olhos castanhos próximos demais um do outro. Vejo além do momento, sei que a cada ano que passar Emmy vai ficar mais e mais como minha irmã. Sou brevemente sufocada por uma onda de pura raiva que meu corpo não sabe o que fazer. Quero sacudi-la pela chance impossível de Bea também poder sentir, onde quer que ela esteja. Fecho os olhos até a vontade passar. Quando os abro, as partes de Bea em Emmy somem, e o que sobra é minha mãe e meu pai. É o narizinho da minha mãe no centro do rosto de Emmy. A forma suave da boca é do meu pai.

Eu nunca achei que fosse vê-los vivos de novo.

Emmy me olha, e me pergunto o que ela vê, se ela sabe que meus olhos são do meu pai e que o contorno da minha mandíbula é da minha mãe. Que a cor do meu cabelo é da Bea. Se há uma conexão que ela está fazendo e não entende... mas sente.

Ela leva a mão para a lateral do rosto e, depois de um momento, percebo que ela está questionando a minha cicatriz em comparação à sua pele macia e intacta. Uma lágrima escorre pela minha bochecha. Eu abaixo a cabeça quando outra cai e pousa no centro exato da minha mão esquerda aberta.

Nós marcamos nossa primeira entrevista para o Ano-Novo.

A existência de Emmy toma conta de mim como um vírus.

Eu acordo no meio da noite enjoada com isso, vou para o banheiro, olho para meu reflexo suado no espelho. Tento deixar essa parte da vida de Bea passar por mim, mas fracasso, a sensação fica e penetra dentro de mim. Ela nasceu em 2014. Em 2014, eu tinha 16 anos e Bea era dois anos mais velha do que eu sou agora, já mãe. Em 2014, faltava um ano para eu dizer para Patty que apreciava tudo que ela fizera por mim, mas que precisava voltar para Morel. A vida com ela era a vida dela, regular, tranquila. A minha estava distante, era caótica, uma confusão... mas *minha*. Eu só queria me arrastar de volta para a minha irmã, mas o tempo todo ela estava tão cercada por novos amores que enterrou a família antiga e construiu uma nova em cima da ossada.

Outras coisas que sei sobre Emmy:

Ela foi prematura, como eu.

Ela quase morreu. Como eu.

— Por onde você andou? Eu te liguei um monte de vezes.

A voz de Paul é a primeira a me cumprimentar quando entro voando pela porta. Ele está parado ao lado da jarra de café, e tenho a sagacidade de me segurar para não parabenizá-lo por descobrir como preparar sozinho. Estou sem ar, fui correndo até lá. Eu me encosto na ilha da cozinha, ofegante, e consigo pedir desculpas e digo que perdi a hora.

— Inacreditável — diz Paul, como se nunca tivesse feito a mesma merda. Eu o encaro, fula da vida, e ele me encara, fulo da vida, e observa: — Eu te pago pra trabalhar, não pra jogar meu tempo no lixo. Se esforça mais! Você tem muita coisa pra botar em dia.

Meu rosto está quente quando ando até a minha mesa. Ligo o computador. Tem um *e-mail* do Paul (com um assunto passivo-agressivo: *Para Lo, quando eu conseguir encontrá-la*) delineando vários conflitos de interesse na agenda dele com o pedido de eu desatar os nós além de todas as outras tarefas servis que sou paga para fazer. Começo a trabalhar sonhando com o momento em que vou jogar o perfil de Lev Warren na mesa do Paul e com a expressão na cara dele quando finalmente acontecer. Uma hora depois, não desatei nadinha e estou incomodada de calor porque ainda estou de casaco. Eu o tiro ao mesmo tempo que a porta se abre, o que afasta meus olhos da tela.

Arthur.

Ele está tão diferente da última vez que o vi. Com neve nas roupas e no cabelo em vez de encharcado de chuva, o cabelo arrumado em volta da cabeça, os olhos límpidos, não vermelhos, o rosto corado, mas não manchado de lágrimas. Ele ainda está triste, mas a tristeza passou de um estágio de luto; agora é só parte dele, indelével.

Ele olha ao redor com um certo nervosismo, talvez uma certa curiosidade. A última vez que Arthur esteve na *SVO* foi antes da invasão. Paul finalmente mandou pintar por cima do *slogan* na parede, mas a cor não era idêntica e os olhos de Arthur parecem encontrar na mesma hora a discrepância. Enquanto ele está distraído, disparo uma mensagem rápida para Paul para avisar o que está acontecendo.

— Oi, Arthur — digo com incerteza na voz.

— Eu queria saber se poderia... se Paul estiver ocupado, eu posso... — Ele não consegue completar o pedido porque é parecido demais com o que aconteceu na última vez que ele esteve lá. Ele limpa a garganta e indica a parede. — Parece bem diferente aqui desde...

— É.

— Então ele está ocupado?

Eu pego o telefone e ligo para a sala do Paul. Ainda está tocando quando ele entra na sala. Seu olhar pousa em Arthur e ele franze a testa.

— Art — diz ele com cautela. — Oi.

Ele não encara Paul.

— A porta ainda está aberta pra mim?

O rosto de Paul se suaviza.

— Nunca se fechou, Art. Entre.

O rosto de Arthur relaxa de alívio e a boca treme um pouco quando ele contorna minha mesa e entra na sala do Paul. Paul fecha a porta quando os dois entram. Eu me viro até estar de frente para Lauren, esperando o veredito dela.

— Demorou... sei lá, uns cinco minutos pra eles começarem a gritar um com o outro da última vez? — diz ela. Eu pego o telefone e coloco o cronômetro. Agora que ela tem minha atenção, ela se inclina para a frente. — Você nunca se atrasou nenhuma vez desde que começou aqui. O que houve?

— Não houve nada. Eu perdi a hora.

— Estranho, porque você não está com cara de quem anda dormindo.

Depois de cinco minutos, não tem ninguém gritando. Mais trinta se passam antes de Arthur sair da sala do Paul, parecendo meio cansado, mas, fora isso... bem. Ele abre um sorriso apertado para mim no caminho. Quando sai, eu me levanto e bato na porta do Paul.

— Entra — grita ele.

Ele não parece surpreso de me ver ali. Faz sinal para eu fechar a porta e me sentar, mas eu fico onde estou.

— O que rolou com o Arthur?

— Ele só queria conversar.

— Você deu uma trégua pra ele, por acaso?

— Dei. — Ele se encosta na cadeira. — Ele precisa de um amigo. As festas de fim de ano estão chegando e ele não passa com Jeremy há... muito, muito tempo. Mas é diferente quando você sabe que a pessoa ainda está viva. Estou feliz de ele ter me procurado. Não acho que ele deva ficar sozinho.

— Ele desistiu do Projeto?

— Eu estava esperando você me perguntar isso — responde Paul. Ele se espreguiça. Alguns ossos no ombro dele estalam e nós dois fazemos uma careta por causa do som. — Ele não desistiu. Eu concordei em manter a mente aberta e ele prometeu segurar as expectativas. Ele abriu um grupo no Facebook, acho, perguntando se as pessoas têm histórias parecidas, procurando a imprensa, mas o Facebook o fechou. Calunioso demais. Ele disse que nós recebemos convite. Eu não vi. Nós recebemos?

—Talvez. Nós recebemos muitos convites do Facebook e eu botei um filtro. Deve ter ido direto para o lixo.

Paul assente e se vira para o computador.

— Ele levou para o Telegram.

— O que é isso?

— Um aplicativo de mensagens. Muitos jornalistas usam. Tem boa criptografia e opções de autodestruição, então... — Ele digita algumas coisas e diz: — Ah, aqui. — Mostra a tela. — Ele abriu um canal. É tipo um quadro de avisos...

Eu contorno a mesa de Paul para olhar.

A VERDADE SOBRE O PROJETO UNIDADE. A súplica de Arthur para o público está bem menos sofrida pelo luto e bem mais composta do que a última tentativa.

> MEU NOME É ARTHUR LEWIS. ESTOU PROCURANDO RESPOSTAS SOBRE A MORTE DO MEU FILHO, JEREMY LEWIS, DE 23 ANOS, COM A VIDA TODA PELA FRENTE. JEREMY ERA MEMBRO DO PROJETO UNIDADE E MORREU ISOLADO DA FAMÍLIA E DOS AMIGOS, SEM

ECONOMIAS, SEM BENS, SEM ESPERANÇA. O PROJETO UNIDADE IMPEDIU TODAS AS TENTATIVAS DE OBTER MAIS INFORMAÇÕES SOBRE AS CIRCUNSTÂNCIAS ENVOLVIDAS E QUE LEVARAM AO FIM DA VIDA DE JEREMY. A FALTA DE TRANSPARÊNCIA DELES ME LEVA A ACREDITAR QUE TEM MAIS NO PROJETO UNIDADE E NA MORTE DO JEREMY DO QUE PARECE. NÃO VOU DESCANSAR ENQUANTO NÃO DESCOBRIR O QUE É. SEI QUE TEM GENTE POR AÍ COM HISTÓRIAS PRÓPRIAS, QUE PODEM TER MEDO DE REPRIMENDA DO PROJETO OU DOS APOIADORES. SE VOCÊ FOR UMA DELAS, FAÇO UM CONVITE PARA VOCÊ ME ENCONTRAR NA MINHA CASA NA AVENIDA DAUD, 43, NO SÁBADO, DIA 13 DE JANEIRO DE 2018, ÀS 14H, PARA PODERMOS CONVERSAR ISSO EM SEGURANÇA, PESSOALMENTE.

— É a casa dele? — pergunto enquanto tomo uma nota mental de tudo. Não vou deixar passar a oportunidade de ficar de tocaia nisso. — Ele está botando a informação aí, abertamente?

— Ele está desesperado — diz Paul.

— Que jeito de começar 2018.

— Nem me fala. — Ele aponta para o ícone de olhinho no pé da postagem. Foi vista mais de quinhentas vezes. — Olha isso. Aposto que o Projeto Unidade está de olho.

— Você contou pra ele sobre a invasão?

— Por quê? Você contou? — Paul se vira para mim, o tom indicando claramente que eu não deveria ter contado. Eu faço que não. Ele relaxa. — Não, não contei, e queria que ficasse assim. Eu amo o cara como se ele fosse meu irmão, mas acho que ele gostaria demais dessa virada nos eventos.

Consigo impedir que a sensação ruim que tenho nas entranhas apareça no rosto.

A voz de Lev na minha cabeça.

Nós não invadimos seu escritório.

Arthur sabia. Mais do que sabia. A forma como ele olhou ao redor, os olhos percorrendo os pontos exatos de destruição. A destruição dele...

Paul me olha por causa do silêncio repentino.

— O quê?

Vejo que essa pequena reconciliação com Arthur o deixou mais leve de um jeito que não quero estragar. Sei como é quando o que você acha que sabe sobre alguém deixou você bem para trás na realidade. Parece impossível encontrar o caminho de volta para uma narrativa quando ela fez de você o bobo do mundo.

Então, não conto para Paul.

Eu só volto ao trabalho.

O telefone na minha mesa toca.

Não quero atender.

Está nevando quando vou embora, os flocos grandes desaparecendo quando encostam, mas, em algumas horas, a rua estará coberta. Morel segura a neve, não é como Nova York, e algumas partes continuam perfeitamente limpas até alguns dias depois. Por esse breve período em que tudo feio fica coberto sob o brilho de algo tão novo, o mundo quase parece estar vivendo de acordo com o potencial dele.

A caminho do apartamento, eu passo por um folheto colado num poste telefônico.

PRECISA DE LUGAR PARA FICAR HOJE?
REFEIÇÕES * CAMA * CHUVEIRO * ATENÇÃO
VOCÊ TEM UM ESPAÇO SEGURO
NO CENTRO UNIDADE

2012

Quando Bea acorda, as pernas de Lev estão emboladas nas dela, o corpo encostado no dela, o braço passado com firmeza em volta dela, segurando-a bem perto. Ela nunca foi tão abraçada na vida. Ela estica a mão com cuidado, passa os dedos no braço dele, com uma gentileza tal para não perturbar seu sono, mas o suficiente para ela aproveitar um pouco mais a presença dele antes que o dia e o trabalho comecem.

Atara dorme no chão no pé da cama deles.

Cama deles.

Ela ama esses momentos tranquilos antes de acordar e, principalmente, os minutos antes de adormecer, quando eles estão esgotados e suados um ao lado do outro, um cheio do outro. Ela pensa com uma certa timidez que ser Escolhido por Deus é uma coisa, mas é bem diferente ser Escolhida por Lev. É a maior perfeição que ela já sentiu.

Lev se mexe e acorda. Encosta o rosto na curva do pescoço dela, roçando os dedos na barriga. Ela ri e se contorce para longe dele enquanto ele a puxa de volta, se puxa para mais perto. Ela sente o sorriso dele na pele. Ele sussurra: *Bom dia.*

Ela sente o desejo dele e se entrega.

Não há defeito nela.

Quando ela sai do quarto, Casey está lá. Não há barreiras

entre Casey e Lev. Ela é uma extensão dele, e isso não incomoda Bea, porque não há parte de Lev que Bea não aceite. Ela ama Casey como Lev a ama, e Casey ama Bea como Lev a ama.

Na primeira vez em que Casey viu Bea e Lev juntos, Bea ficou preocupada. Muitas vezes ela já tinha se perguntado se a dedicação de Casey a Lev beirava outros sentimentos mais íntimos e não correspondidos, mas Casey puxou Bea de lado e encostou a palma das mãos com muito amor no rosto de Bea. Elas se encararam e Bea soube na mesma hora que tudo ficaria bem.

Você é minha irmã, sussurrou Casey no ouvido dela.

Bea se move silenciosamente pelo corredor e, quando contorna a esquina, para na janela com vista para a propriedade, ouve os sons da Casa Chapman despertando, o começo e as boas-vindas de um lindo e novo dia. Ela curva a cabeça.

Eu agradeço a você, Deus. Você é bom. Sua gentileza amorosa é eterna. Que Lev nos abençoe e nos guarde e nos dê sua paz.

Foster divide um apartamento de dois quartos com seis outros membros, e quando Bea vai buscá-lo, ele anda na ponta dos pés por um dos colegas que está dormindo no chão da sala. Os olhos dele estão brilhando; ele sempre está tão pronto para tudo; ele se mudou de Nova York um mês depois de um lugar ser oferecido a ele perto de Moral. Bea fica honrada com a crença de Foster, e Lev sente orgulho dela por isso. Sua maior realização no Projeto Unidade até ali pode ser ele.

Depois que Foster fecha a porta em silêncio, ele a envolve em um abraço. Tem algo na gratidão dele que faz Bea se sentir tão poderosa. Ele é mais velho do que ela, mais estudado, já fez mais coisas, salvou vidas como médico de emergência... mas *ele* a chama à noite para agradecer por ela ter salvado a dele. A fé irradia dele agora, um contraste impressionante com o homem destruído que ela encontrou na capela; uma criança tinha morrido por um erro de administração de medicação e em seguida veio uma briga desesperada e feia para designar culpa. Ele ainda tem pesadelos com o corpinho em convulsão, o coraçãozinho dentro parando. Ela o levou para Lev dias depois, que apertou as mãos no rosto chocado e cinzento de Foster e sussurrou no ouvido dele.

Eu sei o que o mundo te deu e tudo que você teve que aguentar. Quero que você saiba que o caminho para a redenção vai pedir menos de você do que você já foi obrigado a dar, e vai dar mais do que você já recebeu. Você aceita sua expiação?

Bea testemunhou o batismo de Foster. Ela ficou na margem do lago, as lágrimas rolando pelas bochechas, enquanto Lev botava Foster debaixo da água. Ele saiu atordoado, feliz, redimido. Foi tão... afirmador ver a jornada dela refletida nos olhos dele. Ela nunca vai se esquecer dos segundos em que a água estava para todo o lado, o ar em nenhum, o sol cintilando acima da superfície, um novo mundo. Por um breve momento, ela achou que morreria.

Mas sua cabeça saiu da água e Deus estava em toda parte.

Eles saem e entram na picape do Projeto, eufóricos com o dia de trabalho pela frente. Ela deixa Foster dirigir. Ele sai do estacionamento enquanto Bea segura a bolsa junto ao peito e eles seguem até a casa de Bob Denbrough, do outro lado de Morel. O Projeto Unidade está em uma fase bem específica de desenvolvimento que Lev chama de *costura*. Metade dos esforços deles é dedicada à expansão, a outra metade é dedicada agora a se costurar no tecido das comunidades em que o Projeto Unidade se estabeleceu, para dar a eles mesmos todas as vantagens possíveis para ter sucesso em levar a salvação para o mundo.

Lev disse para eles outro dia: *Vocês são nossos médicos, nossos assistentes sociais, nossos membros da associação de pais e mestres, nossos secretários, nossos orientadores... Usem esses talentos. Espalhem a nossa Palavra.*

Foster já se provou digno nesse sentido. Sem os contatos dele no hospital, eles jamais teriam sabido da overdose da esposa de Bob Denbrough. O fardo das infidelidades do marido dela finalmente chegou ao limite. Ela vai ter alta hoje. Não é de conhecimento público e jamais poderia ser, mas o Projeto Unidade não pode ficar inerte perante o sofrimento de outra pessoa, então eles criaram um pacote de cuidados para o casal encontrar quando chegar em casa. Tem pães e bolos frescos dentro, literatura do Projeto e um bilhete de apoio.

Perdoe e conforte seu marido, para que ele não seja engolido por tristeza excessiva. Confirme seu amor por ele. — Projeto Unidade

No caminho de volta, Foster pergunta a Bea o que seria necessário para ir para a Casa Chapman. Ele diz que quer ficar perto de Lev. Bea entende esse sentimento. Ela *é* próxima de Lev, mas sempre tem uma parte dela que quer ficar mais perto ainda. Ela sente uma distância, um espaço reservado apenas para Deus, e se pergunta se, com mais tempo pertencendo um ao outro, essa distância vai ficar menos discernível.

Venha quando ele chamar, diz Bea. A progressão natural é de Morel para Bellwood para Chapman depois que você provou o que quer.

Ela não seguiu a progressão natural, observa ele.

O que Lev e eu passamos, diz ela, *foi diferente.*

É a abertura que ele parece estar esperando. Ele ouviu a história, mas nunca diretamente dela, e algumas coisas sobre Lev e o Projeto nunca deveriam ser discutidas como perguntas. Ele cuida para que não seja uma pergunta agora:

Eu acredito em tudo, mas gostaria de ouvir você dizer.

E Bea conta.

Lev Warren trouxe a irmã dela de volta dos mortos.

Ela vive na lembrança enquanto guia Foster pela história, e o milagre surge no rosto dele como se ele estivesse lá, testemunhando em tempo real.

Ele queria poder ter testemunhado.

Onde ela está agora?, Foster pergunta sobre a Lo.

Lev a viu no Projeto, diz ela, e ela se agarrou a essa visão todos os dias desde que entrou, porque todos os dias tem alguma coisa bonita acontecendo no Projeto e ela fica ansiosa para compartilhar com Lo. *Mas quando é algo que não é para eu saber.*

Eles param na frente do apartamento dele. Antes de Foster sair da picape, ele pede para ela esperar um momento.

Ele precisa dizer uma coisa para ela, uma coisa que ele precisa que ela ouça.

Ele quer que ela saiba como a vida dele era vazia antes dela. Quer que ela saiba que ele acordava todas as manhãs sentindo seu propósito como agente de cura, mas, dia a dia, aquilo foi arrancado aos poucos dele, enterrado em burocracias, até não restar nada. Ele quer que ela saiba que ele nunca acreditou que conseguiria viver com as consequências daquela criança morta, com todos aqueles dedos apontados para ele, mas ela chegou com o perdão de Deus na mão aberta e deu a ele a vontade de continuar. Ele diz que leu na Bíblia para *tomar posse da esperança* e que *a esperança é uma âncora da alma.*

Ela deu esperança a ele, ela ancora a alma dele, diz Foster, enfiando a mão no bolso e tirando uma caixinha de joia.

Ele quer que ela saiba o quanto ele é grato.

JANEIRO 2018

— Nós somos uma família — explica Casey. — Família é pra cuidar.

Estou no escritório dela. Meu gravador está na mesa dela, capturando todas as palavras entre nós. Eu levei tudo de que achei que precisaria para uma entrevista e tudo que o Google me disse que seria necessário. Um gravador, meu celular como *backup* e um bloco como *backup* dos dois se ambos decidirem falhar. Várias canetas. Um Moleskine pequeno com todas as minhas anotações e as perguntas que vou fazer a Lev quando estiver na frente dele. Não deveria parecer que eu precisaria de mais do que isso, mas eu não podia pedir conselhos para o Paul.

Casey me levou para conhecer a Casa Chapman. Eu vi quartos, escritórios, espaços recreativos para adultos e crianças, a cozinha. Agora, ela está explicando como o Projeto Unidade é possível. Tem um motivo para Casey ser a porta-voz da causa. Ela é incrivelmente polida, preparada. Fala com um tom de voz que seria perfeito na televisão, da mesma forma que a voz de sermão foi perfeita para o sermão e também como foi tão perfeitamente fria quando ela me disse que a minha irmã não queria saber mais de mim e que era para eu fazer o favor de parar de ligar.

— Os membros do projeto ficam alojados em residências em Morel, Bellwood e Chapman — diz ela. — Nós investimos em múltiplas propriedades nessas áreas e alguns membros doaram suas casas para convidar os irmãos e irmãs para morarem com eles. Nós temos um sistema que garante o cuidado dos nossos membros.

— Me conta.

— Tudo bem. — Ela junta as mãos. — Vamos dizer que você trabalhe em tempo integral para o Projeto Unidade. Você vai morar em uma casa do Projeto e nós vamos assumir todas as finanças: despesas de moradia, compras, utilidades, remédios. O que garantir seu bem-estar pessoal nós resolvemos. Se você trabalhar para o Projeto Unidade em meio período, nós vamos cuidar de certas despesas para facilitar sua contribuição com a causa. Nós nos encarregamos de viagens, cuidados com filhos, coisas assim. — Ela faz uma pausa. — O que fica acentuado para mim são quantas pessoas querem a oportunidade de ser parte de uma coisa que é significativa e importante, mas não têm como bancar. A burocracia da vida atrapalha. Nós queremos remover isso, nos livrar de todos os fardos e obstáculos, sejam financeiros, físicos, emocionais, o que for, para que elas possam participar. Nós não só cuidamos dos nossos membros, mas *investimos* neles. Nós patrocinamos membros...

— Patrocinam?

— Nós pagamos estudos ou cursos profissionais, se for de uma área que possa retribuir com trabalho para o Projeto. Por exemplo, nós temos alguns membros que estão procurando emprego no campo da saúde. Nós os ajudamos e, por sua vez, eles se voluntariam para serviços nos Centros Unidade e ficam disponíveis para os membros que precisarem.

— Onde vocês conseguem capital para isso?

— Doações, dízimos, arrecadação, nós temos vários benfeitores...

— Seu pai?

— Totalmente fora dos registros, mas, sim. Ele fez contribuições significativas com nossos trabalhos ao longo dos anos. — Ela anda com a conversa antes que eu possa falar sobre isso — Oficialmente, o que me dá mais orgulho é a forma como ficamos ao lado uns dos outros. O Projeto representa um grupo amplo de pessoas com habilidades e talentos variados. O que elas oferecem nos ajuda a determinar sua colocação; membros de tempo integral são designados para comunidades que podem se beneficiar mais do conhecimento deles, seja qual for. Mas o que eles oferecem aos outros eles também oferecem uns aos outros. Como falei, somos uma família. É isso que uma família faz.

— Você acha que todo mundo aqui acredita de verdade em Deus e na Nova Teoria de Warren ou acha que tem chance de ter gente que está aqui só pelas vantagens? — pergunto. Ela me encara e eu dou de ombros. — Eu poderia fingir acreditar por boa parte do que vocês oferecem.

— Mas tudo que nós oferecemos é pra facilitar o trabalho de Deus — diz Casey. — E atender esse chamado não é fácil. Tornar-se membro significa exercitar total altruísmo e abrir mão de tudo pra dar sua vida a Deus pelos atos de serviço aos outros. Para exemplificar como o mundo pode e vai ser se todos fizermos a mesma escolha. Não é um passeio de graça. Nunca foi. — Ela faz uma pausa. — Falando em família, Emmy está aqui.

— Falando em família, como ninguém sabe que Lev Warren tem uma filha?

Casey faz uma pausa, como se não estivesse prevendo que isso fosse dito oficialmente.

— Lev não desconhece ameaças na vida. As pessoas querem fazer mal a ele. E às vezes o jeito mais fácil de fazer mal a alguém é machucar o que ele mais ama. Nós todos concordamos que Emmy fosse invisível para o olhar público até ter idade para fazer essa escolha. Nós vamos ter que conversar sobre como você vai abordar isso no seu perfil...

— O Projeto Unidade tem muitos inimigos? — pergunto.

— Nós deixamos muita gente infeliz conosco ao longo dos anos. O pessoal da ala direita acha que estamos planejando uma dominação socialista. Os esquerdistas nos consideram próximos demais de Deus... a Igreja Católica talvez seja um dos nossos oponentes mais barulhentos...

— Jura.

Ela assente e remexe em alguns papéis na mesa, empurra folhetos da Bíblia, boletins da igreja e panfletos na minha direção. Todos parecem estar renunciando a falsos profetas. Reconheço um deles; aquele folheto da Bíblia de céu azul que encontrei na carteira de Jeremy.

O mesmo versículo na frente.

Mas o Senhor é fiel; Ele os fortalecerá e os guardará do Maligno. — Tessalonicenses 3.3.

— Sutil, né? — pergunta Casey. — A maioria das igrejas não ama a retórica anti-igreja de Lev, como certamente você deve imaginar. Elas nos entopem de propaganda para tentar converter membros de volta... nós os recebemos na casa, na fazenda, em todos os centros...

O telefone dela apita. Ela olha para a tela.

— Ele está pronto pra te ver agora.

Ela não me contou que eu entrevistaria Lev em um chalé do outro lado da propriedade.

Ela me dá instruções (seguir o caminho no meio dos pinheiros até o lago, depois virar à direita, ficar fora do bosque que contorna a margem; o chalé vai acabar aparecendo) e diz que deve ser uma caminhada de 15 minutos, mas é uma atividade para a qual não me planejei. Ela me leva até a porta dos fundos e olha minhas botas enquanto ando na direção das árvores. A neve se acumulou, apesar da cobertura das copas, e acabo com neve até os tornozelos, tentando ignorar como umedece minhas meias. Meus dedos dos pés estão dormentes quando saio do caminho, mas tenho que admitir que a vista quase faz valer a pena; o lago se espalha infinitamente à minha frente, a água meio coberta de gelo, linda na imobilidade e na forma como reflete o sol. Eu a admiro até uma sensação de inquietação tomar conta de mim. Eu olho para trás. O caminho está na sombra daquele lado em que estou.

Não tem nada lá.

Sigo em frente, ficando fora do bosque, como Casey mandou, nervosa com o silêncio. Vejo fumaça subindo preguiçosamente para o céu e sei que estou chegando perto. Finalmente, um chalezinho de troncos com teto verde-floresta e porta verde-floresta aparece. Estou na metade do caminho até lá quando um barulho de movimento soa atrás de mim. Eu paro e me viro, mas não tem nada lá; ao menos, nada que eu consiga ver.

Quando me viro para o chalé, a porta está aberta.

É pequeno lá dentro, um espaço íntimo com cozinha, mesa para dois, uma escrivaninha perto da janela e um sofá na frente da lareira. Uma porta leva ao que suponho que seja o banheiro. Tem uma cama no canto, desfeita, com os cobertores embolados.

Lev está encostado na bancada da cozinha me olhando. Está usando uma camiseta branca e calça *jeans* preta, com um par de meias brancas grossas. Levo a bolsa até a mesa e esvazio o conteúdo nela, ajusto o gravador, coloco o celular ao lado. Quando termino, eu me viro para ele e falo pela primeira vez desde que entrei.

— Quando você estiver pronto.

Nós nos sentamos um na frente do outro à mesa, as mãos dele em volta de uma caneca de café enquanto eu abro meu Moleskine nas minhas anotações e perguntas. Meu estômago se embrulha de nervoso e eu tento manter a voz firme quando pergunto por que a entrevista com a *Vice* deu tão errado.

— Me disseram que seria sobre pessoas com potencial de virar o jogo — diz ele. — Mas esse ângulo não era tão interessante quanto potenciais líderes de culto. Boa parte da sua profissão depende de curtidas, compartilhamentos, retuítes, *click-bait*. Como vocês mantêm a integridade em meio a isso?

— Você não está me entrevistando, e vou começar a gravar agora.

Ele assente, e eu declaro a data e a hora, meu nome e na frente de quem estou sentada. Peço a Lev para dizer as mesmas coisas, para dizer que estou gravando a conversa com consentimento dele e com que objetivo. Ouvi-lo falar (*Estou dando permissão a Lo Denham para me entrevistar como parte do perfil do Projeto Unidade para a* SVO) me deixa sufocada, como se tudo que eu sempre quis estivesse mais real pelo som da voz dele. Eu me perco nisso.

— Quando você estiver pronta — diz ele, levemente debochado, e me traz de volta.

Eu fico vermelha e limpo a garganta.

— Eu quero começar do começo.

— Qual? Eu tive muitos.

Eu olho para o que escrevi no meu caderno.

— Por que não começamos com quando e onde você nasceu, como foi sua criação?

— Em 1980, em Indiana. Numa cidadezinha chamada Almer.

— Sua mãe era abusiva.

Eu levanto o rosto das minhas anotações. A expressão dele é neutra, mas o silêncio entre nós serve como pontuação para o que ele realmente acha do meu início.

— Era — diz ele.

— Descreva a sua infância.

O olhar dele desvia de mim para o teto.

— Eu morei em um apartamento acima de uma lavanderia com a minha mãe até uns 8 anos, depois nós alugamos uma casa fora da cidade, sem vizinhos. Eu tinha que andar alguns quilômetros só pra pegar o ônibus da escola.

— Qual é sua primeira lembrança?

— De estar na frente da janela do apartamento. Eu estava olhando as pessoas passarem... Estava esperando ela chegar. Estava de olho nela. Ela não estava comigo. Não lembro onde ela estava, mas, depois, eu pensava nessa lembrança e percebia duas coisas: a primeira era que eu era novo demais pra ficar sozinho. A segunda, que eu não tinha medo da volta dela. Eu estava na expectativa, *queria* que ela voltasse. É a única vez que me lembro de não ter medo da minha mãe.

— Quando os abusos começaram?

— Eu tinha 4 anos, talvez um pouco mais. — Ele abre um sorrisinho amargo. — Eu me lembro da primeira vez com vividez. Não o *motivo*. Ela me bateu na cara. Meu nariz sangrou na minha camiseta favorita dos *Thundercats* e eu fiquei arrasado quando as manchas estragaram tudo. São incríveis os detalhes que guardamos... esse foi o começo. Quando nós nos mudamos para a casa, ficou bem pior. Não havia pra onde ir. Eu vivia com medo, o tempo todo. — Ele faz uma pausa. — E é assim que eu descreveria minha infância.

Ele me vê absorver a informação e essa é a parte para a qual eu não estava preparada: a expectativa de reação. Como se reage a uma informação dessas? Não tem nada nas minhas anotações para algo assim. Eu finalmente escolho uma pergunta que acho que ninguém poderia responder:

— Por que ela era assim?

— Por minha causa. Era o que ela gostava de dizer.

— Eu posso falar com ela?

— Ela faleceu alguns anos atrás.

— Então não tem nada que você possa oferecer para corroborar o que você está me contando?

Ele aperta os lábios e olha para baixo, para si mesmo, depois se levanta da cadeira e vem até a minha, para bem perto, na altura da cintura na minha frente. Seus dedos longos seguram a barra da camisa e ele a levanta devagar para revelar o abdome, uma área que devia ser de músculos e pele perfeitos e intocados, mas abriga uma variedade de cicatrizes, círculos inchados como pontas de cigarro, linhas fundas que começam acima do osso pélvico e desaparecem abaixo da calça *jeans*. Uma cicatriz parece uma massa grande do lado esquerdo; uma queimadura. Parte de mim tem vontade de tocar nelas para ter certeza de que são reais. O resto de mim fica sem palavras e nauseado.

Essas coisas aconteceram com ele quando ele era criança.

Eu tento não demonstrar o alívio quando ele desce a camisa de volta.

— Como você era quando criança? — pergunto com voz fraca.

— Eu tinha tendência a explosões, períodos de depressão. Ataques de raiva — diz ele quando volta para a cadeira.

— Mas eu nunca machuquei ninguém como fui machucado. Só machucava a mim mesmo com frequência.

— Você acha que os abusos que você sofreu te deixaram desesperado por aprovação e amor e adulação dos outros?

— Acho. — Ele se inclina para a frente e apoia os braços na mesa. — Foi por isso que eu criei um culto.

Eu pisco, olho para o gravador para ter certeza de que peguei essa parte.

— Você...

— Estou levando sua linha de perguntas nada inspiradora à conclusão mais simplista — responde ele, um toque de desprezo nos olhos. — Você se sente definida pelo seu trauma, Lo? Ou que as outras pessoas te definem pelo seu trauma?

— O assunto aqui não sou eu.

— Sua cicatriz conta uma história, quer você queira ou não.

Eu levo a mão ao rosto assim que ele fala e sinto vergonha por fazer isso. Ele termina o café e se levanta, coloca a caneca vazia na bancada e me encara.

— Você se define pelo seu trauma? — pergunta ele.

Eu hesito, pego meu caderno e tento pensar em como redirecionar a entrevista para onde precisa ir, não para onde ele quer que vá.

— Você não está me entrevistando — digo a ele pela segunda vez.

— E se a gente estivesse tendo uma conversa? — pergunta ele. — Se você quiser que esse perfil valha alguma coisa, você precisa botar um pouco de você nele.

— Então, não — digo secamente. — Não quero.

— É mesmo? O quanto do que você faz ou diz ou quer é filtrado pelo que você passou? — Ele se aproxima de mim, coloca o dedo embaixo do meu queixo, vira minha cicatriz para a luz. — E o quanto do que você passou determina o que você faz ou diz, se é ou não o que você realmente quer?

Eu engulo em seco, ciente de que ele deve sentir.

— Eu faço e digo o que quero.

Ele abaixa a mão.

— Você não dirige.

— Eu sei dirigir.

— Mas não dirige — diz ele. — Casey reparou em uma coisa interessante sobre você.

— E o que foi?

— Você raramente olha pra estrada. Você fica olhando para as mãos ou acompanha o trajeto no celular. Você deve olhar pra frente de vez em quando, mas só se conseguir se obrigar.

Ele procura a verdade disso no meu rosto, e sinto que está lá, apesar de tudo, e odeio que tudo que ele disse é real.

Eu fico de boca fechada.

— Eu me afastei de tanta coisa por medo de reprimendas da minha mãe. Eu vivia prevendo os abusos dela, achando que poderia evitar. Eu... — Ele faz uma pausa, o olhar distante de repente. — Eu passava por uma igreja na cidade e sentia uma... *atração*. Queria muito entrar. E sabia que nada irritaria mais minha mãe, que se sentia abandonada por Deus e largada para apodrecer pelo universo. Eu fui fraco.

Cedi à ira dela em vez de à Palavra Dele. E continuei passando na frente, até que um dia… não consegui mais. Deus me escolheu, mas eu também tinha que fazer uma escolha. Eu tive que abandonar tudo que sabia que era naquele momento. Tive que aceitar meu trauma pra me libertar dele e, assim que fiz isso, houve espaço em mim pra receber a graça de Deus e me botar no meu caminho. E agora eu estou fora do alcance daquela dor, Lo. Mas você… você vive dentro da sua. Você vive dentro do seu acidente… e morre de medo do próximo.

Eu olho para as minhas anotações, furiosa, as linhas da minha caligrafia borrando até virar nada.

— Eu gostaria que você me fizesse perguntas mais interessantes — diz ele.

A que acaba saindo da minha boca é uma que eu não escrevi.

— Se o Projeto Unidade é pra todo mundo, por que me recusou?

— Fora o fato de que Bea não queria você aqui?

Eu faço uma careta e me inclino para a frente para desligar o gravador.

— Você não pode entrar por ninguém além de Deus e não pode entrar sem fé — diz ele. — Sua irmã, por exemplo… por mais que ela estivesse fugindo de tudo pelo que passou com você, ela também estava fugindo *pra* Deus. Ela tinha fé.

Eu me encosto com um gosto amargo na boca. Olho para o gravador e não consigo acreditar que já deixei isso escapar de mim, que deixei aquela garotinha ferida assumir a entrevista toda. Que a deixei chorar.

— Você acredita em Deus, Lo? — pergunta ele, depois de um momento.

— Eu só acredito em coisas que consigo ver.

Ele aponta para trás de mim.

— Olha.

Eu me viro e vejo meu reflexo em um espelho do outro lado do aposento. Mesmo de onde estou, minha cicatriz está visível, uma mancha de raio branco cortando meu rosto.

— Denham — diz Paul e para na minha mesa. — Tem um minuto?

Eu levanto o olhar do computador.

— O que houve?

— Estou prestes a estragar sua vida.

— Eu tenho uma coisa pra te contar, Paul.

— Engraçadinha. Olha, tudo que está na minha agenda desta semana — diz ele. — Vou precisar que você cancele e remarque pra daqui a duas semanas. — Eu o encaro. — Bom, a maioria. Qualquer coisa envolvendo propagandas e patrocínios, ofereça Lauren no meu lugar. Se não quiserem falar com ela, diz que tem que ser daqui a duas semanas.

— Se não quiserem falar comigo, diz que a gente não quer o dinheiro deles — grita Lauren da mesa dela, e Paul sorri.

— O que está acontecendo?

— Se precisasse saber, você saberia.

Ele entra na sala dele, e quando eu olho para Lauren, ela está sorrindo para a tela, porque, independentemente do que seja, ela sabe. Está acima da minha posição hierárquica.

— Sabe — diz ela com leveza, sem me olhar —, enquanto Paul estiver fazendo as coisas dele, você vai ter que fazer o *meu* café.

No almoço, meu telefone toca. Oficina do Ripley. Meu carro está pronto; eu só preciso sair de lá dirigindo. Era da Patty. Um Buick de dez anos que ela botou num depósito assim que os médicos disseram que ela não devia mais dirigir. Ela o entregou para mim e disse que eu seria idiota de não usá-lo, e acho que eu fui; eu paguei o depósito e o deixei apodrecendo. Não ligava quando eu testei esta semana. Um erro caro, mas agora está consertado.

Uso o horário de almoço para buscá-lo e entrego o dinheiro em troca das chaves. Fico parada do lado do motorista por tanto tempo que me perguntam se há algum problema.

— Nenhum problema — digo com voz fraca.

Eu aperto os lábios, estico a mão para a maçaneta e reparo que estou tremendo. Abro a porta e entro, ajeito o banco, enfio a chave na ignição. O som do motor ganhando vida, a sensação... é apavorante. Fecho os olhos e respiro fundo. Abro os olhos e aperto o acelerador. Esqueço de dar ré e enfio o pé no freio antes de bater na parede da oficina e levar Ripley junto. Ganho alguns olhares de repulsa. Ligo o rádio e tento me concentrar na música enquanto dou ré para a rua.

O primeiro carro que aparece atrás de mim me faz querer parar e abandonar o Buick no cruzamento. Luto contra o instinto de fechar os olhos. Os nós dos meus dedos doem de apertar o volante com tanta força. Quando chego no meu apartamento, meu corpo está tão tenso que mal consigo sair do carro e, quando consigo, paro na frente dele, olhando para meu reflexo torto na lataria, uma das mãos segurando as chaves, a outra na bochecha, na cicatriz, meu coração batendo fraco no peito como se eu tivesse feito uma coisa corajosa e louca.

Acordo no meio da noite, ofegante e molhada de suor, um pesadelo sumindo aos poucos para os cantos da minha mente. Agarro as pontas dele até conseguir conjurar o que me chocou a ponto de me despertar: uma sombra na ponta da minha cama, ganhando forma aos poucos, um homem.

As mãos dele tentando me segurar no escuro.

Eu não sonho com ele há muito tempo.

2013

Bea acorda sozinha com o luar sobre a pele despida.

Seu corpo fica arrepiado, ela sente o ar nas costas, a ausência de Lev, e sabe que tem algo errado. Não é só por ele não estar com ela. É outra coisa, algo mais, e ela fica com medo. Seus olhos se abrem devagar. Ela rola na cama deles. Seus olhos demoram um momento para se ajustarem à escuridão e, quando se ajustam, ela o vê no assento da janela, olhando para ela.

Lev, sussurra ela, e ele não responde.

O silêncio dele é poderoso, intimidante na melhor das hipóteses, mas aquilo... aquilo traz a lembrança de ela voltar para casa dois anos antes e encontrá-la silenciosa e escura, o balanço no jardim parado, e saber até os ossos que algo tinha mudado no mundo dela e que não daria para voltar assim que a verdade se revelasse.

Ela sai da cama com cuidado, nua, e se ajoelha aos pés dele.

O que foi?, pergunta ela, segurando as mãos dele, encostando os nós dos dedos dele nos lábios. Ele a encara, a expressão ilegível, e ela fica com tanto medo que chega mais perto e apoia a cabeça no colo dele. Agora que o acidente está na cabeça dela, um pensamento se apodera, e ela não consegue deixar de perguntar: *É a Lo?*

A pergunta arranca Lev do devaneio e ele aperta a palma da mão na bochecha dela. Embora o carinho do toque a acalme, o ligeiro tremor na mão dele a preocupa mais.

Rob abandonou o Projeto.

Ela não entende. Como alguém poderia deixá-los? Mesmo Rob. Ela achou que ele estava melhorando; eles tinham trabalhado tanto para corrigi-lo, para mostrar o caminho. Mas agora, conta Lev, ele fugiu.

Ele deixou um bilhete.

Lev enfia a mão no bolso e entrega o bilhete para ela. Ela se levanta e lê ao luar. Enquanto lê, Lev a puxa para entre as pernas e esconde o rosto nela. Ela encosta a mão livre na parte de trás dos cachos dele enquanto cada palavra de Rob a queima. Rob foi para o Projeto para ajudar pessoas, para ajudar o mundo infestado de merda a brilhar, mas ele sente que trocou uma fossa por outra.

Nós começamos de forma tão promissora. Eu sentia Deus através de você, mas agora eu acredito que você se alegou como Deus e eu acredito que isso te corrompeu. Eu não sinto mais Deus.

Bea balança a cabeça devagar, a raiva aumentando; ela nunca viu um servo do Senhor mais permanente do que Lev. Ela passa os olhos pelo resto das queixas de Rob. Ele diz que tiraram dele os últimos cinco anos de vida e ele quer que tudo que ele deu em nome de Deus seja devolvido para ele.

Lev olha para ela com expectativa quando ela acaba.

Ele não tinha fé, diz ela.

Não, concorda Lev baixinho. *Não tinha.*

JANEIRO DE 2018

Arthur mora na extremidade de Morel. As linhas limpas e sem decoração da propriedade dele me parecem solitárias da mesma forma que meu apartamento às vezes parece solitário, um espaço que seu habitante não sabe bem ocupar. Às vezes, quando entro na minha casa, parece uma linguagem que eu esqueci como se fala, e nos dias que sinto isso são os dias em que mais lembro como era ter um lar e uma família… e o que significa não ter mais essas coisas.

A casa dele fica em frente a um parque, vazio nesta época do ano. Eu me sento em um banco, virada para a rua, olhando para a porta de entrada dele, esperando para ver se algum detrator do Projeto vai aparecer. Está frio, o metal do banco deixa a parte de trás das minhas coxas dormente, meus olhos lacrimejam no ar frio, o que provoca uma dor profunda e latejante nos meus ossos. Eu poderia ter ido dirigindo o Buick, mas um carro ligado parado perto da casa de Arthur para ter uma boa visão me pareceu meio suspeito.

Olho meu relógio. Está quase na hora. Quando levanto o rosto, há um movimento atrás da cortina que cobre a janela da frente do apartamento de Arthur. Imagino-o andando ansiosamente de um lado para o outro, esperançoso.

Eu também estou esperançosa; deve haver mais histórias como a minha e a dele.

Um homem vem pela rua na direção da casa de Arthur. É jovem, com vinte e poucos anos. Assim que chega no caminho que leva à porta... ele segue em frente.

Eu expiro e espero enquanto Arthur espera.

Meia hora se passa.

Não sinto minhas mãos, estão tão geladas, e estou prestes a desistir quando um sedã preto para perto da casa. Fica tanto tempo parado que acho que deve ser coincidência, mas algo nele me faz me levantar e chegar mais perto para olhar melhor.

O carro é desligado. Um homem alto e branco sai do lado do motorista, parecendo ter a idade de Lev. O cabelo ruivo é encaracolado em volta da cabeça e ele puxa a parte de baixo do casaco antes de enfiar a mão no bolso e tirar o celular. Ele olha para a tela e para a casa, como se verificando o endereço, depois vai até a porta. Não há dúvida de que ele foi para a reunião de Arthur.

— O que você está fazendo aqui?

A voz soa na rua, aguda e familiar, e gera uma onda de choque em mim. Primeiro, acho que é dirigida a mim, mas não é. É o ruivo que ergue o rosto, e eu acompanho o olhar dele até... Casey. Chego para trás rapidamente enquanto Casey anda na direção dele, furiosa. Mesmo quando eu estava forçando a sorte com o Projeto Unidade, tentando chegar até Bea, eu nunca a vi com tanta raiva. O rosto dela está vermelho, o cabelo está voando loucamente em volta da cabeça enquanto o sobretudo preto sacode atrás do corpo. Ela pergunta de novo:

— O que você pensa que está fazendo?

Assim que chega perto, ele diz o nome dela e segura o braço dela. Ela se solta, e as vozes deles se misturam, indistinguíveis. Ela chega o mais perto dele que parece conseguir e ele, por sua vez, parece estar se esforçando para ficar calmo. O momento cresce; Casey o empurra com força no peito e, para minha surpresa, dá meia-volta e entra no sedã.

Ele fica parado por um longo momento, a mandíbula firme, e entra no lado do motorista. Eu a observo quando ele liga o carro. O rosto dela está contorcido de raiva. Ela fala alguma coisa para ele e vira o rosto para a janela, e a raiva dela abre lugar para a surpresa quando o olhar dela se encontra com o meu. Merda.

O sedã se afasta do meio-fio.

Quando eu olho para a casa de Arthur, ele está olhando da janela, e eu me escondo antes que ele me veja também. Sigo para o meu apartamento, meus pensamentos em disparada.

Ela me liga horas mais tarde, bem depois de eu ter pesquisado no Google quem podia ser o homem e ter descoberto: é irmão dela, Daniel. Eu olho para o nome dela quando aparece na tela do meu telefone e, quando eu atendo, ela não espera que eu a cumprimente. Ela me diz que nós precisamos conversar. Fora dos registros. Em pessoa. Ela ainda está na cidade, diz ela. Quando peço para ela escolher um lugar, ela indica o Centro Unidade.

O Centro Unidade fica perto do coração de Morel, um pouco distante do ritmo sinusal da cidade, e oferece um nível de privacidade para quem pode querer ajuda longe de olhos xeretas. É um prédio grande, com três andares, criado para fazer várias coisas ao mesmo tempo. O primeiro andar é onde está a ação: na parte da frente, depois da recepção, fica a sala de jantar, adjacente à cozinha. Serve café da manhã e jantar e lanchinhos leves e bebidas ao longo do dia. Tem uma sala de recreação ao lado da área de jantar, onde as pessoas podem relaxar, respirar, socializar; qualquer coisa que não seja perturbadora ou destrutiva. Bem nos fundos há chuveiros e camas, espaço para cinquenta pessoas dormirem. De acordo com o *site*, depois de ter usado todos os serviços, ou independentemente disso, você pode se disponibilizar para a Conexão Unidade, que fica no segundo andar. O terceiro, supostamente, é para funcionários.

Eu nunca tinha entrado no Centro Unidade.

Eu nunca tinha visto o trabalho.

É limpo e bem iluminado. Esta noite, o local está agitado; eu estimaria umas cem pessoas na área de jantar, comendo. O barulho é simpático, alto. Tem coisas escritas com caligrafia na parede na extremidade da sala.

DÊ E LHE SERÁ DADO.

— LUCAS 6:38

Meus olhos percorrem os rostos ali. Assim como no sermão, todas as classe sociais parecem representadas no espaço do Projeto. Uma garota que deve ter a minha idade com um prato pequeno de comida. Ela come como um passarinho e seu olhar se desvia nervosamente por toda a sala. Um grupo barulhento de garotos na casa dos vinte anos ocupa uma mesa. Duas mulheres idosas se sentam lado a lado, as mãos livres unidas com força. Um homem de cadeira de rodas. Uma mulher segurando um bebê ao seio. O que parece ser uma família reunida, conversando com alegria.

— Oi — diz uma voz baixa ao meu lado. — É a sua primeira vez aqui?

Uma mulher asiática jovem abre um sorriso gentil para mim. Ela está usando uma camiseta rosa vibrante com o logo do Projeto Unidade exibido sutilmente no bolso. O cabelo está cortado na altura dos ombros num corte moderno, complementado perfeitamente pelo delineador delicado de gatinha no canto dos olhos.

— É, mas eu não… — Eu não sei bem como terminar a frase. Limpo a garganta. — Eu vim encontrar a Casey.

— Você é Lo? — pergunta ela. Eu faço que sim e o sorriso dela se alarga. — Uau. Lo Denham.

— Sou eu.

— Eu sou a Mei. É ótimo finalmente te conhecer — diz ela, esticando a mão. Finalmente? Minha surpresa me faz demorar a ponto de ficar constrangedor. — Casey acabou de chegar, daqui a pouco ela estará aqui. Ela se atrasou, mas, por favor, sente-se, coma alguma coisa se estiver com fome, café, água. — Eu faço que sim em agradecimento e ela me dá um sorriso prolongado enquanto volta às tarefas, sejam elas quais forem.

Eu desapareço no fundo e circulo pelo salão. Os membros se deslocam pela cozinha adjacente, preparando comida. Reparo em orientadores em todos os cantos, observando as pessoas. Vejo Mei observar a garota nervosa. Ela segue até lá, a expressão calorosa e convidativa, e se senta no lugar vazio em frente.

Eu chego mais perto.

— Você está em segurança? — Mei está perguntando quando eu chego perto para conseguir ouvir e a garota franze a testa, pergunta o que ela quer dizer. — Tipicamente, quando uma pessoa jovem como você vem para o Centro Unidade, é por estar em estado de crise. Talvez você tenha fugido de uma circunstância potencialmente ameaçadora à sua vida... como abuso ou...

— Eu não estou metida nesse tipo de confusão. Eu estou... bem. — A garota observa todo mundo ao redor e olha para o pratinho de comida que pegou. — Eu acho que não preciso desse tipo de ajuda. — Ela engole em seco. — Talvez eu não tenha um motivo bom o suficiente para estar aqui...

Ela faz que vai embora, mas Mei estica a mão por cima da mesa para impedi-la, e a garota para.

De onde estou, eu a vejo tremer.

— O Projeto Unidade, o grupo que está por trás do Centro Unidade, caso você não saiba, acredita que um dos maiores problemas que nós temos na sociedade é o entendimento errado do que é estar em necessidade e o que é precisar de ajuda — explica Mei. — O mundo quer ver as pessoas chegarem ao fundo do poço antes de usarem nossos recursos para se levantarem. É bem raro que as pessoas venham quando sentem o controle da vida começar a escapar. Elas sempre vêm *depois*, quando a maior parte do dano já foi feita, isso se vierem. Você não precisa ser nosso pior caso para ser um caso que mereça ser atendido.

Os olhos da garota se enchem de lágrimas e ela engole em seco enquanto se esforça para manter o controle. Eu reconheço tudo na forma como ela está se controlando e fico com um nó na garganta.

Mei sorri para ela.

— Você quer conversar com alguém lá de cima?

A garota assente.

Eu expiro. Eu nem tinha percebido que estava prendendo o ar.

— Lo.

Eu me viro e Casey está ali, com aspecto mais atormentado do que quando eu a vi horas antes. Ela está se esforçando para parecer estar no controle; o cabelo está em um rabo de cavalo apertado na parte de trás da cabeça. Mas são os olhos dela; eu não a estou vendo no melhor momento dela.

— Vamos para a sala dos funcionários — diz ela.

Nós temos que passar pelo segundo andar para chegar lá. É feito de escritórios, mas tem a energia respeitosamente silenciosa de uma biblioteca. Algumas portas estão abertas, com membros trabalhando nos computadores ou recebendo ligações, outras estão fechadas, com quadros brancos nas portas declarando conexão em sessão. Se você precisar de ajuda além do que o Projeto pode fornecer imediatamente, eles vão conseguir para você. Um nome em uma das portas chama minha atenção.

— Dana está aqui?

— Não é dia dela — diz Casey, sem se virar enquanto me leva pelo corredor e por uma escadaria curta. — Mas ela costuma trabalhar com os veteranos, conectando-os ao apoio dos colegas e programas financeiros, esse tipo de coisa. Quando voltou do serviço, ela foi largada. Ficou traumatizada. Ela prometeu estar presente para os outros como ninguém fez com ela. — Ela faz uma pausa. — Espero que seja o tipo de coisa que você vá colocar no seu perfil. Tem muito mais aqui do que parece.

— E bem mais em você do que isso — digo quando chegamos ao terceiro andar.

Tem uma sala de estar ali para os membros do Projeto. Um sofá na frente de uma televisão, uma cozinha pequena, algumas mesas e cadeiras e um quarto nos fundos com uma fileira de camas para quem trabalhar até tarde. Casey assente para cumprimentar os poucos membros ali. Eles estão tomando café, tirando um momento para si ou conversando. Ela me leva para uma salinha depois de uma esquina, separada de tudo.

— Essa é a sala tranquila — diz Casey ao abrir a porta. — É difícil trabalhar aqui. Cuidar de tantos, assumir tantos fardos... nós queríamos garantir que os membros tivessem um lugar para fugir, para se reconectarem com eles mesmos, rezar... mesmo que só por um momento.

Eu entro. É meio claustrofóbico, mas poderia servir de refúgio no contexto que Casey apresenta. Não tem janela ali. As paredes foram pintadas de azul-céu para compensar e tem plantas em todos os cantos. Há uma mesa no centro. Não estou com vontade de sentar, nem Casey. Eu me encosto na parede enquanto ela passa a mão pela cabeça, domando mechas soltas que não estão lá.

— Por que você estava na casa do Arthur? — pergunta ela.

— Por que o seu irmão estava? — eu pergunto. Ela contrai a mandíbula. — E eu não estava *na* casa do Arthur, eu estava de olho. Quando Lev me ofereceu o perfil, ele disse que eu podia fazer do meu jeito, nos meus termos. Era o que eu estava fazendo. — Eu a observo. — Qual é o problema do Daniel com o Projeto Unidade? Entre seu pai e você, ele está se sentindo abandonado?

— Meu irmão estava lá por causa do meu pai... ou seria o que ele diria pra você.

Eu a encaro.

— Eu achava que seu pai era um grande apoiador do trabalho do Projeto.

Eu a vejo pensando, os olhos indo para um lado e para o outro, sem ver nada, perdidos. Isso é tão distante dos limites dos negócios normais do Projeto, tão pessoal que ela não sabe como abordar o assunto. Ela finalmente se senta na cadeira em frente à mesa, e não me lembro de já tê-la visto tão pequena.

— Você já... — Ela para de falar. — Você viu meu discurso no sermão, não viu?

— Eu fui retirada logo em seguida.

— Eu faço o mesmo discurso todas as vezes — diz ela. — De ter tudo, não querer nada, me sentir vazia, torcer pela morte. — Os olhos dela se encontram com os meus. — E isso não é nem metade. Se eu te levasse por tudo que eu passei antes de Lev me encontrar, você... — Ela balança a cabeça lentamente. — Eu...

— Me conta.

— Você não devia me pedir isso. Não pediria se soubesse o que está pedindo. — Ela fecha os olhos e os mantém fechados. Uma lágrima escorre, e ela a limpa rapidamente e abre os olhos. — Vou só dizer isto: meu pai é um homem doente. E as coisas que eu sei sobre ele acabariam com ele.

O tom dela não oferece espaço para perguntas, e há um distanciamento sinistro que faz meu estômago revirar.

— Se ele fez alguma coisa ruim assim, talvez você devesse mesmo.

— Ele é mais útil assim.

Eu faço uma pausa.

— Você está dizendo o que eu acho que está dizendo?

— O que você acha que eu estou dizendo?

— Ele está financiando iniciativas do Projeto em troca do seu silêncio?

— Ele comprou este prédio. E os outros dois. — Ela se inclina para a frente. — Nós teríamos levado anos pra conseguir o dinheiro de que precisávamos pra fazer os Centros Unidade acontecerem. Você sabe quantas bocas famintas nós alimentamos em um único dia? As camas estão com ocupação de noventa por cento hoje. Vai estar tão frio lá fora. É desumano deixar pessoas nas ruas, no frio. Você sabe quantas conexões nós criamos que podem fazer a diferença entre a vida e a morte pra tantos?

— O fim justifica os meios, é isso?

— Meu pai talvez não aceite expiação pelos pecados dele — diz Casey —, mas isso não significa que não possa pagar por eles. Se for esse o resultado, por mim tudo bem.

— Por Lev também?

— É coisa minha. Ele deixa comigo. Meu pai aceita esse arranjo porque não tem escolha, mas, de vez em quando, meu irmão interfere. Era o que Daniel estava fazendo hoje. Ele tinha esperanças de ir parar no meio de um levante, mas não apareceu mais ninguém, não é, Lo?

Eu me mexo, incomodada.

— Não que eu tenha visto.

— O que você acha que isso quer dizer?

Ela abre um sorriso fraco, breve, triste, e olha para as mãos. Casey sempre foi um mistério para mim, menos pessoa e mais uma função específica que o momento exigisse dela. A cara do Projeto Unidade. Um obstáculo entre mim e Bea. Isso a faz parecer real, e eu não sei se gosto.

— Se Arthur tivesse feito aquela reunião seis meses atrás, eu teria ido — digo para ela. — Por causa da Bea e por sua causa.

Ela me olha, pensativa.

— Eu acho que qualquer coisa que eu diga pra você sobre isso seria vazia.

— Eu aceito qualquer coisa, Casey.

— Lembra a última vez que a gente se viu?

Eu sei que ela quer dizer antes do sermão.

E não tem como eu ter esquecido.

O Projeto estava fazendo uma arrecadação no Centro Comunitário de Morel. Eu nem lembro para quê. Eu não sabia se Bea estaria lá, mas sabia que Casey estaria, e, àquelas alturas, eu estava tão desesperada por precisar de respostas, respostas reais, que não me importei com quem eu encontraria naquele dia.

Eu tinha 17 anos e só cheguei à porta.

Casey me impediu de entrar.

Eu ainda sinto a forma como o mundo desmoronou em volta de mim, me fez ter 13 anos de novo de repente. Era como se eu tivesse a sensação do fim antes de ele acontecer. Eu chorei, gritei pela minha irmã. Lembro-me do aperto de Casey no meu braço quando ela me puxou para longe. Não lembro o que ela me disse, mas me lembro daquela expressão dura e final nos olhos dela, e toda a minha vontade se esvaiu. Eu fui para casa e acordei na manhã seguinte com a ausência da última parte de mim que estava agarrada com força ao meu passado.

Era como se eu tivesse morrido.

— Eu faço qualquer coisa pra proteger este trabalho —

diz ela — e a visão de Lev. Você pareceu uma ameaça real aos dois porque não conseguiu aceitar que Bea...

— Você disse que ela não me queria...

— E eu estava falando a verdade — diz Casey, e eu cruzo os braços e olho para longe dela. — E agora você sabe que eu estava falando a verdade.

— Mas você nunca me disse *por quê*. — Minha voz falha. — O que você acha que eu... como eu poderia ter recebido aquilo? Sempre pareceu que você a estava escondendo de mim.

— Eu nem sempre lidei da melhor forma que poderia — admite ela. — Você testou minha paciência como *bem* poucas pessoas já testaram.

Eu dou uma risada.

— Que consolo idiota.

— Eu acho que nós sempre teríamos vindo parar aqui, Lo. Lev me disse muitas vezes para ter cuidado com você porque você era... — Ela para abruptamente, e tem alguma coisa no rosto dela que me diz que não adiantaria pedir para ela terminar a frase, mas eu quero mais do que tudo que ela termine a frase. Porque eu era o quê? — Mas ele nunca tinha te visto em pessoa depois, não sabia como você era teimosa e imprudente e determinada. Eu fiquei meio impressionada...

— Impressionada — repito.

— É — diz Casey. — E eu não sabia como honrar a vontade de Bea e seguir com o cuidado que a situação pedia. Muitas vezes, eu reagi a você em vez de pensar direito. Eu poderia ter afinado minha abordagem. Sabendo o que eu sabia, eu poderia e deveria ter tentado... — Ela dá de ombros com impotência. — Não importa, eu sabia que nada impediria você. Fosse lá o que você pudesse pensar de mim, Lo, eu nunca te subestimei.

É o mais perto que vou chegar de um pedido de desculpas de Casey Byers. A única coisa que consigo oferecer em resposta é um movimento afirmativo de cabeça. Não há perdão em mim, eu acho. Só uma aceitação brutal de tudo que se perdeu e uma marcha resignada adiante perante a falta de opções. Ela talvez tivesse feito diferente, mas que importância tem se já foi feito?

— O passatempo favorito do meu pai era me subestimar — diz Casey. — Ele me queria vazia. Eu era só um corpo, e aí, Lev, ele aparece e vê mais do que isso. Ele viu minha *alma*. — Ela olha para mim e seus olhos estão cheios de fogo. — Sabe como é, Lo? Ser real e verdadeiramente vista?

Minha entrevista seguinte com Lev é na Fazenda Garrett, no fim de semana.

Com isso e a *SVO*, parece que eu nunca tiro dias de folga.

No caminho até lá, eu escuto o famoso sermão dele de 2014, o que supostamente previu a eleição de 2016 e suas consequências, o som da voz dele sussurrando no meu ouvido enquanto a estrada desaparece embaixo do Buick. Está melhor no carro hoje, mas só um pouco. O trecho longo de rodovia é desolado e a ausência de outros mantêm minha ansiedade num rugido baixo.

Eu recebi uma revelação.

A gravação é abafada, como se feita por um bolso de casaco.

Em dois anos, uma escuridão vai se acomodar sobre a nossa nação, trazida por um homem que não usa máscara. Ele é quem ele alega ser. Ele vai pedir um muro construído com a promessa de grandeza, mas a base é podre. O primeiro tijolo colocado será o medo. O segundo: ignorância. O terceiro: ódio. Seus vizinhos não são mais seus vizinhos. As máscaras deles *vão cair, e eles vão espalhar a escuridão. Eles vão se unir no ódio. Inocentes morrerão. Crianças sofrerão.*

Por mais buracos de coelho do Reddit relacionados ao Projeto em que eu tenha caído, não consigo encontrar nenhuma prova de que essa gravação seja falsa ou tenha sido alterada. Lev disse essas palavras. Elas significaram alguma coisa para as pessoas na ocasião e significam ainda mais agora.

A história será feita nesses tempos sombrios, mas lembrem-se: o que nasce de Deus supera o mundo.

Meu telefone toca, corta o áudio e me sobressalta. Eu o pego no banco do passageiro e aperto o viva-voz, interrompendo a voz de Lev.

— Alô. — Silêncio. — Droga, quem *é*?

A ligação é desconectada.

A gravação recomeça.

Fiquem comigo na fé e nossa fé vai superar o mundo.

Eu aperto o volante.

A fazenda parece vazia quando eu paro. Eu saio do carro e observo tudo, imaginando como a vida acontece dentro das paredes dela sem eu estar lá para testemunhar. Tem uma apresentação inevitável que se agarra a qualquer um que sabe que está sendo observado, e eu quero saber como é a rotina diária de verdade; se cada respiração que entra e sai é oração e gratidão, serenidade, se você acorda se sentindo constantemente parte de alguma coisa.

Como é acordar sentindo isso.

Ninguém vai me receber. Eu observo a porta da casa por um longo momento só para ter certeza, pego minha bolsa e vou até o celeiro seguindo o caminho na direção oposta. É onde Lev fazia as reuniões do Projeto antes de se tornar um espaço para os sermões anuais, antes de as multidões os sobrecarregarem e obrigarem a obter a tenda.

A porta está entreaberta e eu entro e olho tudo. Eu estava esperando algo mais... rústico; Lev pregando perto dos porcos. Mas aquele celeiro foi reformado; é do tipo que se aluga para casamentos. Limpo. Com piso brilhoso de madeira. Com equipamento velho de fazenda exposto artisticamente nas paredes. Fardos de feno acentuam a estética geral. O cheiro faz cócegas no meu nariz.

Foster está parado no meio do celeiro. Sou silenciosa a ponto de ter um vislumbre dele nos poucos segundos reveladores antes de ele reparar que não está sozinho. A cabeça dele está inclinada para cima e sigo o olhar triste dele para o nada para onde ele olha.

— Acho que Lev está na casa — diz ele quando repara em mim. — Te esperando.

— Eu sei. — Eu o observo. Ele está de calça *jeans*, uma jaqueta tática de inverno, luvas pretas. Se eu nunca o tivesse visto fazendo revistas no sermão, eu suporia que o trabalho dele ali segue aquela linha mesmo. O cabelo louro-avermelhado cai quase até o ombro agora, a barba ainda bem cuidada.

— Você é o guarda-costas oficial do Lev, por acaso?

Ele se irrita um pouco com a palavra *guarda-costas*.

— Eu sou da segurança pessoal de Lev, primariamente dele e de Emmy. — Ele faz uma pausa. — Isso não é parte de uma entrevista, é?

— Fora dos registros. Por enquanto.

Ele passa a mão pelo cabelo e fica vermelho.

— Não sei se eu poderia dizer alguma coisa que qualquer outra pessoa aqui não poderia dizer melhor…

— Eu adoraria uma variedade de perspectivas. — Eu cruzo os braços. — Você me reconheceu no sermão, não foi? Você avisou a Casey.

— É — diz ele. — Avisei.

— Como você me reconheceu?

— Eu sempre soube sobre você, Lo.

— Por causa da Bea?

Ele assente. E diz:

— Todo mundo aqui sabe. Nem todo mundo saberia que deveria te procurar, mas… mas todo mundo ouviu falar da irmãzinha dela.

A informação se acomoda em mim e é bem ruim. Ela botou todo mundo em alerta por minha causa. Fez tudo que pôde só para me manter longe. Eu seguro todas as respostas amargas que quero dar a Foster e pergunto o quanto ele e Bea se conheciam.

— Ela me botou nisto aqui. — Ele abre as mãos, tentando englobar *isto*. — O Projeto mudou minha vida. Não era uma grande vida antes.

— Como é ser membro?

— É difícil descrever… não dá pra botar definição nesse tipo de… — Ele reflete por um momento. — O Projeto me encontrou. Acho que, se você perguntar a qualquer membro, é isso que vão te dizer… você conhece as pessoas e parece que tem uma luz brilhando nelas... tanto que não dá pra evitar querer encontrar a fonte. E aí, você encontra a fonte.

— Lev.

— É. — Ele me olha. — Você não passou tempo com Emmy, passou?

— Não é pra isso que eu estou aqui.

Parece cruel saindo da minha boca, mas é melhor do que admitir a verdade: eu não abri essa porta. Eu não posso opinar sobre quanto tempo pode ficar aberta, quem a fecha e quando. O máximo de controle que eu tenho sobre isso tudo é se eu entro ou não por ela.

Eu preciso desse controle.

— Ela é uma criança ótima. Espero que você a conheça. É meio tímida com estranhos... — Eu faço uma careta pela dor que causa; estar mais próxima de Emmy por parentesco do que Foster, mas eu ser a estranha. — Quando ela supera, ela é um foguetinho. Eu mal consigo acompanhar. Ela é muito parecida com Bea. Beabelha.

Eu nunca ouvi ninguém fora da família a chamar assim.

— Deve ter magoado Emmy quando Bea foi embora.

Foster sorri com tristeza para o chão.

— Ela vai voltar.

Ele parece ter tanta certeza que eu hesito.

— Como você sabe?

Os olhos dele se fixam em alguma coisa, alguém, atrás de mim.

— Vamos conversar aqui?

Eu me viro. Lev está na entrada do celeiro, mas não sei há quanto tempo. Ele está usando uma japona verde-oliva, calça *jeans* preta e botas. E encosta-se na moldura da porta.

— Pra mim, não faz diferença.

Lev desvia o olhar de mim para Foster.

— Foster — diz ele. — Vai pra casa.

Foster obedece. Lev e eu o vemos atravessar o celeiro e sair.

— Eu estava admirando seu carro — diz Lev. — Você veio dirigindo.

— É uma coisa que eu faço.

— Parece que eu te interpretei errado.

Eu enfio a mão na bolsa para tirar o gravador. Eu o levanto para que Lev o veja. Não quero perder um momento sequer daquilo. Ele assente.

— Se as coisas fossem do meu jeito — diz ele assim que a gravação começa —, eu moraria na fazenda.

— Por que não mora?

— As pessoas viriam aqui entre sermões procurando meus conselhos e eu nunca poderia recusar. Eu estava ficando exausto. Casey reparou e tomou decisões executivas para proteger a minha energia. — Ele sorri de leve. — O Projeto Unidade funciona na base da fé… e dela.

— O que aconteceu com os Garretts?

— Eles moram na cidade agora. Eles preferem.

Ele entra mais no celeiro, a nostalgia tomando conta da voz enquanto ele continua falando.

— Você deveria ter visto na época. Imagino que o sermão na tenda tenha parecido um espetáculo pra você.

— Se não precisa ser um espetáculo, por que fazer com que seja?

— Eu não falei que *era* um espetáculo, falei que foi um espetáculo pra você. A fé é uma expressão e algumas pessoas acham certos tipos de expressão mais ressonantes do que outras.

— As pessoas que vão aos seus sermões... algumas acreditam que você é capaz de ver o futuro — digo, e Lev inclina a cabeça. — Que você previu o resultado da eleição. É verdade?

— Eu não tenho interesse em ceder a esse tipo de especulação porque...

— Porque diminui o trabalho — concluo. — Mas essa questão incomoda o Projeto há anos e eu acho que o público merece uma resposta: você viu o futuro ou não viu?

— Eu falei o que Deus me mandou falar. Algumas das mensagens dele são mais fáceis de discernir do que outras. — Ele faz uma pausa. — O sermão de 2014 foi um espelho. Nós vemos em um espelho vagamente, depois cara a cara. Foi isso que aconteceu.

— Você se considera um profeta?

— Um profeta é só um mensageiro.

— Isso não é resposta.

— É a que você vai ter.

— Você se considera *mesmo* redentor de Deus.

— Sim.

— Ou você só tem um ego muito saudável?

Ele faz uma pausa.

— Eu me despi do meu ego há muito tempo.

— Você trouxe uma garota de volta da morte?

Ele sorri para o disparo rápido de perguntas e entende na mesma hora que eu estou tentando confundi-lo. Meus dedos doem de segurar o gravador com tanta força. Está frio no celeiro, mas eu não quero ir para a casa, porque, quando eu penso em escrever sobre esse momento da forma como aconteceu, ele parece melhor ali; com partículas de poeira voando no ar, o rosto de Lev marcado pelo frio. A forma como nossas vozes ecoam de leve, uma após a outra. O som das botas dele andando pelo chão.

— Em Deus, tudo é possível — diz ele.

— Isso também não é resposta.

— Ainda é a que você vai ter. — Ele faz uma pausa. — Eu ia ser padre.

— Eu sei.

— Eu achei que era o que Deus pretendia pra mim. Bom, *era*, na verdade. Eu não tinha discernido corretamente o chamado Dele. Deus me conectou com a igreja não pra me levar *até* ela, mas para me levar *por* ela. Pra me levar pela corrupção dela, pra me levar mais baixo do que eu já tinha estado na vida, pra me mostrar um caminho melhor, pra que eu, por mim mesmo, pudesse mostrar a outros.

— Baixo quanto?

Ele para suavemente na minha frente, contemplativo.

— Quando eu entrei na igreja pela primeira vez, um garoto, o amor de Deus estava em toda parte — diz Lev. — E eu não conhecia o amor. E quando conheci o amor Dele, eu parei de conhecer o medo, porque o amor perfeito de Deus espalha o medo. Você tem medo, Lo?

— De quê? — pergunto.

— De qualquer coisa. — O olhar dele avalia meu rosto quando eu não respondo. — Quando eu senti o amor de Deus, eu não tinha mais medo de nada, mas, quando cheguei no seminário, eu não senti mais o amor de Deus. Eu fiquei mais sozinho, senti mais medo do que em qualquer outro momento na vida. Foi um teste.

— O que você quer dizer?

— Deus tirou o amor Dele de mim pra ver se eu me mostraria digno do retorno dele. Eu saí do seminário e fui pra casa em Indiana, pra minha mãe. A raiva dela continuava tão viva quanto antes. Eu era um garoto de novo e ela direcionou o ódio dela pra mim.

Eu engulo em seco, com medo demais de perguntar exatamente pelo que ele passou, qual daquelas cicatrizes no abdome dele falam desse momento da vida.

— O que você fez?

— Eu sofri pelo caminho de volta.

— O que isso quer dizer?

— Eu me ajoelhei e rezei pra Deus por trinta horas.

— Pelo que... — Minha voz falha. — Pelo que você rezou?

— Pela minha mãe — diz ele, e é a última coisa que eu espero ouvir. — Eu pedi a Deus pra abençoá-la e protegê-la. Falei para Deus que O serviria em nome do perdão dela, e

Deus soube que podia confiar a visão Dele do Projeto a mim. Ele me resgatou. Ele me tornou o redentor Dele.

— E o que te torna tão especial? — pergunto.

— Eu não sou especial. Não tem nada de especial em mim. Ou talvez... — Ele dá um passo na minha direção e chega muito, muito perto. — Ou talvez seja que todos somos especiais... porque todos foram Escolhidos por Deus. Todos foram Chamados por Ele.

— Até eu.

— Até você. — Ele faz uma pausa pelo sorrisinho defensivo que isso gera no meu rosto. — Você acha que isso vale escárnio?

— Se Deus está me chamando, por que eu não ouço nada?

Ele leva a boca ao meu ouvido.

— Você não está prestando atenção.

— Talvez ele não esteja falando alto o bastante.

— Mas como você reconheceria Deus de ouvi-lo? Sua falta de fé está em você toda. Você acredita tanto que sua raiva, sua necessidade, sua dor e sua solidão vêm do que lhe foi negado, mas você precisa saber o seguinte: se nós negamos Deus, ele também vai nos negar.

Eu me afasto dele.

— Tem tanta coisa te esperando além da sua vontade e da sua dor e da sua solidão, Lo. — O olhar dele percorre meu corpo de um jeito que me faz me sentir pequena, como se ele pudesse ver tudo que fica além da carne e dos ossos. — Você não está cansada de negar a si mesma?

Vejo Lev voltar para a casa pelo para-brisa do meu carro.

Está escuro lá fora, chovendo um pouco, o tipo de chuva que logo vira gelo. Quero me adiantar o máximo possível. Ligo o carro e o rugido do motor reverbera pelo meu corpo. Eu balanço as mãos, limpo a garganta algumas vezes, como se pudesse expelir a sensação de aperto no peito, e me afasto da casa e dirijo pelo longo trecho de estrada até a rodovia, mordendo o lábio, a voz de Lev na cabeça, tentando não imaginar que tem um Deus me chamando agora e que a única coisa que existe entre nós...

Sou eu.

Meu celular toca no painel. Olho rapidamente (NÚMERO DESCONHECIDO) antes de olhar para a estrada de novo. Estou perto do cruzamento na mesma hora que um caminhão. A visão gera um suor frio na minha nuca. Meu celular continua tocando e eu aperto o acelerador sem pretender, e tento corrigir com o freio.

Nada acontece.

— Deus — eu sussurro.

Eu aperto o freio de novo e nada acontece.

Eu viro o volante com força e, naquele momento entre a estrada desaparecer debaixo de mim e a parada repentina à frente eu presto atenção.

2013

Ninguém nunca abandonou o Projeto Unidade.

Ele convoca uma reunião na Casa Chapman, no Grande Salão.

Há um murmúrio baixo de confusão enquanto as pessoas vão chegando e se acomodando; só três deles (Lev, Bea e Casey) sabem qual é o assunto. Bea se senta obedientemente aos pés de Lev, Atara ao lado, quando Lev para na frente de todos. Casey fica de lado, observando todos com atenção. Lev quer um relatório completo de reações depois. Bea vê Foster sentado perto dos fundos e ele olha para ela com uma pergunta no rosto. Ela balança a cabeça imperceptivelmente. As perguntas dele não podem ser respondidas por ela.

Finalmente, Lev os manda se aquietarem sem falar nada, só levantando as mãos.

O aposento fica em silêncio e os olhos de Lev pousam em cada um, observando todos. Bea se pergunta o que ele vê quando olha para eles. Se ele tem tanta certeza de todos como antes ou se agora só vê um amplo e novo potencial de traição. De onde está, Bea reconhece uma mágoa profunda nos olhos dele; de ter dado tanto, de ter sido jogado de volta na cara dele.

Eu quero falar com vocês sobre o paraíso, diz Lev.

Bea fecha os olhos.

O paraíso, diz ele, a voz fluindo por cima dela, *não é um lugar para onde se vai, é o lugar que eu carrego comigo. Deus confiou esse dom a mim. E, enquanto vocês estiverem na minha presença, enquanto vocês viverem na minha fé, vocês terão as chaves do Reino. Os muros vão proteger vocês. Sua fé fortifica os muros.*

Ela abre os olhos.

A traição dessa fé, diz Lev, se movendo com cuidado entre eles, *enfraquece os muros. O mundo fora do Projeto Unidade é corrupto. Não é verdade, Foster?*

É, diz Foster.

O mundo lá fora está doente de pecado, o pecado é mais inato em nós do que a graça de Deus. Mas vocês, todos vocês, foram devolvidos a ela. Vocês aceitaram o dom da sua Expiação. Ele abre os braços para todos. *Vocês foram Redimidos.*

Amém, diz Bea.

Amém, dizem todos.

Nós estamos aqui para oferecer a salvação para quem tiver coragem de procurá-la, continua Lev. *Quando mais ninguém requisitar lugar entre nós, nós vamos fechar as portas. Lembrem-se dos seus votos: o mundo vai cair ao nosso redor, mas nós vamos ficar intocados, pois nenhum mal vai acontecer aos que estiverem sob as minhas asas. E quando o mundo tiver se desfeito, quando os não crentes tiverem queimado, só vai restar nosso paraíso. Essa sempre foi minha promessa pra vocês.*

Às vezes, Bea pensa que o paraíso é aqui e agora, mas,

quando Lev fala assim, ela sabe que está enganada. Se hoje é o êxtase, amanhã vai ser uma alegria ainda maior.

Lev vai levá-los para esse amanhã.

Mas o caminho depois da redenção está tão aberto para vocês quanto o caminho para se chegar a ela, diz Lev. *E não é só porque vocês estão aqui, no Projeto, que vocês estão alheios à tentação do pecado, do vício, do materialismo, do ego e da ganância e da dúvida. Vocês devem ser,* precisam ser, *mais fortes do que isso, porque sua fraqueza se torna a nossa fraqueza e a sua corrupção nos corrompe e bota em jogo o nosso paraíso. Eu não posso aceitar isso, principalmente fazendo tudo que eu posso pra levar vocês comigo. Eu tenho uma coisa pra contar: Rob Ellis foi fraco e a fraqueza dele estava nos corrompendo. Eu vi isso nele. Reconheci a ameaça dele ao nosso trabalho e ao nosso futuro juntos e pedi para ele ir embora. Ele não é mais membro do Projeto Unidade. Vocês estão todos em segurança comigo novamente.*

O choque abala todos, por Rob ter ido embora, porque a mera existência dele era uma sabotagem a eles. Como eles tinham chegado perto de perder tudo que tinham construído. Bea vê os rostos abalados refletirem uns aos outros, a traição profunda. A raiva recente.

O alívio palpável.

Obrigado, diz Foster do lado dele na sala, e Bea ecoa rapidamente, e todos a imitam rapidamente, e em pouco tempo a sala está lotada da cantiga deles de gratidão e Lev engole em seco, visivelmente abalado pela forma como todos se uniram em torno dele.

Eu tenho que confessar uma coisa pra vocês, diz ele quando todos se calaram. *Eu não queria acreditar que podia perder fé dentro desses muros. Eu achava que, se Deus tinha ordenado sua presença aqui, vocês sempre permaneceriam no caminho. Mas fui ingênuo de pensar que a tarefa à minha frente seria tão direta. Nós todos estamos aqui por vontade própria e, por causa disso, em qualquer momento, podemos perder nosso destino de vista. Eu acredito que Deus mandou Rob para garantir que eu não tinha ficado complacente. Ele foi um lembrete para eu ser vigilante. Eu nunca mais serei complacente. Eu não posso, nunca, não* vou *nunca mais perder nenhum de vocês. Se eu puder salvar vocês, sempre vou escolher salvar.*

Ele fecha os olhos por um longo momento e os abre.

Ele os manda se levantarem.

PARTE TRÊS

JANEIRO DE 2018

Aquele *crunch* repentino, o gemido de metal forçado em metal.

O impacto abala minha pele e se enterra nos meus ossos. Minha cabeça bate no volante. A buzina do carro toca no começo de noite.

Eu me ergo lentamente e levo a mão trêmula à testa.

As pontas dos meus dedos ficam vermelhas.

Minha mão cai inerte no colo.

O ruído e gemido de metal.

A buzina ainda tocando.

— Hum. — Faço o som pelos lábios fechados e tateio pelo peito até minhas mãos encontrarem o cinto de segurança e eu puxo o cinto e fico fazendo o mesmo som, não uma palavra nem um grito de socorro. O Buick da Patty destruído. Eu perdi o controle.

Como eu perdi o controle?

Eu me lembro da sensação horrível na boca do estômago quando a estrada sumiu de debaixo de mim.

O ruído e o gemido de metal.

Minha cabeça batendo no volante.

A buzina tocando.

A buzina ainda tocando.

Eu aperto os olhos pelo para-brisa rachado.

A parte da frente do Buick da Patty está esmagada em uma árvore no fundo de uma vala.

Eu estava chegando no cruzamento antes da rodovia.

Tinha um caminhão vindo.

Os freios... foram os freios?

Ou fui eu?

A buzina para de repente. Minha porta é aberta.

Eu viro a cabeça na direção dela.

— Lo? Lo, o que houve?... Deus, você está sangrando. Lo, você está me ouvindo?

Lev se inclina, o colar dele cintila na luz e eu me vejo esticando a mão na direção dele. Seguro a corrente, meu foco indo e voltando.

Está tão silencioso agora.

— Hum.

— Lo.

Eu abro os olhos. Não me lembro de tê-los fechado. Lev leva a mão até a minha testa e inspeciona o corte. O que ele encontra parece satisfazê-lo o suficiente para ele afastar as mãos de lá até meu queixo, tentando me forçar a encará-lo.

— Lo, olha pra mim — diz ele. Eu estou fazendo tudo, menos olhar para ele. — Você está ferida? Tem alguma coisa doendo? — Eu levo a mão à testa, mas ele já viu isso. — Mais alguma coisa? — Ele olha para trás. — Foster, quero que você dê uma olhada nela.

— O que houve? — sussurro. Não consigo organizar meus pensamentos nem recuperar o fôlego. Puxo o cinto de segurança, apertado no meu peito, e mais do que tudo quero tirar essa coisa de mim. — Eu não sei o que aconteceu.

— Você sofreu um acidente. Você...

Lo. Você é minha irmã. Você tem 13 anos.

Meu coração sobe para a garganta e eu não consigo... não consigo respirar. Mãos passam por mim, soltam meu cinto, e assim que fico livre do aperto, eu saio do carro, mas só percorro alguns passos e minhas pernas cedem. Caio no chão coberto de neve, resultado de dois acidentes, ofegante. Eu não consigo respirar. Eu sofri um acidente.

— Quem eu sou? — pergunto, mas não sei por que pergunto.

Você é...

— Lo...

Você é minha irmã. Você tem 13 anos.

— Lo — diz Lev de novo.

— Todo mundo... morreu...

Lev se ajoelha na minha frente e vejo os joelhos da calça *jeans* dele ficarem escuros, encharcados pela neve, e sei que estou ajoelhada no mesmo chão, que as minhas roupas devem estar molhadas e frias e grudadas e incômodas na minha pele, mas não estou sentindo nada.

— Quem eu sou? — pergunto de novo.

— Lo — diz Lev, e eu balanço a cabeça sem parar e a voz dele soa, mais firme desta vez: — Lo, olha pra mim. Agora.

Ele coloca a palma das mãos nas minhas bochechas, minhas lágrimas se acumulando nas bordas das mãos dele. Ele aperta o polegar delicadamente na minha cicatriz e, de repente, estou lá de novo; estou no hospital com as luzes brancas horríveis, uma garota em uma cama, com soro, o respirador, o homem parado na frente da cama, o choque repentino de ser forçada de volta ao corpo.

Quem sou eu?

— *Lo.*

Respiro, trêmula e tossindo, e forço o ar de volta aos pulmões, depois tenho ânsia de vômito. Vou para longe de Lev, enfio as mãos no chão, o cabelo grudado no rosto, o rosto molhado de suor, frio.

Eu me lembro de me ajudarem a ficar de pé e estar de repente na fazenda.

Mas de nada entre uma coisa e outra.

Sou levada até um quartinho por membros do Projeto que depois desaparecem. Fico sentada numa cama pequena olhando as mãos. Cada vez que volto a mim, estou num lugar ou posição diferente de antes. Os brancos me apavoram, assim como a complacência estranha e atordoada das minhas respostas a qualquer coisa que me perguntam ou me pedem para fazer, meu corpo só acompanhando como naqueles primeiros dias depois de acordar no hospital. Eu ficava esperando o momento em que voltaria a mim, me tornaria a garota que eu era antes.

Nunca aconteceu.

— Quem sou eu? — pergunto estupidamente antes de conseguir parar. Eu sei que é errado. Eu sei quem eu sou. Foster franze a testa. — Não, desculpa. Eu sei. Eu... — Eu expiro e esfrego as mãos. Não sei como explicar para eles que estou em um lugar e meu corpo está em outro.

Foster se vira para Lev.

— Emergência.

— Não — diz Lev. E, para mim: — Lo, você está na Fazenda Garrett. Você sofreu um acidente. — Ele faz uma pausa. — Só não foi o que você pensa.

Foster me olha, faz perguntas com uma certa autoridade que remete a uma vida prévia. Quando Lev explica que Foster trabalhava em um hospital, tudo faz sentido. Eu me sinto como se estivesse no hospital.

Eu levo a mão à testa. Sangue seco se solta embaixo das minhas unhas. Eu aperto os olhos para o teto. O lustre é velho e o brilho da lâmpada, frio.

— Fazenda Garrett — digo.

O hospital era frio.

— É — diz Lev.

— Eu não me sinto bem — sussurro.

— Vou pegar água pra ela — diz Foster.

Ele some e eu fecho os olhos. Imagino que estou fora do meu corpo e entro no meu corpo e, quando abro os olhos de novo, Foster está me oferecendo um copo de água. Eu o pego, sem perceber até aquele momento o quanto estou com sede, e bebo metade de uma vez, mas minha garganta fecha e eu engasgo. Eu tusso, meus olhos lacrimejam e eu devolvo o copo vazio. Não me lembro de ter bebido o resto.

Lev olha da porta, os braços cruzados.

— Você acha que vai ficar cicatriz?

Cicatriz. Eu levo a mão ao rosto, à bochecha, esperando que meus dedos escorreguem no espaço aberto, na ferida, mas eles encontram aquele amontoado feio de pele. Costuraram tão apressadamente da primeira vez que tiveram que abrir só para fechar de novo, o que piorou ainda mais o dano.

— Não deve ficar. Foi superficial. É que a cabeça sangra muito mesmo. Curativo deve resolver.

— Traz o *kit*. E depois, comece a fazer ligações sobre o carro...

Eu fecho os olhos e inspiro pelos dentes, ouvindo os sons de Foster saindo do quarto. Penso no Buick na vala, batido.

Como? Como eu...?

Foster volta e desaparece de novo. Ouço o som dos passos suaves de Lev quando ele chega perto de mim. Abro os olhos lentamente, e ele puxou uma cadeira da escrivaninha no canto do quarto. Ele se senta com um *kit* de primeiros socorros nas mãos, remexe dentro e franze a testa de leve enquanto decide de que precisa e de que não precisa.

— O que houve? — Preciso que alguém me diga.

— Eu ouvi a buzina — diz Lev, separando algumas coisas, curativos, álcool. — Vou chegar um pouco mais perto de você agora.

Ele puxa a cadeira para a frente e pega o frasco de álcool,

abre-o, vira-o em uma bola de algodão. Passa o algodão na minha cabeça com tanto cuidado que eu mal sinto. Meu olhar se desvia para o colar. Eu franzo a testa. Pego-o de novo, deixo que fique na palma da minha mão. É pequeno, redondo e frio, prateado. Finalmente entendo o entalhe nele: uma âncora.

— O que significa? — pergunto.

Lev o tira gentilmente da minha mão e o deixa cair junto ao pescoço.

— Bea me deu.

— Por quê?

— Quando Emmy nasceu.

Isso me cala. Lev pega dois curativos finos e os coloca no meu corte, e só depois que ele terminou é que me dou conta de que deixei.

Eu olho para as minhas mãos.

— Como você está se sentindo? — pergunta ele. — Nada bem, tenho certeza.

— Eu não sei o que houve — digo.

Eu fecho os olhos e vejo tudo, o caminhão, o cruzamento, meu celular... Eu abro os olhos.

— Onde está minha bolsa? Meu celular...

— Está com a gente. Não se preocupe.

— E o carro...

— Tem gente nossa cuidando dele.

— Eu preciso voltar para Morel.

Não sei se isso é verdade.

— Você deveria ficar.

— Eu tenho que ir.

Eu me levanto, e meu estômago fica embrulhado. Lev segura meus braços e me força a sentar antes que eu fique totalmente na vertical.

— Lo — diz ele. Ele me solta com cuidado, estica os braços e começa a desamarrar meus cadarços. Tira meu pé direito e depois o esquerdo das botas. O embrulho na minha barriga me lembra daquele momento em que nada estava onde deveria estar. A estrada sumindo, caindo na vala, a árvore. O caminhão. Não me lembro do acidente, mas o imagino; meus pais no banco da frente, meu pai sorrindo brevemente para a minha mãe quando o caminhão entra na nossa pista.

Você vive dentro do seu acidente... e morre de medo do próximo.

— Você viu isso? — sussurro. — Você sabia?

Ele me olha.

— O quê?

Eu aperto os lábios.

— Você está tremendo — diz ele. Olho para as minhas mãos e é verdade. Mas não estavam tremendo um momento atrás, eu juro. Eu engulo, a boca seca, com sede de novo de repente. Olho ao redor do quarto em busca de água, mas não tem, porque eu bebi tudo. Eu esqueci.

— Eu não quero estar aqui. Eu quero ir pra casa.

Depois de um longo momento, ele pergunta:

— Tem alguém te esperando lá?

— Como assim?

— Você não deveria ficar sozinha — diz ele. — E o único jeito de eu deixar você sair daqui assim é se houvesse alguém em Morel te esperando, esperando pra cuidar de você.

Mas não tem ninguém.

Levo a mão distraidamente à testa e coço a pele recém--cuidada. Lev tira a minha mão do rosto. Tudo isso é registrado em algum lugar além da superfície, tudo que estou fazendo de errado depois do que fiz. Uma parte de mim ainda não está conectada.

— Eu sei me cuidar.

Sinto o sangue sumir do meu rosto. Sou tomada de náusea.

— Se deita, se deita, se deita... — diz Lev, empurrando meus ombros até minha cabeça encostar no travesseiro abaixo de mim.

— No hospital — consigo dizer. — Todas as vezes que eu acordava, eu estava sozinha.

Olho para o teto e levo a mão à testa. Não consigo deixá-la em paz. Lev pega minha mão e a segura bem entre as duas dele. Volto o olhar lentamente ao dele. Quando ele tem certeza de que não vou cutucar o curativo, ele coloca minha mão delicadamente no colchão e se levanta para sair. Eu estico a mão para ele.

— Eu sei me cuidar — digo de novo.

Mas eu estiquei a mão para ele.

Ele hesita e se senta ao meu lado.

— Eu sinto muito porque ninguém cuidou de você — diz ele.

2013

Ela encontra Lev nu, se observando no espelho do quarto.

Ela segue o olhar dele, que percorre o próprio corpo.

O cabelo dele, os lindos cachos. Ela ama a sensação deles nos dedos, ama se deitar com ele e empurrá-los do rosto enquanto ele olha para ela. Os olhos dele são de um castanho profundo e forte e não há fim para a intensidade deles. Ela precisou se treinar para manter contato visual com ele nos primeiros meses no Projeto, porque parecia que ele estava vendo mais do que ela tinha concordado em mostrar e ela não sabia se alguém conseguia suportar aquele escrutínio. Ele disse para ela, um tempo depois, quando ela confessou isso para ele, que muitas vezes ele sentia o mesmo, do jeito dele. Ele via com os olhos de Deus... e, muitas vezes, isso era mais do que qualquer homem podia suportar.

O olhar percorre o peito largo, os braços fortes, a pele esticada sobre os músculos, ambos chegando nos abusos da mãe dele no mesmo momento. Ela chorou na primeira vez em que viu as constelações e continentes de queimaduras no corpo dele, os cortes nos ossos do quadril. Quem faria uma coisa tão feia a uma criança?

Você não entende?, sussurrara ele, limpando as lágrimas dela. *Ela me fez o que eu sou.*

Ela é uma mulher horrível, liga para Lev pedindo dinheiro e reclama amargamente da forma como ele falou dela para o público. A saúde dela está se deteriorando e Bea acha ótimo.

Lev a perdoou, mas Bea não precisa perdoar.

Ela atravessa a sala e o envolve com os braços, se encosta nele por trás. Ele se encosta nela e inspira o cheiro dela.

Se alguém não tem cuidado dos seus, diz ele baixinho, *ele negou a fé...*

Não, diz Bea, levando os lábios ao ombro dele. *Não...*

E é pior do que o infiel, conclui ele, olhando para si mesmo no espelho. Ela fecha os olhos, apoia a cabeça na curva do pescoço dele e continua a recusar suas palavras.

Eu fracassei em manter um dos escolhidos de Deus, diz ele.

A partida de Rob pesou muito em Lev de formas que ninguém além dela e Casey conseguem ver. Ele não dorme bem, anda pelo quarto à noite murmurando sozinho, tentando entender quando e onde perdeu o controle. Rob foi um dos primeiros a expressar fé em Lev e confiar completamente na visão dele, e essa fé fortaleceu a determinação de Lev de abrir um caminho como nenhum outro homem antes dele. Lev não entende onde as coisas azedaram. Tudo que Lev faz por eles é o que Deus lhe pediu, e se ele está fracassando na transmissão da Palavra, se seus seguidores agora correm dela, só pode haver um motivo: *Eu fracassei com Deus.*

Bea não concorda. Ninguém sabe o quanto custa a Lev responder a Deus e responder depois aos Seus Escolhidos. Ser todas as coisas para todos eles. Não é muito pedir a eles que o acompanhem em tudo que fazem e nenhuma consequência deveria surpreendê-los se eles não aceitarem. Se você serve a Deus em todas as coisas, se você é respeitador e obediente como promete ser, não há consequência.

Lev leva a mão às cicatrizes. Aperta-as de leve com a ponta dos dedos e faz uma careta como se ainda estivessem doendo, como no dia em que sua mãe as fez.

Eu tenho que ir para Indiana, diz ele para ela, *procurar uma revelação.*

Ela não pode impedir Lev de se sacrificar no altar da mãe dele, mas Bea não está pronta para aceitar nada daquilo como fracasso dele.

Quando Casey acompanha Lev para o aeroporto, Bea vai para Chapman. Todos sabem onde Rob mora; eles ficaram de olho nele desde a deserção. Um apartamento de porão de um aposento só no lado ruim da cidade. Ele não saiu com muita coisa nos bolsos.

Não podia esperar sair com nada.

Ela bate na porta, tenta imaginar trocar as paredes seguras e firmes de Chapman pelo que ela vê ali. Gesso descascando, mofo nas paredes, infiltração no teto, uma rachadura na porta. Ela bate com os nós dos dedos nela e espera que Rob atenda.

Depois de um momento, ele atende.

Ele não dá motivos para ter ido embora. Ele está retraído,

encolhido em si mesmo, a pele pálida e doentia. Não parece que ele esteja dormindo nem comendo bem.

Ele parecia saudável no Projeto.

Eu nunca pensei que Lev fosse te enviar, diz ele.

Ele não me enviou. Eu vim por minha conta.

Ele olha para ela com ceticismo, mas abre a porta. Ela entra e está pior lá dentro. Não tem nada, não tem móveis. Um tapete de ioga enrolado no chão e uns cobertores... ela se pergunta de onde. Tem uma mesa de jogo e duas cadeiras dobráveis no meio da sala. Quando eles vão até lá, Bea olha a bagunça na bancada da cozinha. Vê um folheto da Bíblia com uma mancha redonda de café. Pega-o. St. Andrew's. Ela conhece essa igreja. Os pais dela estão enterrados no cemitério de lá. Ela olha para Rob exibindo o folheto com uma pergunta nos olhos.

Ele sabe o que Lev acha da igreja.

Rob não tem paciência para as coisas que ela não está disposta a dizer.

O que você quer, Bea?

Ela se senta em frente a ele à mesa. Ele é grande demais para a mesa e ela é pequena o suficiente. Ela pega as mãos dele e as envolve com as suas.

Vem pra casa.

O lábio dele treme e ele fecha os olhos e Bea prende o ar. Não pode ser tão fácil, mas uma parte dela acredita que deveria ser. Depois de um longo momento, ele abre os olhos e diz: *Não.*

Sua família sente a sua falta, Rob. Lev sente a sua falta. Eu sinto a sua falta.

Eu... Ele engasga, aperta os lábios e balança a cabeça. Uma onda de raiva cresce dentro dela; ela não entende. Ele diz *Eu quero tudo de volta. Quero de volta tudo que eu dei para ele em nome da Palavra. Quero as minhas coisas, quero o meu dinheiro, quero o meu...* Ele não consegue terminar a frase, as coisas que ele quer ficando menos fáceis de definir, impossíveis de devolver.

Você trairia Lev assim? Ele fez tudo por você...

Lev me traiu.

Lev te ama.

Rob se levanta abruptamente e solta as mãos das dela.

Aquilo não é amor.

Então o que é?

Ele abre e fecha a boca várias vezes antes de apertar os dentes e gemer entre eles. Aperta os nós dos dedos na cabeça e enfia os dedos no cabelo, puxa-os, a pergunta dela na frente da guerra que ele está travando contra si mesmo.

Bea fica com medo.

Ela fica imóvel.

Ele solta um soluço.

Não é amor, sussurra ele por fim. *Não é amor.* Com um movimento rápido, ele está na frente dela, as mãos nos braços da cadeira. *Olha pra mim e me diz que é amor.* Ele se inclina para mais perto, o hálito azedo na cara dela. *Me diz que é amor, Bea.*

Sempre foi só o amor de Lev. E o tanto que Rob ficou mal e para trás num espaço de tempo tão curto é prova disso.

A vida é assim sem ele.

O que mais poderia ser?, pergunta ela.

Rob se afasta dela, repugnado, balançando a cabeça.

Ele a manda ir embora.

Três dias depois, Lev liga de Indiana. A mãe dele morreu.

Ele parece tão aliviado.

JANEIRO DE 2018

Ainda dá tempo, alguém grita.

Ainda dá tempo. Talvez ele só precisasse chegar perto assim do outro lado para perceber que estava lá o tempo inteiro, porque às vezes esse é o momento a que a vida leva você. Mas, com mais frequência, parece que é assim: você se deita nos trilhos.

Você se deita nos trilhos e o trem está vindo.

O garoto, tremendo, levanta a cabeça para ter certeza.

Eu me viro, o coração disparado, forçando passagem entre os corpos até estar livre da multidão, só para ser presa por uma outra multidão de observadores.

Um deles sussurra no meu ouvido: *Não faz isso.*

Fazer o quê?, penso em confusão, olhando para o céu, o mundo tremendo embaixo de mim.

Eu estou nos trilhos.

Eu levanto a cabeça, tremendo.

Tem um caminhão vindo.

Eu rolo dos trilhos antes do impacto, caio pelo céu. Bato no chão, ofegante, e o rosto de Bea aparece acima do meu, preocupado e cheio de amor. Ela está tão mais nova, de alguma forma, do que deveria estar… e eu também; quando estico as mãos para ela, as minhas estão pequenas.

Eu tenho tanto medo de todas as coisas que eu não sei que podem acontecer com você, sussurra ela. Ela some aos poucos quando o hospital aparece aos poucos, e sinto a coceira do esparadrapo na pele, os cobertores ásperos na pele. Isso não é um estado de existência, é um lugar intermediário entre estar acordada e não estar exatamente dormindo. E aí, ele aparece: o homem no pé da minha cama.

Ele estica as mãos para mim.

Meus olhos se abrem, meu peito subindo e descendo violentamente enquanto eu me sento ereta, sentindo o estranho puxão dos tubos presos a mim, em mim. A primeira palavra que sai da minha boca é "Bea" e, em seguida, percebendo meu erro: "Patty."

Quando percebo de novo, o quarto entra em foco.

A Fazenda Garrett.

Eu rolo lentamente, meu corpo doendo da forma que imagino que um corpo deve doer depois de um pequeno acidente de carro, uma experiência nova para mim. A luz do sol entra pelas bordas da persiana da janela e não sei se é o fim do dia ou o começo de um novo.

Observo o quarto lentamente, registrando as coisas que não consegui antes. É pequeno, não parece pertencer a ninguém; um quarto de hóspedes. A cama de solteiro que ocupo está em um canto, com uma mesa de cabeceira ao lado (com um copo de água e um abajur em cima), uma escrivaninha no canto oposto. Eu expiro quando vejo minha bolsa ali.

A porta do quarto está parcialmente aberta.

Toco na testa e arde. Eu solto um chiado. Meus sapatos foram retirados e tem um cobertor em cima de mim. Não me lembro de nenhuma dessas coisas acontecendo e odeio tanto que não aguento. Foi uma das piores partes da minha experiência no hospital, estar tão fora do meu controle e tão totalmente à mercê de qualquer outra pessoa ou coisa.

Saio da cama com cuidado, ignorando os protestos dos ossos, e ando até minha bolsa. Encontro meu celular no bolso da frente, ainda intacto.

Nove e meia da manhã.

Repasso a noite anterior em pensamento.

Eu estava no carro.

Saí pela estrada da fazenda... estava indo para o cruzamento.

Havia um caminhão.

Sento-me na beira da cama com os braços apoiados nos joelhos, a cabeça curvada, tentando lembrar o trajeto *até* a fazenda. O carro estava ótimo. O carro estava ótimo, eu sei disso. Eu cheguei bem... mas também não vi um único caminhão. Fecho os dedos e mordo os lábios, tentando ignorar a queimação de vergonha na pele, da voz de Lev na minha cabeça. *Você vive dentro do seu acidente... e morre de medo do próximo.*

E aconteceu.

Mas não teria acontecido se eu...

Se eu não fosse tão *fraca.*

Depois de um longo momento, sinto olhos em mim. Levanto a cabeça e me viro para porta, e ali, olhando para mim pela abertura estreita, está Emmy.

Eu paro de respirar quando a vejo.

Ela nunca deixará de ser uma visão perfeita de Bea. Talvez seja ainda mais perfeita porque é livre de todos os erros da mãe e ainda é nova o bastante para crescer uma pessoa decente apesar do dano que já foi feito.

Mas ainda é tão doloroso olhar para ela.

— Oi — consigo dizer, a voz rouca. — Emmy. — Ela leva a mão à bochecha, como fez quando me viu pela primeira vez. Minha cicatriz, eternamente fascinante. — Você lembra?

Por algum momento, a pergunta a assusta. Ela corre pelo corredor.

Não posso ficar nesse quarto para sempre, então enfio minhas coisas na bolsa e a penduro no ombro, usando a câmera do celular para fazer uma autoavaliação rápida, porque não tem espelho ali. Minhas roupas estão amassadas, tem manchas de sangue seco na minha gola.

Não é surpresa Emmy ter fugido de mim.

Ajeito a blusa da melhor forma que consigo. Passo os dedos pelo cabelo embaraçado e faço uma careta quando sinto os nós. Prendo-o em um coque desajeitado e abro a porta e olho para o corredor. Sigo até a cozinha, onde encontro Lev no fogão, trabalhando em duas frigideiras. Ele me olha com o canto do olho.

— O que você quer? — pergunta ele.

— Café. Por favor.

Ele pega uma caneca apoiada em uma prateleira acima do fogão, entrega-a para mim e indica uma jarra na mesa da cozinha. Sirvo o café e ignoro o tremor nervoso nas mãos, e reparo no corpinho de Emmy embaixo da mesa, não exatamente se escondendo, mas também não exatamente participando. Ela está brincando com um quebra-cabeça, encaixando números grandes de madeira nos espaços no tabuleiro. Eu tomo um gole de café. Parecia haver mais gente ali na noite anterior, mas talvez fossem só eles dois, meu cérebro se recusando a registrar...

— Está silencioso.

— Eu pedi privacidade. Foster está por perto. Ele cuidou do seu carro...

— Cuidou do meu carro?

— Nós temos um mecânico na cidade, um membro. Ele o rebocou ontem à noite.

— Qual é o dano?

Ele desliga os queimadores e me olha.

— Perda total.

Eu coloco o café na mesa e fecho os olhos brevemente.

— Eu bati com tanta força?

— Não precisava bater com força, só bater certo.

Ele pega um pratinho e coloca ovos mexidos com batata. Abre a geladeira e pega um frasco de *ketchup*, cobre a comida com uma quantidade absurda e pega um garfo infantil numa gaveta. Agacha-se e coloca o prato na frente de Emmy. É tão fofo que me deixa triste.

— Quanto eu te devo por...?

— Nada — diz ele, se empertigando. — O que aconteceu ontem, Lo?

A pergunta paira entre nós.

— Eu vi um caminhão e... entrei em pânico.

Ele cruza os braços e se encosta na bancada, pensativo.

— Você não se lembra do primeiro acidente, né? — Eu faço que não com a cabeça. — Acho que uma parte de você deve lembrar. Lá no fundo. Porque foi onde você estava ontem à noite. Você estava com o olhar perdido.

Eu afasto os olhos dele.

— Mas também havia uma parte de você que estava se esforçando muito para não estar mais lá, para estar presente — acrescenta ele. — Você *pode* viver fora dele, Lo. Obviamente, você quer...

Eu pergunto como, apesar de tudo.

Antes que ele possa responder, Emmy empurra o prato de debaixo da mesa. A maior parte do ovo e metade da batata ainda está lá, mas o *ketchup* sumiu. Depois de um momento, ela sai. Ela é tão pequena. As roupas parecem herdadas: um suéter com uma imagem desbotada de Rainbow Brite e uma calça marrom de veludo bem puída. Os tênis são de um cinza gasto.

Ela faz questão de não olhar para mim enquanto anda até Lev, que a pega nos braços. Ela encosta a cabeça nele e acomoda o rosto na curva do pescoço. Ele massageia as costas dela, beija o topo da cabeça.

— Quem é essa, papai?

É a primeira vez que eu ouço a voz dela e o som é assustador. A doçura me abala. As palavras rolam na boca como acontece com crianças pequenas. Ela não consegue fazer o som de *ss*, e *essa* vira *eta*.

— Eu sou irmã da sua mãe — digo, antes que Lev possa responder por mim. Emmy não dá atenção à minha contribuição, só olha para ele com expectativa até ele responder, porque a resposta só pode ter algum significado para ela se vier dele.

Ela pergunta de novo:

— Quem é essa?

Lev parece hesitar. Ele beija a cabeça de Emmy de novo, encosta a bochecha na testa dela e murmura baixinho:

— Ela é Lo. É irmã da Bea.

Os olhos de Emmy se iluminam ao ouvir isso de uma forma que eu levo um momento para entender, e, quando entendo, fico mais enjoada do que por qualquer outra coisa que tenha acontecido nas últimas 24 horas.

Quando Foster volta, Lev deixa Emmy com ele.

Ele se senta comigo na varanda lá fora enquanto espero um táxi chegar. Lev ofereceu carona, mas recusei, desesperada por tempo e espaço longe dele para pensar. Minhas mãos estão enfiadas nos bolsos, os olhos lacrimejando pelo frio.

Eu peço que ele me explique.

— Quem é Bea para Emmy?

Como as palavras *mãe* e *Bea* vivem tão separadamente na cabeça daquela garotinha.

— Ela é só Bea. — Ele faz uma pausa. — Ela amava a filha, Lo.

— Isso não é amor. É covardia.

— Não. — Ele balança a cabeça lentamente. — Eu não posso deixar que você pense isso. Bea pode ter tido medo, mas ela nunca foi covarde. Eu tive uma mãe que nunca reconheceu seus limites, e o fracasso em fazer isso resultou em muita dor. Bea cuidou para que Emmy estivesse cercada de pessoas que a amavam, e Emmy nunca quis de Bea o que Bea não podia dar. Ela cuidou disso.

Diferentemente de mim, acho.

Eu mordo o lábio e tento não chorar.

— Como você pode aceitar isso?

— Eu tenho que aceitar. Escolho aceitar. — Sinto os olhos dele em mim. — Não me entenda mal. O que Bea fez me magoou muito e eu fiquei com raiva dela... por um tempo, senti muita raiva. Mas tem que haver alguma coisa depois da mágoa e da dor. Essas coisas não podem sustentar ninguém. Eu olho para você, Lo, e vejo como você está cansada. Ontem à noite, eu vi. — Ele faz uma pausa. — Não sei como você consegue.

Eu engulo em seco. É um alívio ver o táxi entrar. Eu me levanto e desço a escada.

— Eu não estava te julgando — diz ele atrás de mim. — Estava expressando admiração.

Eu me viro para ele, mas não sei o que dizer.

2013

Lev volta de Indiana com determinação renovada.

Ele diz para Casey preparar uma reunião para o momento em que ele voltar e entra na Casa Chapman chegando do aeroporto e encontra a família o esperando. Atara sai de perto de Bea e corre até ele, o rabo balançando freneticamente enquanto ela sobe nas pernas de Lev. Ele coloca a mala no chão e aninha o rosto dela com as mãos, os dedos afundando no pelo, acalmando-a quase imediatamente. Ele olha dela para o salão, os olhos se prendendo a cada membro, não só registrando a presença, mas registrando profundamente.

Quando seus olhos se encontram com os de Bea, ela se sente completa. Ela sentiu falta dele, como todos sentiram, mas é diferente para ela em comparação ao resto. Ela não vive quando ele vai embora.

Ela só existe.

Ele parece cansado de uma forma que ela raramente vê, a tensão familiar pela deserção de Rob ainda nele, e, agora, com isso, a dor da morte da mãe. Se eles estivessem sozinhos, ela o puxaria para os braços e se ofereceria como âncora.

Ele fecha os olhos.

Eu amo vocês, diz ele.

E eles a ele.

Ele abre os olhos. Eles ficam sentados enquanto ele anda pela sala. Quando chega no centro, ele olha para cima daquele jeito dele, como se estivesse vendo uma coisa muito além do que qualquer um deles consegue ver. Algo divino. Ela não sabe descrever como é testemunhar isso, ter certeza a partir da certeza dele. É tão melhor tê-lo ali.

Como eu sofri por amar vocês.

A decepção dele paira sobre todos. Ela sente o incômodo coletivo de todos sob a sombra do sentimento. Ele os obriga a conviver com isso por muito tempo, deixa-os se perguntando o que eles fizeram, e quando o peso fica quase insuportável, ele fala de novo: *A morte da minha mãe não foi um presente, foi minha punição e seu aviso.*

O que Indiana ensinou a Lev foi a segurar firme os Escolhidos de Deus, senão eles vão cair no pecado como a mãe dele caiu, que rejeitou a divindade dele em todos os dias da vida. Ele esperava que haveria tempo de Redimi-la, mas Deus a fez de exemplo para todos os que dão as costas à fé, a todos que minam o compromisso deles com Ele... e como punição para Lev, por perder um membro do rebanho. É isso que vai acontecer com eles se eles se separarem: eles vão queimar e Lev vai sofrer por eles como Cristo sofreu. Não vai haver paraíso, só cinzas.

E é isso que eles querem?

Esta noite, diz ele, *eu peço a renovação do seu compromisso.*

Ele os manda se levantarem.

Ele exige uma Auditoria Espiritual.

Casey a implementa em forma de um simples questionário, que os membros preenchem ao longo da semana. Bea e Casey são as únicas a quem Lev confia os resultados, e eles passam a noite juntos lendo as respostas, procurando o tipo de perturbação espiritual que exige intervenção e restauração da fé. É uma extensão da Ajuramentação, diz Lev, e exige que os membros procurem fundo dentro de si mesmos para satisfazê-la.

Ele quer que eles olhem para dentro, para seus medos, suas invejas, suas inseguranças, suas mesquinharias. Eles sentiram que suas forças foram bem utilizadas no Projeto? Guardaram raiva ou ressentimento ou sentimentos inadequados por Lev? Ele sabia que alguns membros ainda tinham laços frouxos com a vida anterior, que certos contatos familiares eram inevitáveis no mundo fora dos portões do Projeto. Ele queria uma lista de todo e qualquer contato em potencial, para que pudessem ser avaliados. Essa parte do questionário não podia ser deixada em branco sob nenhuma circunstância.

Bea não foi dispensada; ela botou o nome de Lo no dela.

Ela pensa com frequência na irmã, acha que, em determinado momento, a distância entre ela e Lo vai ficar menos pronunciada, conforme Lo envelhecer. Que um dia ela vai poder digitar o nome da irmã no Google e uma conta de Instagram ou uma página de Facebook vão aparecer. Mas Lo nunca se materializa dessa forma e Bea se vê imaginando com frequência, tentando visualizar esses novos anos no corpo de Lo e como ela deve estar. A diferença entre 13 e 15 anos pode ser impressionante. Bea nunca tinha se dado conta até reunir fotos para o funeral dos pais e se viu nos dois pontos do tempo. Dolorosamente infantil em um e ainda dolorosamente infantil em outro, mas com as curvas suaves de um corpo de mulher se anunciando de forma hesitante. Apavorou-a na época, e ver o contraste de forma tão clara era quase nauseante.

Mas Lo não existe *on-line*. Não que ela consiga encontrar.

Bea se dá conta de que nem sabe se Patty tem computador.

Seus olhos cansados percorrem as respostas dos membros.

Cite seus amigos mais próximos dentro do Projeto Unidade.

É nessa hora que seu nome, no garrancho de Foster, uma caligrafia de médico verdadeira, chama sua atenção, e o que ela lê a faz sentir mais do que ela consegue botar em palavras.

Bea Denham é minha melhor amiga no Projeto Unidade. Eu considero todos os membros meus irmãos e irmãs, mas ela é a mais importante para mim. Ela me tirou do inferno e me trouxe o mais perto que já senti do céu. Eu nunca vi uma incorporação maior de Deus e do trabalho do que em Bea... fora no próprio Lev. Eu devo tudo a ela por ter me trazido para ele. Eu os considero minhas âncoras.

Ela passa o dedo no colar que ele deu a ela.

Ela conta a Lev que foi visitar Rob.

Ela acha que ele vai ficar satisfeito de ela ter lutado tanto por ele, pela família, mas consegue perceber assim que termina de falar que fez algo de errado.

Ele fica tão imóvel, observa-a por muito tempo.

Eu te falei que ele é uma mancha. Ele enfraqueceu nossos muros. Por que você tentaria argumentar com ele? Ele aperta a mão no rosto dela. *Por quê, Bea?*

Ela achou que o faria feliz, diz ela.

A face de Deus é contra os que fazem mal. Ele corta a memória deles da Terra. E também *Ele quis te tentar? Ele quis te tentar a ir pra longe de mim?*

Ele jamais conseguiria, sussurra ela, mas não foi isso que ele perguntou.

Quis. E nem precisou te chamar pra você ir até ele.

Ele baixa a mão e ela sente a ausência do toque.

Onde está sua fé?, pergunta ele.

Ela se ajoelha na frente dele, o coração na garganta, e ele tira o cabelo do rosto dela. Ele pede para ela contar a história de quando ela estava no hospital, no dia em que Lo nasceu. Fascina-o, e de vez em quando ele quer ouvir: que Bea ficou tão confortada nos braços da mãe. Ele nunca tinha vivido nada assim, e ela se esforça para mostrar como é. Bea conta da promessa. *Ter uma irmã é uma promessa que só vocês duas podem fazer — e só vocês duas podem quebrar.*

Quando ela termina, ele diz baixinho: *os que prometem são fiéis.*

Ele pede para ela fazer uma promessa para ele.

Depois, os dois se deitam na cama, os membros entrelaçados. Os olhos de Bea estão lacrimejando, a pele formando bolhas e doendo da bênção queimada na parte interna da coxa. Ela nunca sentiu uma dor mais perfeita na vida. Lev selou a fraqueza na fé dela com a força da dele. Ele a beija entre as pernas. Quando pergunta qual é a sensação, ela diz *de amor.*

FEVEREIRO DE 2018

Paul entra na *SVO* na segunda-feira de manhã com cara de que quer matar um. A porta bate na parede e todo mundo olha em silêncio quando ele para na nossa frente, esfregando a mão na boca, avaliando o aposento.

— Alguém fez merda — diz Lauren baixinho.

— Denham, na minha sala. Agora.

O tom dele deixa meu corpo rígido, faz meus batimentos dispararem. Eu já o ouvi usá-lo antes, mas sempre com outras pessoas. Nunca comigo. Olho para ele por tempo demais, não consigo entender que é comigo. Só pode ser um engano.

— *Agora.*

Vou parar na sala dele, sozinha, a porta fechada, e o espero. Eu perdi toda a experiência do ensino médio, as visitas à sala do diretor (se bem que eu era uma garota tão tímida que duvido que fosse parar lá), mas não achei que fosse encontrar isso ali.

Os murmúrios baixos dele e Lauren conversando chegam a mim, e saber que ela está sendo informada da merda que eu fiz antes de mim só me faz odiá-lo. Quando ele finalmente entra na sala, a única coisa que me impede de ir embora é o medo que me gruda na cadeira e a pergunta do que eu posso ter feito para merecer aquilo.

— Você está complicando a minha vida — diz ele enquanto contorna a mesa. — Meu Deus, Denham. Você agendou duplamente minha manhã toda...

— O quê? Eu não fiz isso...

— Não discuta comigo — diz ele rispidamente.

Ele se senta e entra no computador. Depois de alguns minutos, vira o monitor e coloca a prova na minha frente. Em um mês cheio de entrevistas, ligações, reuniões, aparições impecavelmente planejadas... o dia de hoje está uma zona.

— Ótimo trabalho. Explica pra mim — diz ele.

— Eu não sei o que houve.

— Dê um palpite.

Eu mordo a língua por três segundos e engulo o que realmente queria dizer.

— Foi um erro honesto, Paul.

— Um erro honesto continua sendo erro e eu passei a manhã fazendo controle de danos. E quando acabei essa parte, olhei a agenda e encontrei só de dar uma olhada rápida quatro outros conflitos ao longo do mês...

Eu desligo enquanto ele cita todos, mas me obrigo a manter contato visual porque acho que Paul não toleraria menos do que isso. Quando ele me pergunta de novo como uma coisa assim pôde acontecer, eu digo que não sei, mas sei.

— Isso é inaceitável, entendeu?

— Entendi. Desculpe.

— Não peça desculpas. Resolva. Cuide pra que não haja mais nenhum erro que você deixou passar. E não deixe que aconteça de novo. — Ele balança a cabeça. — O que houve com você, Denham? Eu nem sei por onde começar...

— Você está falando sério? — Meu rosto fica vermelho. — Eu estou trabalhando aqui há mais de um *ano* e piso na bola o quê? A primeira vez? E você está querendo mandar me prender?

— Não seja petulante com seu chefe quando você está errada — diz ele. — E não é só isso. Essa situação é resultado de algumas coisas em que reparei ultimamente, como falta de foco, de envolvimento e participação. Parece que você... sei lá, você agia como se tivesse envolvimento aqui e agora não tem mais. Desde que eu falei que não podia te colocar na equipe. É um privilégio trabalhar aqui. Muita gente mataria pra estar no seu lugar.

— Que engraçado, da última vez que você falou, você estava desesperado por uma assistente.

— Ovos. — Ele aperta o alto do nariz. —Você está pisando em ovos aqui. Sabe, é ótimo você saber fazer seu trabalho bem quando tudo está bem. Se você quer provar uma coisa pra mim, prova que é capaz de comparecer quando realmente importa. Porque isso vai fazer uma diferença enorme pra você no longo prazo.

— Eu estou no último degrau de uma escada que só tem um degrau — digo rispidamente. — Duvido muito disso.

Quando saio da sala dele, fecho a porta com força demais. É quase uma batida, mas nada que não indique que estou furiosa com ele.

— Ele está trabalhando em uma coisa grande agora — diz Lauren. — Bem grande.

— Eu sei.

— Seja lá o que você acha que sabe, pensa melhor — diz ela. — Paul investiu muito na *SVO*. Não há erros pequenos. Quanto melhor as coisas estiverem correndo aqui, melhor.

— Sabe, eu *acabei* de ouvir esse sermão, Lauren — digo. — Pode me poupar do seu.

2013

Quero que você escute uma coisa, Lev diz para Bea.

Ele a leva para um quarto quieto, longe do resto da casa, o *ThinkPad* debaixo do braço. Eles se sentam a uma mesinha, onde ele abre o *laptop*. Depois de um momento, sai uma voz pelo alto-falante. Foster. Ela quase não reconhece no início, porque é muito diferente de tudo que ela ouviu dele; é tão pequeno e triste e incerto.

Eu fui… eu não me afastei. Ainda acredito. Eu tenho fé em Lev e no Projeto Unidade e no trabalho, mas… estou perdendo a fé em mim. Sofro com pensamentos que me deixam mais e mais convencido de que não sou forte o suficiente para estar aqui. Eu não quero corromper uma esperança de glória futura com a minha fraqueza… Eu não sei mais qual é meu lugar…

A voz de Foster falha e o coração dela se espatifa. Ela leva a mão ao peito, engole em seco, espera mais, mas não há mais. A respiração irregular de Foster enche o quarto e a gravação é interrompida. Ela o viu cada vez que ele foi à casa para a Ajuramentação e não se lembrou nenhuma vez de ele ter saído parecendo tão destruído quanto ele parece naquela gravação.

Ele sempre a procurou depois.

Ele sempre ficou tão feliz de vê-la.

Quando olha para Lev, tem lágrimas nos olhos dela. Ele

se aproxima dela, se agacha na frente dela, segura o pingente no pescoço dela. Passa o polegar por cima e o observa.

Ela pergunta a Lev se ele vai levar Foster à discussão do grupo. Falta de fé requer correção e, se ele estiver disposto a falar na Ajuramentação, uma parte dele deve estar procurando. Mas ela acha que não consegue suportar ver Foster em discussão e admite isso para Lev. Eles vão olhar para Foster e vão saber que a fé dela não foi suficiente.

Lev considera isso.

Foster chegou ao Projeto como um soldado perfeito. A perfeição dele é prova da sua. Eu não vou presumir o fracasso da perda dele... mas você vai se não o salvar.

Tanto quanto ela era âncora de Foster, ele era dela.

Naqueles primeiros seis meses de Projeto, ela se sentiu à deriva, tímida, uma desgraça de garota. Agarrava-se a Lev como um acessório, tentando desesperadamente se firmar e fracassando todas as vezes. Recrutar Foster forçou uma firmeza nela da qual nunca tinha se imaginado capaz. Ela encontrou acolhimento total dentro das paredes do Projeto tornando-se um espaço de acolhimento para Foster.

E agora, ela precisa salvá-lo.

Ela nunca recebeu uma tarefa tão grandiosa. Ela vai à fazenda, onde encontra Foster trabalhando, limpando o celeiro. Vai haver um sermão público lá em breve. Casey diz que eles vão ter que pensar em comprar uma tenda depois daquele ano. Ela espera que, depois que o Centro Unidade abrir (eles acabaram de fechar negócio para compra de um prédio em Morel), os números vão subir mais.

Quando Foster vê Bea, ele para o que está fazendo, atravessa o aposento e a toma nos braços. Ela ri, ao mesmo tempo que seu cérebro tenta conciliar essa alegria com o total desespero que ela ouviu na Ajuramentação dele. Saber que é bravata a deixa doída.

Ele a coloca no chão e pergunta o que ela está fazendo ali.

Eu vim ajudar.

Ele sorri. *Esse trabalho é sujo demais pra você.*

Eu só quero passar um tempo com você.

O rosto dele fica vermelho, o rubor subindo do pescoço até a ponta das orelhas. Ela pega uma vassoura no canto e começa a varrer. Ela não sabe sentir as pessoas como Lev faz. Lev consegue olhar para qualquer um e saber qual é o problema da pessoa na mesma hora e saber exatamente quem ele precisa ser em resposta. Ela decide pegar as palavras dele emprestadas, porque não pode haver nenhuma melhor do que as dele. Depois de um longo silêncio, ela para o que está fazendo e olha para Foster. O cabelo ruivo dele capta a luz entrando pela porta aberta.

Você chegou aqui um soldado perfeito, diz ela suavemente. Ele para e vira a cabeça para ela, curioso. Ela engole em seco. *Sua perfeição é prova da minha.*

Ele expira. Ela ouve o tremor na voz dele. Ele chega perto dela e encosta as mãos com desespero e avidez no rosto dela.

E encosta a boca na dela.

FEVEREIRO DE 2018

A ida a Bellwood está especialmente cinzenta hoje, o céu carregado de nuvens ameaçando chuva ou neve. Eu quero chuva, que a chuva derreta a neve. Quero que os primeiros sinais de primavera se manifestem.

Quero que meus ossos doam menos.

Paul me manda uma mensagem de texto na ida de táxi até a fazenda. *Eu poderia ter agido melhor na semana passada. Marquei o pedido de desculpas que eu te devo para a próxima vez que estivermos no escritório.* Quero que me satisfaça, mas nada vai me satisfazer enquanto eu não colocar o perfil de Lev na mesa do Paul e ele souber exatamente por que está pedindo desculpas. Meus dedos pairam sobre o teclado do telefone, tentando pensar na resposta perfeita. Então, só deixo a mensagem como lida. O taxista me leva até perto da casa e sigo até lá, pendurando a bolsa no ombro. Foster me encontra na porta.

— Lev está no andar de cima, mas está descansando.

Eu ergo uma sobrancelha.

— Descansando?

— Ele teve uma reunião ontem à noite — responde Foster. — Foi até tarde. Ele já devia ter acordado, mas, se não acordou, é porque precisa. Vou dar uns quarenta minutos.

Eu me pergunto como é ter gente que cuida de você assim, que protege sua saúde, que cuida para que você durma o suficiente.

Olho para o alto da escada e presto atenção se ouço algum sinal de Lev, mas não tem nenhum.

Ouço Emmy cantarolando na sala ao lado. Viro-me para lá, mas hesito.

— Você devia falar com ela — diz Foster.

É difícil imaginar falar com ela.

— Eu não sei o que dizer.

— Tenta não falar de política. — O tom dele fica entre achar graça e ser solidário. — A cor favorita dela é verde. Se ela falar de um cavalinho, ela está falando de Atara. — Eu ergo as sobrancelhas e Foster ri um pouco. — Ela ouviu alguém falar que Atara era grande como um cavalo e... crianças. Ela tem medo de "grumbo". Não sei se você precisa saber disso, mas é trovão. Só não tenho ideia de onde saiu isso.

Eu engulo em seco e faço que sim.

— Vou dar um tempo pra vocês ficarem sozinhas — diz ele, e o vejo seguir pelo corredor e sair. Sigo a música de Emmy até a sala, onde ela está sentada no chão, desenhando em um quadrinho branco. Ela para quando me vê, arregala os olhos com preocupação... para a minha cicatriz. Sempre a minha cicatriz.

— Oi, Emmy.

— Você é Lo — diz ela.

Sinto um arrepio de ouvir meu nome na voz dela. Não consigo me lembrar da última vez que ouvi uma criança falar meu nome. Ela está me olhando com expectativa, como se, já que estou na presença dela, fosse melhor que eu tivesse um motivo.

— O que você está desenhando? — pergunto.

— Círculos — diz ela, a palavra maior do que a boquinha dela. Chego mais perto e me agacho e penso que ela fez uma avaliação generosa do próprio trabalho, mas consigo apreciar a tentativa. Ela coloca uma caneta na minha mão e me pede para desenhar mais círculos para ela. Eu obedeço e ela diz: — Precisa de cabelo.

— Um círculo com cabelo?

Ela assente e desenha linhas desajeitadas nos círculos, apesar de eu desconfiar que ela está querendo desenhar em cima. As mãos dela são tão pequenas, os cinco dedos em volta da caneta só para desenhar de forma tão irregular. Há algo de incrível nisso para mim... mas não sei por quê.

Ela olha para mim e aponta para a minha bochecha.

— O que é isso?

Sai tão rápido, com avidez e curiosidade.

— É uma cicatriz — digo, e ela franze a testa. Não sei dizer se ela entende ou se não é a resposta que ela queria, então tento dar uma explicação desajeitada. — É tipo... você já se machucou?

Ela aponta com triunfo para o joelho, que está ótimo.

— Eu botei um *band-aid* verde.

A cor favorita dela.

— Bom, eu me machuquei, mas às vezes o machucado... fica.

Ela arregala os olhos.

— Ainda dói?

Foster ainda está na varanda. Eu presto atenção e ainda está silencioso lá em cima. Eu me viro para Emmy.

— Posso me sentar com você?

Ela assente.

— Desenha mais círculos pra mim, Lo!

Eu desenho mais círculos com canetas de todas as cores que ela tem. Os olhos dela seguem o movimento da minha mão e ela tenta imitar, mas fracassa.

— Você lembra que eu sou irmã da Bea?

Ela pensa um minuto e faz que não.

— Mas você conhece a Bea?

Ela assente. A língua aparece na boca quando ela começa a trabalhar para decorar todos os círculos que eu desenhei. Eu pego o celular no bolso e procuro na galeria até encontrar a foto que salvei do grupo de Facebook do Arthur. Eu mostro a tela para ela, mas ela acaba arrancando o celular da minha mão.

— Jer'my.

Ela aponta para Jeremy. Eu fico chocada de ela o reconhecer. Eu limpo a garganta e digo:

— Isso mesmo, é o Jeremy. Cadê o Jeremy?

— Ele se foi. — Ela fala como se não significasse nada.

— É... — Eu não vou pedir a ela que diga mais nada, porque a última coisa de que eu preciso é foder com a compreensão que ela tem da morte. Eu acabaria só a traumatizando, com a sorte que eu tenho. Eu aponto para o lado do Jeremy. — Quem é essa?

— Bea. — Ela aperta o dedinho gordo na tela.

A galeria desaparece da tela. Eu pego o celular dela e abro de novo, e lá está Bea, ao lado de Jeremy. A viva e o morto. Ambos fantasmas.

— Quem é Bea?

— Minha amiga.

— Só sua amiga?

— Minha amiga — repete Emmy.

Eu olho para a foto da Bea.

Eu a odeio por isso.

Eu odeio o fato de ela ter uma filha que não entende quem a mãe é, isso se entende o que é uma mãe, e odeio ter passado os últimos seis anos da minha vida acreditando que minha irmã era refém de gente que tirava vantagem da dor dela. Odeio que Bea se fez a autora de todas as nossas narrativas e nos distorceu em personagens que serviam aos propósitos dela. Eu me sinto uma mentira que a minha irmã contou.

Eu não quero que Emmy seja outra.

Enfio o celular no bolso.

— Posso te contar um segredo, Emmy?

Emmy rabisca um dos círculos.

— Pode.

— Uma coisa só entre mim e você.

Ela para de colorir.

— Tá.

— E você não vai contar pra ninguém? É um segredo importante.

Eu olho na direção da entrada da sala. Consigo ver Foster por uma fresta na cortina que cobre a janela. Ele não parece estar para voltar. Quando olho para Emmy, estou com a atenção total dela. Acho que meninas de 4 anos sabem o que é um segredo.

— A Bea é a sua mãe. — Emmy me encara, e não sei se ela entende e não sei o que fazer para que entenda. — A Bea fez você, Emmy. Ela é a sua mãe. Você sabe o que é uma mãe?

— Tipo a Mamãe Tubarão? — pergunta ela.

— Hã...

Eu não sei que porra é essa.

— Emmy.

O rosto dela se ilumina com a voz e meu estômago cai até o pé. Eu me levanto lentamente e me viro e Lev está no corredor, os braços cruzados, nos observando. Não sei há quanto tempo ele está olhando. Por mais que ele tenha dormido, não parece ter sido o suficiente. Eu nunca o vi tão desleixado: as roupas amassadas, o rosto contraído de exaustão.

— Emmy, vai até a cozinha um minuto.

Ela faz o que ele manda e para ao lado dele para dar um abraço. Ele apoia a mão levemente na cabeça dela e então ela vai. Ele me encara por um longo momento e pergunta com uma voz que nunca ouvi:

— O que você está fazendo, Lo?

— Eu achei que ela devia saber.

— Você só vai confundi-la.

— Ela devia saber sobre a Bea.

— Ela sabe.

— É, a Bea é "amiga" dela.

— Eu achei que a gente tivesse conversado sobre isso. Emmy tem tudo de que precisa. Ela nunca quis nada…

— Ela não sabe o que tem *pra* querer — interrompo. — E por que Bea decide isso? Ou você? Por que você não procura Bea, por que…

— Você acha que eu simplesmente aceitei isso? — Lev entra na sala. — Acha que eu não faria tudo que posso pra que ela visse a razão, pra que visse a luz, pra que voltasse e abraçasse a filha? Sua irmã estava quebrada, Lo. Nem Deus foi bom o suficiente pra ela…

— Emmy ainda precisa saber…

— Ela precisa saber o quê? Sobre rejeição? Ausência? Saudade? Me conta como esses sentimentos te ajudaram.

Eu fico vermelha.

— Isso não é justo…

— Estragaram você. Você sabe que estragaram.

— Talvez se alguém tivesse me contado a porra da *verdade*…

— Ela é nova demais pra entender isso agora — diz Lev rispidamente, e de repente eu me dou conta de que ele está furioso e o único motivo de eu não ter percebido antes era que ele estava se esforçando tanto para manter o controle. — Por que você está determinada a provocar dor numa criança?

— Eu *não...*

— Emmy está cercada de amor — diz Lev por cima do que estou falando. — Eu já te falei. Ela tem um pai que a ama. Tem inúmeros membros do Projeto que a amam, que querem que ela seja feliz, que preenchem lacunas. Eu achava que você entendia e que pudesse te inspirar a ser corajosa e aproveitar essa oportunidade pra preencher as lacunas na sua vida... mas agora eu vejo que você só quer puxar Emmy pra sua dor, pra você não precisar ficar sozinha com ela.

— Vai se foder...

— Eu não vou deixar você envenenar minha família.

— *Ela é da minha família também!*

Um pequeno movimento no canto do meu olho: Emmy, claramente chateada, encolhida no corredor, a conversa em si muito complicada para a idade dela, mas a raiva que a motiva é fácil de entender com qualquer idade. Ela começa a chorar e Lev vai até ela, levanta-a do chão. Emmy esconde a cabeça no ombro dele e ele esfrega as costas dela, acalmando-a do pesadelo que sou eu.

— Eu só pedi pra você escrever um perfil — diz ele. — Você tem que ir embora.

O trajeto da estação até Morel passa pelo cemitério. Eu o vejo se aproximar pelo celular. Mando o motorista parar, me deixar sair.

Eu paro em frente ao portão.

Bea enterrou nossos pais quando eu estava inconsciente. A consequência foi um sentimento horrível e inacabado dentro de mim; uma crença leve de que a mamãe e o papai poderiam entrar pela porta a qualquer momento e me dizer que foi tudo um sonho. Patty sempre tentava me fazer visitar, como se ver o túmulo fosse ajudar a resolver a história de final aberto em que Bea me deixou, mas eu me recusava. Pior do que a expectativa permanente de que meus pais ainda estivessem vivos era a realidade de que não estavam.

Eu não consigo entrar.

Meu celular toca, o som horrível, assustador.

Eu enfio a mão no bolso para atender.

Quero que seja Lev.

Quero que ele me diga que estava errado.

— Alô.

O silêncio que me recebe é esmagador pela familiaridade, e o dia me deixou me sentindo tão derrotada que não consigo nem reunir forças para desligar. Só escuto a respiração do outro lado da linha e aí…

Eu aperto a mão quando um pensamento estranho e doentio surge em mim.

— ... Bea?

A respiração na linha pausa e me eletrifica: confirmação. Eu fecho os olhos e lágrimas se formam imediatamente e escorrem pelo meu rosto. Sinto que ela vai desligar e digo, rápida e desesperadamente.

— Espera.

Silêncio.

— Se for você, fica. Fica na linha. Por favor.

Ela não desliga.

— Ah, meu Deus — sussurro.

Levo a mão livre aos olhos e os cubro.

— Eu sinto tanta saudade. — Assim que as palavras saem da minha boca, começo a chorar de verdade, não consigo nem ouvi-la no meio dos sons que eu estou fazendo. Luto para me controlar e fazer silêncio para saber se ela ainda está na linha. Por um segundo apavorante, não tem nada. — Bea?

Vem o alívio da respiração dela.

Ela ainda está lá.

— Onde você está?

Ela não responde. Tem um som de movimento; talvez ela esteja segurando o celular com força, como eu estou segurando o meu, os dedos ficando dormentes.

— Volta — eu suplico. — Por favor.

Ainda, nada.

A ausência de resposta é um peso contra o qual eu mal

consigo respirar. Eu acreditava, quando era mais nova sempre acreditei, que quando Bea fosse testemunha da minha dor, ela nunca mais conseguiria ser voluntariamente a causa dela de novo. Que eu finalmente conseguiria fazê-la ficar.

— Você me disse... você me disse que a mamãe falou que ser irmã era uma promessa que ninguém além de nós podia fazer e ninguém além de nós podia romper... lembra? Você se lembra disso? — Ainda, nada. Eu fecho os olhos. — O que é, Bea?

A respiração na linha parece travar.

— Bea — eu digo de novo, desesperada. — O que é?

E aí, a voz dela.

Pela primeira vez em anos, a voz dela.

— Tchau...

Ela desliga.

2013

Na primeira semana depois que Lo recuperou a consciência, ela fazia a mesma pergunta a Bea sem parar.

Quem sou eu?

A voz dela estava rouca e falhada do abuso do respirador, da falta de uso, mas a pergunta era desesperada e seus olhos ficavam loucos e temerosos enquanto ela esperava a resposta de Bea.

Tudo parecia depender disso.

Você é Lo. É minha irmã. Você tem 13 anos. Você sofreu um acidente.

Lo chorava em resposta todas as vezes.

Isso perturbava Bea. Ela não ficava reconfortada quando os médicos diziam que Lo não estava totalmente presente ainda, que era improvável que ela sequer se lembrasse de ter feito a pergunta. Bea desconfiava que havia mais do que ela conseguia entender. Às vezes, depois disso, quando Lo estava mais lúcida, acontecia de novo, mas, desta vez, a pergunta tinha mudado de leve: *Quem é essa?*

Bea finalmente entende. Por mais que não tenha reconhecido Lo depois do acidente, nunca passou pela sua cabeça que Lo não se reconheceria. Outras coisas ficam claras muito depois do fato: como Lo encostava os dedos no rosto, na cicatriz, ou olhava para o corpo, perplexa. Que, quando Bea respondia inevitavelmente *Você é Lo*, nunca parecia estar chegando nela. Bea finalmente se dá conta de que Lo não conseguia, não queria aceitar. Ela acabou parando de fazer a pergunta a Bea, embora ela tenha ouvido Lo se perguntando baixinho uma vez: *Quem é você?*

Bea está no banheiro do andar de cima da Fazenda Garrett. Ela liga a torneira, deixa a água fria correr e joga um pouco no rosto. Sente a pele se contrair com o choque, sente os olhos se arregalarem. Ela olha seu reflexo no espelho acima da pia.

Você é Bea, ela fala para o reflexo.

Dá para sentir o cheiro do café da manhã na cozinha. Bacon e ovos e torrada um pouco queimada. Ela segue o aroma até o andar de baixo e entra na rotina matinal da fazenda. A Casa Chapman tem uma energia diferente, é mais difusa, livre. Na Fazenda Garrett, tem menos espaço e, por isso, a forma como os membros se movem e se apoiam nas tarefas diárias parece mais uma dança aos olhos dela. É tão íntimo, tão pessoal que a leva de volta a uma época antes do acidente. Sua mãe, seu pai, ela e Lo. Os rituais que eles criaram no mundinho deles.

Como estão distantes dela agora.

Bom dia, cumprimenta Amalia do fogão.

Bea vai até a janela da cozinha e olha para fora. O chão está molhado, lamacento, os resquícios da tempestade da noite anterior. Foi tão ruim que ela não pôde dirigir para casa. A chuva começou momentos depois que Foster a beijou. O céu se abriu e ela não conseguiu entender se era ordem de Deus para ela ou um aviso. Ela fecha os olhos com a lembrança, de como sentiu Foster perceber o erro assim que seus lábios tocaram os dela. De como ela o sentiu se afastando dela de vez. Ela tinha que fazer uma escolha.

Salve-o.

Não havia escolha.

Quando ela abre os olhos, Foster entra na cozinha.

Eles se sentam à mesa, dez no total, e dão as mãos acima da refeição. Foster lidera a oração. Eles curvam a cabeça quando ele começa a falar. Bea mantém a dela para cima e o observa. Na metade, ele sente o olhar dela e levanta a cabeça para a encarar.

Nós nos sacrificamos em nome do serviço espiritual para que possamos provar a perfeita vontade de Deus, e abençoados, diz ele para ela, *somos nós, que aguentamos a tentação, pois nós vamos receber a coroa da vida, que Lev prometeu aos que amam o Senhor.*

Quem é você?, Lev lhe pergunta naquela noite depois que ela o toma pela mão e o leva para o quarto deles. Ela está em cima dele. Ela quer senti-lo. Quer senti-lo em todas as suas partes porque ele é Deus. Ela o beija com força porque ela quer sentir o gosto de Deus.

Ele pergunta de novo quem ela é.

Ela não sabe responder. Ele gosta, ele esclarece, mas a mulher que o encontrou naquela noite é diferente da garota que o esperava todas as noites anteriores; a que ficava sentada timidamente em cima da cama, nua, o cabelo caindo sobre os ombros, fazendo cócegas nas clavículas, tremendo de expectativa. Bea não consegue explicar para ele que está com mais medo agora do que em qualquer outro momento em que era ela. *Quem era você?* de repente parece a pergunta mais pertinente.

Lev apoia as mãos nos quadris dela e ela passa os dedos pelos braços dele, pelos braços fortes, sufocada pelo quanto a pele dele debaixo da ponta dos seus dedos a eletriza, mesmo parado. Ele a encara. Ele não vê defeito nela. Ele a coloca de costas rápida e cuidadosamente e deixa que as mãos percorram o corpo dela, cubram os seios.

Ela pensa em Foster, a boca roçando seu pescoço, a pele quente junto dela, cedendo ao peso dele sobre ela enquanto a tempestade sacudia o mundo lá fora. A manhã estava bonita antes de Lev a fazer ouvir a Ajuramentação de Foster, o Sol, uma estrela brilhosa e ardente no céu. Ela pensa em Foster chorando nela, confessando sua fraqueza, seu amor por ela, sua necessidade de ir embora por causa desse amor por ela. Ele queria conhecê-la como Lev a conhecia e era doloroso demais para ele viver na sombra dessa dúvida. Perder Foster não era opção; perder qualquer pessoa depois de Rob não podia ser opção. E assim, ela perguntou se ele ficaria caso pudesse conhecê-la assim por uma noite. Ele disse que não poderia fazer isso com ela, mas ela o convenceu no final, porque o que foi que Lev tinha dito para eles uma vez?

Nem o filho de Deus veio para ser servido, mas para servir. Ele deu a vida dele como resgate por muitos. O que você fizer pelo menor dos meus seguidores você faz por mim.

Ela pensou nisso quando abriu as pernas.

Seu corpo era resgate.

Era por Lev.

Semanas depois, ela se voluntaria para fazer as compras. Ela dirige até a cidade sozinha e anda pelos corredores, enchendo o carrinho de compras de forma robótica, metódica, distraída, de qualquer jeito, esquecendo a lista, lembrando a lista, pegando muito de algumas coisas e pouco de outras. Ela para no caixa com nervosismo, vendo o caixa passar e ensacar cada item e, quando chega no último, Bea diz: *Espera, isso não. Preciso que isso seja separado.*

Ela guarda o cartão de Casey e paga com seu dinheiro e diz que não quer a notinha. Depois que coloca tudo na van, ela dirige até o café duas ruas depois e, quando entra, pede um chocolate quente. Enquanto preparam, ela vai ao banheiro com o único item que pagou separado, que pagou com seu dinheiro.

Ela sabe. Ela sabe antes de fazer o teste, antes da linha rosa-clara a prender irrevogavelmente ao presente junto com todas as outras escolhas que ela fez que a levaram a ele. Ela coloca uma das mãos sobre a barriga e outra sobre o coração.

Quem é esse?, pergunta-se ela.

FEVEREIRO DE 2018

Começa a chover no caminho de volta para o meu apartamento. Estou quase chegando quando me dou conta de que não quero estar lá, de que não quero que o silêncio de lá, o vazio, seja a culminação dc tudo pelo que passei hoje. Procuro a movimentação das ruas, fingindo que é a minha até não poder mais fingir e, quando passo pela *SVO*, reparo que as luzes do escritório estão acesas e decido que vou buscar o pedido de desculpas de Paul agora, porque, se tem alguma coisa de que preciso hoje, essa coisa é que alguém diga que sente muito para mim.

Eu atravesso a rua e subo, tremendo depois da chuvarada, deixando um rastro de água pingando de mim. Paro em frente à porta e olho para o salão principal pela janela.

Não vejo Paul.

Eu entro na ponta dos pés. Na metade do caminho até a minha mesa, ouço um murmúrio baixo de vozes vindo do escritório aberto dele, e só agora me dou conta de que posso estar aparecendo no meio de algo relacionado à coisa secreta na qual Paul está trabalhando. Mas, se ele não quisesse ninguém aqui para testemunhar nada, ele teria enviado um memorando. Eu contorno a minha mesa, e o que resta do meu mundo despenca.

Paul e Lauren.

Lauren encostada na parede do escritório dele, Paul encostado nela. Os braços dela em volta dele, os dedos apertando as costas, enfiados na camisa, a camisa solta na cintura, o cinto aberto, a perna dela em volta dele enquanto ele mete nela, os olhos dela fechados enquanto eles fodem. A vista do rio, a chuva forte lá fora.

Testemunhar aquilo tira de mim qualquer sensação de dignidade que eu tinha ou sentia que tinha trabalhando ali. O lugar e meu lugar nele mudaram perante meus olhos. Como fui idiota de achar que a minha determinação de me tornar real neste mundo descobrindo a verdade dele seria mais do que Paul poderia negar. Eu nem sei se estou aliviada agora de saber que ele só via em mim uma assistente... ou envergonhada de que tudo que ele via quando me olhava era uma assistente.

Minha mão sobe para a cicatriz sem eu nem perceber.

Dou um passo desajeitado para trás e Lauren abre os olhos subitamente, me encara e exclama "Ah, *merda*" e começa a se soltar *do nosso chefe*, e, quando vejo Paul se afastar dela, sabendo que foi pego, mas não por quem, eu me viro. Vou até a minha mesa e começo a abrir gavetas. Eu não guardo muita coisa lá, mas pego o que não quero deixar para trás, porque tenho mais certeza disso do que de qualquer outra coisa ultimamente: eu não vou voltar.

— Denham — diz Paul quando estou enfiando coisas na bolsa, e ouvir a voz dele embrulha meu estômago. Eu não consigo olhar nos olhos dele. — Denham, não é... — Eu bato uma das gavetas, sem palavras, tremendo de raiva. — Meu Deus, Denham, olha para mim...

Eu olho para ele e ele me encara, a camisa caída para fora, a calça abotoada pelo menos, o cinto ainda aberto. Lauren é um borrão ao fundo.

Um conselhinho de uma antiga assistente.

— Eu me demito — digo, e Lauren diz *Lo, para com isso.*

A vergonha que permeia a sala parece minha de uma forma desproporcional. Eu odeio que eles me vejam assim. Eu nunca mais quero vê-los.

— Denham — diz Paul nas minhas costas quando saio.

No meu apartamento, tiro os sapatos e a jaqueta e deixo numa pilha molhada no chão. Mantenho a luz apagada e vou tirando as roupas no caminho do banheiro, onde observo a silhueta no espelho acima da pia. O rosto e a cicatriz na sombra, o contorno emaranhado do cabelo molhado de chuva. Se ela não é irmã, não é filha, não é escritora, não é mais do que o acidente dela, quem ela é? O que sobrou? Eu aperto a palma das mãos no vidro e espero e espero, mas ela nunca me conta quem é.

2013

Bea sente falta da mãe.

Há tantas perguntas que ela nunca pensou em fazer a ela. Tudo que está acontecendo com ela era para acontecer anos depois, e naquela visão de futuro sua mãe estava viva, a sabedoria de duas filhas por trás para garantir a Bea que, sim, *é assim que a gente se sente. É assim que tudo é para ser.*

Não tem nada que Bea tenha passado que se compare a estar grávida. O tempo segue em frente e ela o mede em sintomas de vida. A exaustão que vem dessa condição. Ela dorme e dorme só para ter energia para abrir os olhos de manhã. Sai da cama e segue pelo dia, acordada, por mera força de vontade. E tem o enjoo matinal que não acontece só de manhã e nem sempre acaba no alívio de vomitar, mas a segue ao longo do dia, mantendo-a à beira das lágrimas porque ela não consegue se lembrar de como é se sentir bem.

Tem uma dor que ela não esperava e não sabe colocar em palavras. Ela nunca teve a oportunidade de se despedir de si mesma. Ela olha para o corpo, nu no espelho, e lamenta não ter reparado nele antes de pertencer a outra pessoa. Ela consegue sentir todas as formas pelas quais aquela criança a reivindicou, mesmo que nem tudo ainda esteja visível. Ela sabe que está lá e isso basta. Ela quer voltar no tempo e realmente se *ver* antes da concepção. A barriga reta, a curva suave dos seios, tudo dela apenas, gloriosamente dela. Seus seios doem o tempo todo e ela se vê obcecada pela função futura deles.

Ela ouviu um batimento. Lev estava lá, a mão envolvendo a dela. Ela achou que aquela era a parte que tornaria tudo real, mas, ao olhar para a tela de ultrassom, ver as ondas sonoras pularem enquanto o ritmo frenético enchia a salinha... foi estranho, como uma mensagem de um planeta distante, distorcida pelo espaço pelo qual tinha viajado para chegar nela.

Lev entra quando ela está se observando no espelho. Assim que ela vê o reflexo dele se juntar ao dela, ela vai se cobrir.

Não, diz ele, e ela fica parada enquanto ele anda até ela e eles testemunham o corpo dela e o milagre se formando dentro, juntos. Ela inspira e expira lentamente, mandando o coração se acalmar. Ele estica a mão, coloca nos ombros dela e passa a ponta dos dedos pela clavícula. Ela treme. Ele se inclina para a frente, encosta a boca no pescoço dela e beija, sussurra junto ao pescoço dela: *Você é linda.*

Ele a contorna, se abaixa até ficar de joelhos e apoia a cabeça na barriga dela e ela coloca as mãos na cabeça dele e passa os dedos pelos cachos que tanto ama, sentindo um nó de culpa na garganta.

Obrigado, sussurra Lev, *pelo que você fez comigo de forma tão destemida e maravilhosa.*

Casey cuida dos detalhes da gravidez de Bea com tanta eficiência que Bea se pergunta se, em outra vida, ela já passou por isso. Ela marca e leva Bea a todas as consultas; Lev só tem tempo para as principais, mas Bea acha que prefere assim. Casey fica no consultório com ela, oferece a mão quando Bea precisa segurar algo. Em alguns pré-natais, os médicos acham que as duas são um casal. Bea não se dá ao trabalho de corrigi-los.

Ela encontra Foster na Chapman uma vez. Ele está saindo da Sala de Reflexão ao mesmo tempo que ela dobra a esquina, os dois parando quando se veem. Ele perguntou assim que a notícia se espalhou se o bebê era dele.

Só pode ser de Lev foi a resposta, e ele a aceitou.

Ele é o primeiro a passar.

Na consulta seguinte, ela pergunta ao médico o que é a sensação estranha que ela tem na barriga às vezes, asinhas frenéticas. Ela não acha que seja nervosismo, embora esteja nervosa o tempo todo. O médico olha para ela achando graça e diz que é o bebê. *Está se mexendo.* Bea fica tão abalada por isso, por esses primeiros movimentos inesperados (ela tinha imaginado uma coisa bem mais óbvia e no estágio de mãos e pés) que pede para ouvir o coração de novo e, desta vez, sozinha e sem Lev, Casey na sala de espera, ela chora. Ela pensa no que a mãe contou a ela tantos anos antes, quando Lo nasceu. Ela pensa que, se ser uma irmã é uma promessa que se faz, ser a mãe deve ser uma promessa que você *é*. E, pela primeira vez desde que Bea descobriu que estava grávida, é uma promessa que ela quer ser.

Ela acorda na cama úmida.

Seu corpo fica quente de constrangimento quando ela tenta pensar em como vai explicar isso para Lev, a primeira real indignidade da maternidade iminente. Ela empurra o lençol e fica chocada quando vê tanto vermelho. Primeiro ela não entende e depois, horrorizada, entende: sangue. É sangue.

Ela está ciente de outras coisas; a dor leve no abdome.

Ela sai da cama com cuidado sem acordar Lev e vai na ponta dos pés, coberta do próprio sangue, para o chuveiro. Tira as roupas. Ela não consegue olhar para o corpo no espelho. Coloca a água o mais quente possível. Lev a encontra lá, encolhida debaixo da água, chorando. Ele entra de roupa e tudo para desligar a água e a envolve numa toalha. Ajuda-a a se vestir porque ela está tão tomada de dor que todo o resto parece abstrato demais para entender, menos ainda executar: o simples ato de se vestir. O simples ato de sair de casa. Ele deixa um bilhete para Casey na escrivaninha, os lençóis ensanguentados ainda na cama deles, e leva Bea para o hospital. Ela o observa do banco do passageiro. O rosto dele está pálido e a mandíbula, firme. Ela ainda está sangrando, sente o sangramento. Ela odeia sentir, esse fracasso do corpo, que até aquele ponto fez exatamente o que deveria fazer.

Deus vai guardar essa alma, promete Lev.

Isso vai ser frio, avisa o médico, passando o gel pelo útero antes do ultrassom. Ela aperta bem os olhos e deseja poder desaparecer.

Mas tem batimento.

Lev segura a mão dela no caminho todo para casa.

Ela ainda se sente sangrando. Ela está em descanso pélvico. Não pode levantar coisas pesadas. Ela encosta a mão na barriga e pensa no ultrassom. A forma pequena e perfeita do bebê, os batimentos e ao lado... uma mancha.

FEVEREIRO DE 2018

No primeiro sinal de sol, vou para a Casa Chapman.

Não dou aviso nenhum, me enrolo com o processo de sair da estação de Poughkeepsie sozinha e pagar uma quantidade absurda de dinheiro por um táxi que me tira da civilização. A motorista pergunta com dúvida se tenho permissão de estar no lugar aonde digo que quero ir. Ela me deixa na estrada e eu ando o resto do caminho. A casa parece ainda maior e mais impressionante quando me aproximo a pé. Quando chego na porta, fico parada com um ruído agudo e chato na cabeça, me perguntando o que vai acontecer quando Lev me encontrar do outro lado. Ele pode ter me mandado ir embora, mas não disse que não podia voltar.

Eu bato na porta.

Ninguém me recebe.

Essa possibilidade não me ocorreu. Tantas pessoas moram ali, Casey trabalha ali... eu achei que haveria alguém. Contorno a casa até as janelas nos fundos e espio dentro. O Grande Salão está vazio; as luzes, apagadas. Passos foram dados na neve recém-caída a partir da porta, quebrando a paisagem impecável.

Seguem fantasmagóricos o caminho do lago.

Eu decido segui-los.

Os pinheiros estalam, balançando de leve no vento, e quanto mais eu sigo pelo caminho, mais eu penso no que Casey disse sobre estar sozinha com Deus ali e me pergunto se ela quer dizer que vivencia um silêncio mais profundo... ou mais intenso.

Quando as árvores vão diminuindo, ouço vozes à frente.

Eu vou mais devagar.

O lago aparece e eu fico protegida pelas árvores, coberta pelo esconderijo que elas oferecem. Tem duas pessoas perto da beira da água e a princípio não sei interpretar o que estou vendo. Lev. Ele está usando uma camiseta de mangas compridas, calça *jeans*, sem casaco. Se eu estou com frio, e eu estou, ele deve estar congelando, mas estou longe demais para perceber. Tem outra pessoa ao lado dele, um homem, com pouca roupa como ele. Vejo Foster montando guarda ali perto. Chego para a frente e mordo o lábio. Lev e o homem estão virados para a água com uma espécie de determinação, o suficiente para me permitir adivinhar o que pode estar prestes a acontecer.

E aí, acontece.

Meu corpo treme quando eles entram no lago gelado. Eu me encolho quando o homem grita na hora que o corpo faz contato. Juro por Deus que consigo sentir a queimação horrível e doentia da água na pele. Lev não emite som nenhum. Minha pulsação lateja nos meus ouvidos pela mera impossibilidade daquilo, da calma total de Lev sendo envolvido pelo lago, segurando o homem enquanto ele se deita lentamente.

Como ele não sente?

Lev começa a falar. Não consigo identificar as palavras de onde estou, mas a voz dele soa tão firme quanto uma única nota de uma canção antes de parar e abrir espaço para o homem ecoar a nota para ele, uma imitação pálida e mais quebrada.

E então, Lev leva o corpo dele para debaixo da água.

Eu paro de respirar assim que o homem é submerso e decido só respirar de novo quando ele voltar à superfície. Meu coração dispara no peito e na minha cabeça. Pontos pretos piscam na frente dos meus olhos. Eu expiro; eu tenho que respirar. O homem fica embaixo da água. Sou tomada de medo e sinto a mão procurar o bolso, o telefone.

E se não for um batismo?

Lev o deixa se levantar. É violento o som da tosse sufocada do homem se espalhando pelo ar, mas, quando passa, ele fica imóvel ao lado de Lev da mesma forma que Lev está imóvel, como se também não sentisse o frio agora. Talvez ele esteja tão em choque que não consiga.

O homem cai nos braços de Lev e, depois de um longo momento só o abraçando, os dois vão para a margem, até onde está Foster. Quando eles chegam a Foster, eles dividem o fardo e apoiam o homem com cuidado, um de cada lado, enquanto eles seguem em frente.

O homem está chorando.

O retorno deles para casa vai colocá-los direto no meu caminho e eu sei que não devo ser encontrada. Avalio meus arredores. Não posso pegar a rota óbvia até o chalé de Lev, mas, se cortar por entre as árvores, me mantendo à esquerda, eu devo acabar chegando lá. Vou o mais silenciosamente que consigo pela neve, acabei de passar do ponto de descoberta, quando ouço Foster, Lev e o homem no local onde eu estava. O homem está dizendo *obrigado* sem parar.

Eu resisto a olhar para trás, embora tudo que queira é olhar para trás, e sigo em frente até ser finalmente recompensada com o chalé de Lev.

A porta da frente se abre para mim. Eu entro e tiro as botas. Está um meio-termo entre quente e frio ali dentro; Lev devia estar lá não muito tempo antes com a lareira acesa. Se ele estava trabalhando, não há sinais desse trabalho. Eu tiro o casaco e me sento na cama no canto e me inclino para a frente, a cabeça apoiada nas mãos. Posso não acreditar em Deus, mas não ando pelo mundo com os olhos fechados. Eu sei o que são os sacramentos e, desprovidos de toda a pompa e história e *performance* da igreja, só Lev, o homem, a água, as árvores ao redor, eles pareceram mais reais, de alguma forma. Penso em Lev lá na água, perfeitamente imóvel e intocado pelo frio, e me pergunto se é disso que a fé protege as pessoas, se é uma das coisas que a fé pode tornar possível, e fico dolorosamente ciente de repente dos meus dentes batendo, das minhas juntas dormentes e doloridas, dos tremores se deslocando pela minha pele.

2014

O bebê, uma menina, chega cedo demais.

Deveria haver mais fotos do calendário primeiro.

O parto acontece muito rápido. Bea nem consegue se lembrar de nenhum detalhe específico. O corpo dela está traumatizado. Ela foi rasgada. Está costurada e dolorida. As imagens e sons confusos da sala de parto não ganharam forma em volta do rugido do sangue correndo nos ouvidos de Bea enquanto acontecia. De repente, aquela ausência pronunciada no corpo e a onda de euforia pelo que significava: que ela tinha trazido uma coisa à existência. Bea não sabe se vai voltar a se sentir tão poderosamente completa. Ela sabia que não deveria esperar aquele primeiro momento de contato pele com pele, mas esperou mesmo assim. Tudo que ela queria era a filha encostada no peito, dividir batimentos. Ela continua esperando.

Ela se lembra da mãe e do pai dizendo que a unidade de terapia intensiva neonatal era um lugar especial quando Lo nasceu; *É porque ela mal aguentava esperar para chegar e te ver.* Mas não é um lugar especial. É um tipo especial de inferno onde os rostos pálidos e arrasados de novos pais ficam olhando incubadoras para testemunhar em primeira mão a fragilidade e injustiça da vida. (Ela não suporta pensar nos que têm mais sorte do que ela.) Ver um bebê ficar mais indefeso nas mãos do universo do que o universo já o fez é profundamente errado. As lembranças do nascimento de Lo acentuam para Bea como a família está distante. Não tem ninguém na sala de espera com o mesmo sangue e o mesmo nome. Ela pensa na mãe, pensa em si mesma entre os seios da mãe, os braços da mãe em volta do seu corpo, e deseja tanto estar ali que precisa procurar um banheiro para chorar. Ela quer a mãe. Ela é mãe. Seu leite não desceu.

Lev manda Foster ir ao hospital para ajudar a lidar com os médicos e enfermeiras, com a língua que eles falam. Depois que Foster fala com eles, ele puxa Bea de lado e dá seu próprio diagnóstico: o bebê deve ser dele. Nenhum filho de Lev Warren chegaria ao mundo com tantas complicações. Nenhum filho de Lev Warren entraria na vida à beira da morte. O que eles fizeram foi veneno, e envenenou a criança. O bebê precisa ser expurgado dos pecados, senão eles a perderão para sempre.

Agora que Bea tem uma filha, ela não suporta a ideia de um mundo sem ela.

Nós temos que contar para ele, diz Foster.

Mas Bea também não suporta essa ideia.

Como vocês vão chamá-la?, pergunta a enfermeira, porque ninguém deveria morrer sem nome.

***

Enquanto Foster se confessa com Lev, Bea vai para a capela do hospital, onde não tem ninguém, a jornada composta de um passo hesitante antes do outro até chegar a um final abrupto. Ela desaba na frente do altar e da cruz, puxada para baixo pelo peso da dor, e chora.

Na última vez em que ela fez um apelo a Deus, ela era criança, e agora ela é mãe. É trabalho de uma mãe ser forte para a filha.

Deus, suplica ela com toda a força do coração.

Ele aparece.

Quando Bea levanta o rosto, Lev está nas sombras. A traição dela irradia dele e parte o coração dela porque ela o ama, não tem homem que ela ame mais do que ele, e o que ela fez com Foster foi por amor e devoção a ele, mas ela sabe sem sombra de dúvida que Lev nunca vai ver assim.

E ela sabe agora que faria tudo de novo só para ser mãe de Emmy.

Emmanuelle. Francês. Deus está conosco.

A luxúria, diz Lev, se aproximando dela, *quando concebe, carrega pecado. E o pecado, quando cresce, produz morte.* Ele faz uma pausa e olha para ela como se ela fosse uma estranha. *Eu te apoiei como a ninguém. Você me traiu como ninguém.*

Ela curva a cabeça.

Eu abri seus olhos para a glória, trouxe sua irmã de volta da morte e, com tudo que você viu, com tudo que eu te dei, você deu as costas para mim e agora… agora você tem a audácia de me pedir para santificar essa criança que não é minha?

Ele se agacha na frente de Bea, leva a mão ao queixo dela, faz com que ela o encare.

Me desculpe, sussurra ela.

Deus te ama. Mas quem Deus ama, Ele corrige.

Lágrimas descem pelo rosto dela.

Você está disposta a sofrer para conseguir voltar para mim, Bea? Para salvar sua filha?

Eu farei qualquer coisa, sussurra ela.

Ele manda que ela se levante.

FEVEREIRO DE 2018

Ainda há tempo, sussurra Bea quando se deita na minha cama de hospital. Ela estica a mão e a fecha com força sobre a minha. *Eu prometo.*

Acordo com um pequeno ofego, o coração de um beija-flor. Aperto a palma da mão no peito, tentando me acalmar. Levo um momento para entender onde estou.

No chalé de Lev.

Eu tinha me encolhido na cama dele e fechado os olhos, o cheiro limpo dele no travesseiro me fez dormir. Ele está no aposento comigo agora, sentado à escrivaninha, a mão no queixo enquanto ele trabalha silenciosamente no *laptop*. É um daqueles momentos estranhamente dissonantes em que quase parece que a vida lá dentro é real, é sua, e antes que você possa decidir o que sente, tudo some. Lev expira e esfrega os olhos, vira a cabeça na minha direção e vê que eu estou acordada. Atrás dele, a janela por cima da pia não deixa entrar luz; está de noite. O fogo estala no meio da sala.

Está quente ali.

— Você estava inquieta — diz ele, os olhos percorrendo o cobertor embolado nas minhas pernas. — Não consigo deixar de me perguntar se você acorda sentindo que dormiu.

Eu me sento lentamente e desembolo o cobertor. Puxo os joelhos para o corpo e passo os braços em volta deles. *Não*, quero dizer para ele. *Nunca.* Pelo menos, não nos últimos seis anos. Mas minha voz está perdida para mim, cansada de fazer perguntas para as quais meu coração não quer respostas. Eu aperto a cabeça nas pernas e me viro para olhar para ele.

— Emmy andou perguntando sobre você. Ela disse que você fez círculos bons — diz ele. Eu fecho os olhos. Então foi isso que ficou. Círculos. Ele faz uma pausa. — Eu não te dei regras com ela. Esse erro foi meu. Eu não me portei bem, Lo. Peço desculpas. — Eu abro os olhos. — Também é difícil pra mim. Emmy não foi a única que sua irmã abandonou.

— Nem Deus foi suficiente pra ela — digo, a voz rouca e arranhando de sono. — Você a odeia?

— Eu só sinto gratidão.

— Gratidão.

— Ela me deu uma filha.

— Você odeia a sua mãe?

Ele balança a cabeça.

— Não. Ela me fez o que eu sou.

Isso me deixa com uma certa vergonha. Que Lev, uma criança vítima de brutalidade, possa ter virado um homem que tem perdão no coração e aqui estou eu, tão amarga com as minhas perdas e as consequências delas, que não consigo imaginar como seria oferecer perdão a alguém.

— Como ela morreu?

— Ela pegou fogo. Houve um incêndio. Cigarro aceso.

Eu penso na região de cicatrizes espalhadas no tronco, no quanto isso torna o fim dela poético e como isso é uma vitória vazia.

— Emmy *é* da sua família — diz ele. — E se você quiser ficar aqui, como familiar, pra vê-la, sua sobrinha, eu quero que você saiba que é bem-vinda.

Eu engulo em seco, tentando manter a compostura perante aquela proposta. *Sua sobrinha.* É a primeira vez que eu ouço alguém declarar Emmy como parte de mim, e sinto a verdadeira extensão do quanto desejei isso, do quanto temi e do quando ainda temo, mas quero... agora que me foi dado. Meu coração mal consegue entender o que é finalmente receber algo que eu quero e é demais. Eu escondo a cabeça nos joelhos, meus ombros tremendo. Lev atravessa a sala e coloca a mão na base da minha nuca. Eu quase me encolho para longe por causa da vergonha que me inspira, da fraqueza que revela.

— Me...

— Não peça desculpas — diz ele com firmeza.

Ele abaixa a mão e uma parte de mim deseja que ainda estivesse ali. Ele se afasta e uma parte de mim deseja que ele ainda estivesse perto. Ele vai até a pia, pega um copo na bancada, enche de água e entrega para mim. Eu tomo um gole e o coloco no chão. Sento-me direito, as pernas para fora da cama, mantendo meus olhos nos meus pés, nos dele.

— Ontem... eu ia te perguntar sobre a garota que ia pular da ponte Mills. Eu queria saber o que você disse para ela para que ela ficasse viva.

— Eu falei que Deus a via sofrendo e acreditava nela — diz ele.

— Como é ouvir Deus? Qual é a sensação?

— É incrivelmente doloroso.

A resposta dele rouba meu ar. Dá para ver nos olhos dele o quanto dói.

— Deus confiou o trabalho dele a mim — continua Lev — e, mesmo com tudo que eu faço em nome dele, eu vou sempre faltar. Eu vivo nos meus fracassos mais do que você sabe.

— Quais são seus fracassos?

— Eu não consegui manter sua irmã aqui. Não consegui manter Jeremy. A mulher que desceu da ponte Mills acabou achando outra ponte. Nem todas as pessoas que vêm a um sermão e saem acabam voltando. Deus é perfeito, então esses defeitos só podem ser meus. — Ele faz uma pausa. — Posso fazer uma pergunta, Lo?

— Pode.

— Como é não ouvir Deus?

Penso no batismo, o homem saindo pela superfície da água. A luz que parecia cercá-lo. Antes, eu não teria considerado ausência de resposta a falta de uma, mas agora não tenho tanta certeza.

— Eu estou gostando de falar para o perfil — diz ele, sabendo que essa é uma pergunta para a qual eu nunca vou poder dar resposta adequada. — Sinto a força das minhas convicções quando falo com você. É bom ser lembrado disso. Ter um espaço pra compartilhar.

— Não vai ser a *SVO*.

Lev me olha de um jeito curioso, e deve haver alguma coisa nos meus olhos porque ele me pergunta, preocupado, o que houve, o que *poderia* ter acontecido no tempo desde que nos vimos da última vez. Apesar de tudo, eu conto. Conto sobre o que Paul fez e mais; que eu não estava trabalhando em algo para a *SVO* enquanto Lev não me entregasse e que, mesmo assim, não era garantido. Só que eu achava que era boa o suficiente para fazer acontecer.

Lev fica em silêncio por muito tempo.

— O perfil não precisa da *SVO* — diz ele por fim. — A *SVO* que precisava dele. Você pode levar para outro lugar, Lo. *The Times, Time, The New Yorker*... Casey tem muitos contatos. Nós podemos fazer isso acontecer, você e eu. Dar a plateia que o perfil merece. — Eu olho para ele e não tem nada no rosto dele que diga que eu não deveria acreditar nele. — Bea disse que você amava escrever.

— Ela não se enganou.

— Por quê?

A pergunta me sufoca, gera mais lágrimas nos meus olhos, porque, assim que ele a faz, eu me dou conta de que ninguém nunca fez essa pergunta.

Nem mesmo Paul.

— Depois do acidente, eu me dei conta de que, se morresse, não teria significado nada e eu... — Minha voz falha e ele parece querer argumentar, mas eu o paro, porque, se não falar isso agora, talvez não diga nunca. — E eu não sinto...

nada desde então. — Eu engulo em seco. — Se você conta uma história, algo real, algo *verdadeiro*, você consegue estar vivo em outras pessoas. E escrever parece a maior... a maior chance que vou ter de estar... viva.

Ele se agacha na minha frente e coloca as mãos com força em volta das minhas e as puxa para perto do peito. A expressão nos olhos dele é tão intensa quanto carinhosa, e não consigo me lembrar de ninguém ter me olhado assim antes, e isso dói.

— E se eu contasse que você já esteve mais viva em outras pessoas do que você sabe? — pergunta ele baixinho. — Viva em mais pessoas do que você já imaginou que estaria?

— Eu não sei o que você quer dizer.

— Você nunca se perguntou por que todo mundo aqui te conhece?

— Eu sou irmã da Bea.

Ele balança a cabeça e aperta mais minhas mãos.

— Quem eu sou? — sussurro.

— Você é o meu milagre.

— O quê?

— A garota que eu trouxe de volta à vida.

— O quê? Não.

Eu solto minhas mãos das dele, minha pulsação frenética, e me levanto. Ele chega para o lado quando atravesso o aposento até a porta, mas não sei para onde ir. Eu não tenho para onde ir.

Só tem ali.

Encosto a testa na porta e a tontura bate. Fecho os olhos para manter a sala parada e o sinto se aproximando, a voz suave, preenchendo o espaço entre nós.

— Eu estava lá com você — diz ele. — Sua irmã me levou até você. Você estava no limite do mundo e a morte estava ao seu redor. Deus viu um propósito maior em você e me mandou te trazer de volta. Eu botei as minhas mãos em você e fiz isso.

Eu me viro e abro os olhos, e ele para na minha frente, como se...

Como se fosse só um homem.

— Esse tempo todo, eu achava que tinha sido presente de Deus para Bea e eu não conseguia entender por que ela o rejeitaria, mas agora eu acho que eu sei. Você não foi um presente de Deus pra ela...

Ele tira o meu cabelo do rosto para poder me ver toda antes de botar a palma das mãos nas minhas bochechas, e minhas pernas ficam fracas, minha cabeça é tomada da sensação de lembranças e finalmente entende o que meu corpo estava tentando me dizer o tempo todo. O hospital, a escuridão pairando nas beiradas. O homem no pé da minha cama... Eu vejo agora, eu o vejo com tanta clareza que não sei como o confundi com um pesadelo.

Estico as mãos para os pulsos dele e seguro com força. Ele hesita e se inclina para a frente até a testa estar quase tocando a minha. Os olhos formam uma pergunta que tudo dentro de mim, nesse momento, quer e tem medo de responder.

— Você foi o presente Dele para mim — conclui ele.

Solto os pulsos dele e estico as mãos para ele, deixo que meus dedos percorram o contorno da mandíbula antes de subir, parando nos lábios antes de abrir a palma da mão e encostar na curva do rosto. Ele se vira, a boca na minha mão, uma febre na minha pele, e gera uma corrente elétrica em mim, faz a pequena distância entre nós ficar tão insuportável de repente que eu resolvo da única forma que conheço: coloco a mão na base do pescoço dele e o puxo para perto até minha boca estar encostada na dele. Os lábios dele são macios. Eu os separo com a língua. A respiração dele acelera, a minha também. Ele coloca os dedos na barra da minha camisa e a puxa pela cabeça, deixa cair no chão. Ele expira e dá um passo para trás e tudo que já existiu entre nós se torna nada e todo o resto some. Ele se encosta em mim, a boca no meu ouvido.

— Não tem defeito em você — sussurra ele.

PARTE QUATRO

2017

Sua filha não sabe seu nome.

Emmy conhece *Bea*, claro, conhece a mulher que faz caras engraçadas para ela até ela rir tanto que precisa segurar a barriga e rolar no chão, a mulher que faz café da manhã e apresentou a ela as maravilhas secretas do *ketchup*, a mulher que acena para ela de todas as distâncias, perto ou longe, na primeira e última visão do dia, mas Emmy não conhece *mãe, mamãe*.

Às vezes, Bea acorda no meio da noite achando que ouviu o chamado, a reação do corpo tão inconscientemente primitiva… mas ela nunca vai ouvir. Esse é o preço de Lev ter colocado as mãos em Emmy, de a tirar do limite da morte para a vida.

Esse é o custo do pecado de Bea.

Emmy está viva há quase três anos. E, nesses anos, ela se transformou na garotinha mais curiosa, vibrante e linda.

Nas raras e preciosas noites em que Bea consegue fugir de Lev, em que ele trabalhou até cansar e a parte mais profunda do sono o leva, ela entra na casa silenciosamente e para ao lado da cama de Emmy, vendo-a inspirar e expirar. Ela sussurra para ela baixinho:

Mãe… mamãe…

Nunca parece dar certo.

É um preço muito pequeno a se pagar, Bea tenta dizer para si mesma. Ela teria morrido cem, mil, um milhão de vezes pela filha se Lev tivesse pedido. E ele, com toda sua benevolência, não pediu.

Mas ultimamente ela deseja que tivesse pedido.

MARÇO DE 2018

A ausência de calor, de Lev, junto de mim.

Abro os olhos. A cama está fria, os cobertores embolados no pé. Rolo lentamente e o vejo parado no meio da cabine. A luz da manhãzinha cai sobre o rosto dele, deixando a pele lindamente dourada enquanto ele olha o celular.

Eu sussurro o nome dele e ele não responde.

Os olhos ficam no celular. O silêncio dele é perturbador e eu saio da cama com cuidado, meus pés descalços frios no chão. Paro na frente dele, nua, arrepios leves percorrendo a pele. Quero ficar aquecida de novo; quero-o quente em mim de novo. Encosto a mão no rosto dele e o viro para mim.

Tem algo de errado.

Ele me entrega o celular e sai abruptamente do chalé e fecha a porta. Eu me viro para a tela e vejo o *site* da *SVO*, o logo na frente da manchete mais nova.

Eu paro de respirar.

DENTRO DO PROJETO UNIDADE: RITUAIS BRUTAIS, ABUSO FÍSICO E EMOCIONAL DEFINEM A VIDA DENTRO DE UMA DAS ORGANIZAÇÕES MAIS AMADAS DO NORTE DO ESTADO DE NOVA YORK.

Meu polegar percorre o artigo tentando entender as palavras.

> A *SVO* tem uma política de uso extremamente sensato de fontes anônimas...
>
> As informações que apresentamos foram verificadas...
>
> A página de editorial que você vai ler foi escrita por alguém intimamente familiarizado com o funcionamento interno do Projeto Unidade e que não pode ser citado...

Eu vou até Lev. Ele se vira para mim, eu toda despida, congelando no ar frio da manhã.

Seu olhar percorre meu corpo enquanto meus olhos estudam o rosto dele e sinto que estou vendo mais dele do que já vi, o garoto que ele foi, o que ficou à mercê da raiva da mãe, que a aguentou, que sofreu todos os dias da vida e ainda conseguiu encontrar um mundo digno de ser salvo apesar de tudo.

Ele era só um menino.

— Você não acredita — diz ele. — Acredita?

Encosto as mãos no rosto dele, me recusando a deixar as mentiras do artigo de opinião preencherem o pouco espaço que há entre nós.

Ele nos manda levantar.

Eu digo para ele que só acredito em coisas que consigo ver.

As últimas 72 horas foram um pesadelo acordada. A coluna de opinião da *SVO* entrou *nos trending topics* nacionais do Twitter e permaneceu por 24 horas. A reação do público beirou o teatro do absurdo. A *Associated Press* percebeu. A *Vice* está adorando. A imprensa de Nova York mergulhou com tudo, começou a vigiar os três Centros Unidade, desencorajando os que têm frio e fome de procurar comida e abrigo na esperança de uma declaração de qualquer membro do Projeto que só queira passar por eles e ajudar os que mais precisam. Casey começa a desviar de ligações de conexões do Projeto (terapeutas, médicos, mentores, educadores e assim por diante) que estão preocupados com culpa por associação porque ninguém tem mais nenhuma força de convicção.

Mas Lev diz que esse sempre foi o mundo contra o qual o Projeto Unidade ficou.

Fico quieta do lado de fora da sala de Casey, ouvindo-os mapearem as consequências, falarem das diretivas para os membros em termos de lidar com a imprensa (não dizer nada), o que eles vão fazer sobre as iniciativas de procura de primavera que eles planejaram, se devem esperar o pior passar (*se* vai passar) ou se essas coisas se perderam para eles agora.

Paul fica me mandando mensagens de texto, me perguntando o que eu achei e me parabenizando, como se eu tivesse algum envolvimento. Ele quer se encontrar comigo, conversar. Tem coisas a dizer que acha que eu vou querer ouvir. Eu não respondo.

Lev escolheu o silêncio, mais agora do que nunca, e talvez, se fosse outro artigo da *Vice*, ele pudesse se safar assim… mas já vi movimentos viverem e morrerem em redes sociais. Quando enfia as garras assim, a janela de recuperação se fecha rápido.

— Você precisa soltar um comunicado de imprensa — digo, entrando no aposento, porque não aguento mais. Todos me olham. — Uma negação integral.

— Só seria visto como admissão de culpa — responde Casey. — O problema com a coluna de opinião é que havia verdade suficiente nela para não podermos refutá-la completamente. Sim, nós temos uma Sala de Reflexão. Nós não gravamos Ajuramentações, não as usamos como ameaça para impedir os membros de saírem… não é diferente de uma confissão católica. Sim, nós temos reuniões em que responsabilizamos uns aos outros e trabalhamos em grupo pra resolver conflitos, mas nós não *abusamos* uns dos outros. Agora, as palavras-chave mais buscadas junto com Projeto Unidade são *Templo do Povo*, *Jonestown*, *Dust and Stars*, *Haven* e *Ramo Davidiano*. Esse discurso não deixa espaço pra nuances. Nós não ganharíamos nada nos manifestando agora.

— Bom, e se eu escrevesse o meu perfil como uma perspectiva contrária? Vocês precisam que alguém seja a voz de todas as coisas ruins que todos estão pensando sobre o Projeto Unidade… mas que mudou de ideia. Sou *eu*. Como o que o artigo da Monica Lewinsky na *Vanity Fair* fez por ela ou *Eu, Tonya* fez por Tonya Harding. Vocês só precisam redimir o Projeto aos olhos do público e…

— *Eu* sou o Redentor. — A rispidez da voz de Lev me sobressalta, me faz me encolher. Ele me olha como quem pede desculpas, se suavizando. — Eu não vou procurar redenção se não fiz nada de errado. Eu respondo a Deus, Lo, e, por isso, Deus vai nos proteger.

Eu olho pela janela atrás da mesa de Casey, os pinheiros como silhuetas sinistras no céu da noite e, em algum lugar atrás, o lago. Eu esfrego a testa.

— Eu só não entendo por que alguém faria isso com você.

— O artigo foi feito para nos estigmatizar a ponto de cessar o trabalho de Deus. Sem o trabalho, não tem Projeto — diz Lev. — Este lugar é um Reino… é natural que queiram tomá-lo para si ou, por não conseguir, destruir o que não se pode tomar.

— Nós precisamos de uma retratação — diz Casey. — É a única coisa que pode resolver isso.

O celular dela toca. Nós a vemos atender e dar respostas secas para a pessoa do outro lado, para o que está sendo dito, e o rosto dela perde a pouca cor que ainda tem. Ela desliga e olha para o nada.

Lev vai até perto dela.

— Casey?

— Arthur Lewis está nos processando — diz ela.

Lev pede licença, sai da sala dela e bate a porta. Eu me viro para Casey, por mais perdida que ela esteja. O rosto dela desmorona e ela esconde a cabeça nas mãos. Ela começa a chorar. Eu sinto o peso da ansiedade dela na boca do estômago e a minha também não é pequena. Seis meses antes, eu nunca pensei que aquele lugar pudesse ser bom para mim, menos ainda a única coisa boa, mas agora...

Ela abaixa as mãos e respira fundo, procurando a compostura que dá para ter. Depois de um longo momento, ela diz:

— Não deveria me surpreender.

— O que você quer dizer? — pergunto.

— Que isso tudo tenha acontecido. Sempre que há uma coisa boa no mundo, as pessoas querem acabar com ela. Quando há uma coisa pura, as pessoas querem pervertê-la. — Ela seca os olhos. — O Projeto vira um espelho para os fracassos do mundo, e a reação do mundo é quebrar o espelho. Nós existimos apesar do mundo, Lo, não por causa dele.

Certas coisas precisam ficar inabaladas por isso.

A hora de Emmy dormir é uma dessas coisas. Eu sou parte do ritual dela agora, me inseri insistindo que precisava dar boa-noite porque *ela* precisava da promessa de eu estar lá de manhã... mas talvez seja mais que eu queira a promessa dela.

Nós nos sentamos na cadeira no canto do quarto dela e ela fica no meu colo, passando os dedinhos gordos nas lombadas dos livros na prateleira atrás de mim antes de escolher um e se acomodar junto a mim. Espero que ela não sinta a minha tensão. Espero que ela não ouça a oscilação na minha voz enquanto leio para ela. Espero que ela não repare nas minhas mãos trêmulas.

No começo, eu tinha vergonha de fazer isso, deixava as histórias morrerem nos meus lábios com todo o meu constrangimento, mas agora eu tento dar vida a elas para Emmy da melhor forma que posso e sou recompensada com as perguntas engraçadas, estranhas e inesperadas que cada página inspira. Ela me lembra eu. Eu andava por aí quando criança explodindo de perguntas que minha boca tinha medo de fazer. Mas a diferença é que Emmy não tem esse medo. Isso ela herdou da Bea. Às vezes, eu pergunto sobre a nossa leitura. *Que personagem é esse? Que cor é essa?* E ela responde e acerta tudo porque ela está me ouvindo, e cada vez que eu paro e penso sobre isso, é sufocante. Ela ama quando eu digo que ela está certa. Eu também amo. Estou criando lembranças com ela, me costurando no tecido da vida dela.

Eu me recuso a deixar uma única sombra atrapalhar a luz dela.

— Amanhã — diz Emmy, descendo do meu colo — eu vou desenhar.

— É? — Eu guardo o livro. — O que você vai desenhar?

— CALCINHA SINISTRA!

Ela ri, sem dúvida inspirada pelo que acabamos de ler.

— Que coisa é essa de calcinha sinistra? — pergunta Lev, entrando no quarto.

Ela começa a contar sobre o brilho verde misterioso da calcinha, mas ele a interrompe, a toma nos braços, faz aviãozinho com ela (para o prazer dela) antes de a jogar nos travesseiros. Ela tem uma luz noturna no canto porque, assim como eu quando tinha a idade dela, ela tem medo do escuro.

— A gente se vê amanhã?

Minha voz falha, apesar de tudo. Lev repara. Ela, não.

— Amanhã! — Ela assente.

— Se acalma — diz Lev, se sentando na beira da cama. Eu saio lentamente do quarto, ouvindo o boa-noite dele para ela. Já decorei. *Paz...*

— Paz eu deixo com você. Paz eu dou para você. Deite-se e durma... — Não há sinal dos últimos dias na voz dele. Ele esconde dela, cuida para que toda a feiura que tem lá fora não entre. Eu não sei como ele consegue. É a única coisa que eu sinto quando fecho a porta ao sair, na hora que ele termina a oração: — Você vai acordar, pois Deus ampara você.

Ele sai do quarto de Emmy e me encontra chorando, tentando não sufocar sob o peso de todas as perdas futuras quando mal sobrevivi às do meu passado. Ele me olha, o rosto cheio de preocupação. Eu digo para ele que quero entrar no Projeto.

— Ah, Lo — diz ele, e me puxa para perto.

É improvável que Arthur vença esse processo de morte por negligência, mas tem algo de irresistível em um pai arrasado aparecendo na televisão, a gravata torta, segurando uma foto do filho morto, lamentando a falta de reconciliação, os anos que foram roubados deles, dizendo que sabia o tempo todo, sabia que nós éramos ruins. É gasolina jogada em fogo. Jeremy foi forçado ao limite do Projeto Unidade, forçado a testemunhar e aguentar atrocidades indescritíveis que o colocaram no caminho do trem. Eu sei como Arthur é convincente porque, quando ele se sentou na minha frente no McCray's, eu acreditei nele.

Inspira uma série nova da *Vice*; qualquer um que já tenha circulado pelo espaço do Projeto, principalmente os que foram aos sermões públicos, tem uma história para contar.

O público acha que somos monstros.

A imprensa pergunta ao governador Cuomo o que ele pensa sobre o "culto" que opera do norte de Nova York. Um a um, as conexões do Centro Unidade cortam os laços. *ASSASSINOS* é escrito no centro de Morel com tinta vermelha, e quando o mundo continua a pedir a Lev para responder sobre seus crimes, ele se agarra ao fato de que não cometeu nenhum. Ele não vai oferecer explicação e não vai aceitar menos do que uma retratação.

Mas, para conseguir a retratação, ele precisa do nome.

Meu coração dispara quando entro na Sala de Reflexão. Atara tenta ir atrás de mim e eu a enxoto para o corredor antes de fechar a porta. Depois de uma longa tarde de vagar silenciosamente pelos corredores, eu descobri que esse é o único outro lugar na casa em que meu celular tem recepção. Eu paro perto da janela e ligo para Paul. Ele atende no terceiro toque. A familiaridade da voz dele me deixa doente. Eu quase ouço a vitória nela e consigo imaginar a aparência dele agora, desarrumado do jeito que ele fica quando tudo de bom está acontecendo e ele mal se aguenta de felicidade. Não me surpreenderia se ele estivesse dormindo no escritório, tentando surfar a onda e aproveitar tudo o máximo possível.

— Denham — diz ele como cumprimento, e eu quase não sei mais quem é essa. — Obrigado por ligar. Eu não te vi na cidade e fiquei de olho... Você está se escondendo?

— Não importa onde eu estou.

Minha raiva o faz parar de falar. Eu aperto o celular.

— Você está certa — diz ele depois de um momento. — Acredita em mim, eu estou bem ciente de que qualquer tempo que você esteja disposta a me dar é mais do que eu mereço.

— Bem mais do que merece. — Eu faço uma pausa. — Como estão as coisas aí?

— Intensas. — Mas ele não consegue disfarçar a satisfação. Esse é Paul na sua zona de conforto, Paul com os anzóis fisgados, Paul com os dentes enfiados em osso. — Incríveis. Tenho certeza de que você viu que foi *trending topic* nacional no Twitter. Ficou nos cinco principais por 24 horas. Derrubou o *site* mais de uma vez. E agora, com Arthur... essa coisa vai ficar forte. Estou fazendo contato com a CNN hoje. É um grande momento para a *SVO* e, cada vez que eu entro no escritório, fico pensando que você deveria ter sido parte dele.

Eu olho pela janela, para o céu cinza lá fora.

— E de quem é a culpa disso?

— Você não precisava se demitir na hora — responde ele, mas é a coisa errada a dizer. Ele expira. — Olha, eu sei como foi antiprofissional. Eu não faço isso. Na verdade, nunca tinha feito antes. Eu entendo como deve ter parecido pra você.

— Entende?

— Entendo. É sério com Lauren e só começou depois que eu a promovi... ela achou que, se você fosse querer saber alguma coisa, seria isso.

— Ela pensa tão bem de mim.

— Pensa mesmo. E eu também. — Mentira. Ele acrescenta outras à pilha: — Eu te considero uma perda, Denham. Quero consertar as coisas.

— O que isso quer dizer?

— Volte a trabalhar pra mim.

Eu não sei o que estava esperando que Paul dissesse, mas não era isso.

— Eu não quero mais fazer seu café, Paul.

— Eu também não quero. Eu acabei ficando bom em fazer eu mesmo. — Ele espera que eu siga o fluxo, que ofereça uma resposta, mas, como não falo nada, ele limpa a garganta.

— Olha, as coisas são assim: você é inteligente, Denham. Tem paixão, tem ambição e eu não sabia o que fazer com isso, assim como os meus chefes não sabiam o que fazer comigo. Foi uma descoberta muito solene, a de que eu tinha evoluído até virar o tipo de pessoa que atrapalhava meu caminho. Eu não quero desperdiçar novos talentos, quero publicá-los. Foi por isso que eu criei a *SVO*. Eu quero que você volte. Quero ser seu mentor. Quero te ajudar a atravessar abismos, subir a escada...

Enfio os dedos da mão livre na palma e foco na dor. Tem uma parte que resta de mim e que se sente atraída pela proposta dele porque, quando uma vontade penetra tão fundo em você, ela não vai toda embora de uma vez, mas tudo que a substituiu é mais alto. Paul pode foder com quem ele quiser, não importa. Mas a verdade importa.

A verdade é a única coisa que importa.

Meu silêncio o surpreendeu, o suficiente para ele se esforçar para preenchê-lo.

— Você é um talento bruto, Denham, e tem um excelente instinto. Você identificou o Projeto Unidade antes de mim.

Finalmente, minha abertura.

— Você me disse que o Projeto era limpo.

— No papel, é, mas é imundo.

— Mas um artigo de opinião anônimo? Isso não devia ser um último recurso?

— E foi.

— E você acredita de graça? Qual é sua prova?

— Áudio e vídeo... dentre outras coisas.

— Manda pra mim.

— *O quê?* Eu não posso fazer isso, Denham. Revelaria a minha fonte...

— Mas como você sabe que não produziram as provas ou...

— Houve verificação. Me dá crédito aqui. Eu não construí uma carreira imprimindo coisas que *esperava* que fossem verdade. Eu mergulhei de cabeça nisso. Tudo que eu publiquei foi real e eu queria demais que não fosse, porque foi um *show* de horrores. E, se continuar indo como está, Lev Warren vai ter que pagar, e por mim tudo bem.

— Eu estou te dando tanto crédito quanto você me deu. Você nunca me levou a sério, Paul. — Ele balbucia em protesto, mas eu continuo. — Você me contratou porque fez com que você se sentisse bem com você mesmo... "dar um emprego à garotinha trágica da cicatriz". Eu aposto que você achou que seria uma fala perfeita para seu próximo perfil na *Times*, né? Você rouba uma história de mim e agora age como se estivesse me fazendo um grande favor...

— Rouba uma história? *O quê?* Isso não é verdade...

— Eu não posso trabalhar pra alguém que não me respeita.

Uma chuva começa a cair, bate na janela, molha a vidraça.

Quando Paul finalmente fala, ele parece atordoado, magoado.

— Acho que você talvez esteja exagerando algumas coisas — diz ele —, mas, mesmo assim, fico triste de ouvir que você sente isso. O que seria preciso pra te convencer do contrário?

— Me conta quem escreveu o artigo.

A porta atrás de mim se abre ao mesmo tempo que a palavra sai da minha boca. Meu coração pula. Eu me viro devagar, e Lev está parado na porta quando Paul ri no meu ouvido.

— Eu não vou fazer isso — diz ele, e, ao meu silêncio, a risada na voz dele morre. — Eu nunca, e *nunca* mesmo, revelaria uma fonte. Nenhum jornalista digno revelaria.

— Então não há mais nada a dizer — digo, e ele fala *Denham, espera*, mas eu me afasto da janela e a conexão fraca corta as súplicas dele para eu ficar na linha e eu a encerro: — Tchau, Paul.

— O que você está fazendo? — Ele não está feliz.

— Eu queria ver se conseguia um nome pra você.

Ele entra na sala.

— E conseguiu?

Eu faço que não.

— Desculpe.

— Você achou mesmo que conseguiria?

— Eu sabia que não conseguiria se não tentasse.

— Lo, se você der o menor passo errado...

— Eu fui cuidadosa.

— Se você der o menor passo errado — diz ele, o tom mais duro —, tudo cai nas minhas costas. Se alguém descobrir que você andou tentando obter informações com os nossos detratores com base em mentiras, pra usar em nossa vantagem, você acha que o Projeto poderia se recuperar? Isso foi um risco desnecessário...

— Talvez valha a pena correr o risco se você for perder tudo de qualquer jeito!

— Você acha que eu não estou fazendo nada? — pergunta ele.

Meus olhos ardem com lágrimas.

— Eu não sei. Você não quer soltar uma declaração. Não quer se defender, não quer oferecer outra perspectiva e não quer...

— Eu não querer responder às mentiras de outra pessoa não quer dizer que não vou cuidar pra que não sejam respondidas.

— Eu só não quero perder isso. — Minha voz falha. — Eu não posso perder isso.

A expressão dele se suaviza e ele expira, fazendo a estranha tensão entre nós desaparecer me envolvendo nos braços. Ele encosta os lábios na minha testa e fala.

— Você ainda quer entrar no Projeto?

— Quero — sussurro.

— Pra entrar, você precisa ser batizada. Ser batizada é aceitar sua expiação e ser Redimida. Mas, primeiro, você precisa deixar para trás tudo que sabe que é.

— O que isso quer dizer?

— Você precisa se libertar da vida à qual está ligada. A água vai levar todas as amarras que restam e vai limpar sua alma. Quando você subir pra superfície, você estará nova e vai entrar na fé, perfeita. Mas, primeiro, você precisa começar a se soltar.

— O que eu tenho que fazer?

Ele se afasta para me olhar e tira uma mecha de cabelo do meu rosto com delicadeza. Em seguida, repete o gesto sem parar, enquanto me diz que, no dia seguinte, eu vou voltar para Morel com Foster e vou arrumar minhas coisas no meu apartamento e vou me despedir de todas as partes da minha vida que vivem naquela cidade, e vou passar a morar com ele ali, de forma permanente. Que eu preciso deixar para trás tudo que me definia antes de eu adentrar as paredes do Projeto, todos os traumas, medos, desejos...

— Minha escrita?

—Você não vai precisar dela.

Minha pulsação se acalma enquanto tento imaginar um mundo em que poderia viver sem aquela parte de mim.

—Você disse que escrever a verdade era a maior chance que você teve de estar viva — diz ele —, mas, no Projeto, você vai *viver* a verdade; não tem outro lugar onde você ficará mais viva.

2017

Se a família soubesse o que Bea e Foster fizeram com Lev, como eles o traíram, as paredes da fé de todos enfraqueceria a ponto de não haver solução. Tudo ficaria perdido. Lev não poderia nem viver na glória do novo milagre, de trazer Emmy de volta à vida, sem ameaçar desestabilizar a base de tudo que eles construíram juntos e sua esperança de um paraíso futuro.

Tinha que ser suficiente *eles* saberem.

Me dá o colar, ordenou Lev na época.

Sempre que Bea o vê no pescoço dele, ela é transportada para aquela noite na fazenda, o corpo de Foster encostado no dela e a boca em toda parte. Ela tem que viver com a vergonha do pecado quando o vê, mas Bea não aceita seu pecado, não aceita a vergonha, quando o resultado foi Emmy. Ela não consegue se arrepender de ter criado algo tão puro. Emmy é a antítese de toda a escuridão que Lev diz que vive dentro de Bea. Emmy é a coisa mais próxima de Deus que ela conhece.

Lev entende isso sobre Bea… e não vai desistir dela.

Você é meu maior desafio. Seu pecado vive tão fundo em você que você não consegue mais reconhecê-lo, mas eu vou fazer com que você veja, não importa o tempo que levar. Eu vou te salvar.

Foster está salvo. A redenção dele tomou uma forma diferente, e às vezes Bea desconfia que a absolvição dele é extensão da punição dela. Ele foi chamado ao chão e ficou na frente dos irmãos e irmãs, e embora eles não tenham ouvido os detalhes da infração, bastou Lev dizer que uma tinha sido cometida. Foster ofereceu o corpo a Lev, um sacrifício vivo, e Bea se lembra dos gritos, se lembra de desejar que pudesse ter sido fácil assim para ela. Depois que Foster se recuperou, ele foi levado para a base. Foi transformado em segurança. Ele vê Emmy o tempo todo, aprecia a designação de *tio*... menos que pai, mas um nome, um acesso ao amor dela. Foster está coberto pelo perdão de Lev.

Mantém os dois separados um do outro.

Quando Emmy comemorou o primeiro aniversário, deram bolo para ela. Bea apreciou do outro lado da sala Emmy sentada no caldeirão, com bolo no rosto e nas mãos daquele jeito perfeito com que bebês fazem bagunça. Quando Casey se aproximou para limpar o rosto e os dedinhos gordinhos de Emmy com um pano úmido, Emmy esticou os bracinhos para ela. Quis ir para o colo dela. Gerou uma dor tão visceral em Bea, sua filha querendo o colo de outra mulher, que ela achou que morreria. Ela saiu da sala e achou um canto silencioso da casa para chorar, e foi lá que Foster a encontrou. Quando ela sentiu as mãos dele no ombro, seu coração bateu loucamente no peito.

Você está bem?, perguntara ele, e ela se afastou dele, se perguntando se Lev o tinha visto, se era um teste. E, ao ver o rosto dela molhado de lágrimas e arrasado, ele perguntara: *Isso é a coisa certa? Nós fizemos a coisa certa?*

E ela teve certeza de que sim.

Quem é você pra questionar Lev?

Foster dera um passo para trás, atordoado, e ela não foi recompensada por sua obediência, e agora ela não sabe mais qual foi a verdade daquele momento.

Ela pensa nisso agora, no terceiro aniversário de Emmy, vendo do fundo da sala quando todo mundo a cerca e canta a música. Ela sopra a vela e cospe no bolo todo. Lágrimas surgem nos olhos de Bea, mas ela fica porque ela não quer perder outro marco de Emmy para a dor; ela já perdeu o suficiente. Seus olhos se encontram com os de Foster, do outro lado da sala. Mais tarde, ela está no mesmo canto quieto onde ele a encontrou dois anos antes, torcendo para que ele a encontre desta vez, para que faça as mesmas perguntas. Ele não aparece.

MARÇO DE 2018

Quando acordo Emmy de manhã, ela estica os braços para mim.

Ela esconde a cabeça no meu pescoço, sonolenta e satisfeita, e eu a carrego para a cozinha. Ainda não estou totalmente acostumada à força total da necessidade dela, do afeto dela. Eu sempre sou recíproca depois de ficar encantada por um momento: encantada com o corpinho dela nos meus braços, com a sensação das batidas rápidas do coraçãozinho dela no meu peito.

Não consigo entender Bea se afastar disso.

Eu a coloco no chão para brincar e começo a trabalhar os músculos culinários que nunca usei muito quando fazia refeições só para mim mesma. Tudo que Emmy come tem que complementar *ketchup*, a "comida" favorita dela, então é ovo mexido com batata. Se eu tiver sorte, algumas dessas coisas vão chegar na barriga dela depois que ela terminar de comer tudo.

— Cadê o papai? — pergunta ela enquanto a comida chia na frigideira. Vou me servir de café, mas Emmy está no chão e eu quase a derrubo e derramo café na cabeça dela.

— *Merda!* — digo, e ela cobre a boca em choque e eu digo para ela nunca dizer essa palavra. Ela sorri de um jeito travesso. Eu já vi Foster fazer isso cem vezes, se deslocar em volta do espaço que ela ocupa sem incidentes, e me pergunto se posso confiar em mim mesma o suficiente para ficar boa assim só de existir com ela.

— Cadê o papai? — pergunta ela de novo.

— Ele está conversando com Casey e com o tio Foster sobre coisas importantes. Depois que você comer, nós podemos ir vê-los. — Eu coloco a mão no ombro dela e a empurro quando uma das batatas estala e gordura espirra. — Cuidado com o fogão, Emmy.

Ela coloca as mãos nas costas em um gesto de *quem, eu?*. Lembra-me tanto da Bea.

Quando o café fica pronto, eu a coloco na cadeira alta, sirvo a comida, encho de *ketchup* Heinz e coloco na frente dela. Ela diz *Hum!* enquanto inspeciona a comida. O garfinho não é aprovado e ela decide que as mãos funcionam melhor. Pego o que sobrou nas panelas enquanto ela come e me conta uma história hesitante e bagunçada sobre o que eu acho que podem ser programas de televisão diferentes. Eu tento acompanhar enquanto ela se esforça para comer e explicar esse mundo fabuloso que ela montou.

Em pouco tempo, ela está levantando as mãos sujas de *ketchup* para ser retirada da cadeira. Ela aceita contrariada uma limpeza primeiro. Ela se encaixa no meu quadril quando saio da cozinha e sigo o corredor para o Grande Salão, onde ela é emboscada pelo "cavalinho". Atara adora Emmy, trata-a com tanto cuidado. Emmy pode puxar as orelhas e o rabo dela sem inspirar agressão, só amor. Atara lambe o rosto de Emmy, sem dúvida sentindo o cheiro da comida no hálito. Emmy tem um ataque histérico. Além das risadas dela, ouço vozes vindas do corredor da sala de Casey. Falo para Emmy ficar com o cachorro, que eu já volto.

A porta de Casey está com uma fresta aberta e, quando me aproximo, eu a ouço perguntar:

— O que o senhorio disse?

Vou mais devagar e escuto sabendo que, se fosse para eu ouvir, eu estaria naquela sala.

Foster responde:

— Ele abandonou o local no começo de 2017...

— E os outros residentes? Você perguntou?

— É um lado ruim da cidade. Tem rotatividade alta. Qualquer um que estava lá na época não está mais.

— Ele não pode ter simplesmente desaparecido.

— Mas foi exatamente o que ele fez, porque ele sabia que a gente ia procurar — diz Lev. Eu me aproximo mais. — Olha, nós podemos acompanhar Rob daqui até aqui... — Rob? Ouço movimentação de papéis. — Até aqui. E aí, ele some.

— Meu pai tem contatos especializados nisso — diz Casey. — Mas ele não está atendendo minhas ligações.

O chão geme debaixo dos meus pés e a conversa no aposento para de repente. Bato de leve na porta e a abro, fingindo que não ouvi nada, meus olhos encontrando os de Lev, torcendo para não revelarem nada. Vou perguntar a ele sobre tudo, mas não agora. Digo que Emmy acabou o café da manhã e que está chamando por ele.

— Obrigado, Lo. — Ele olha para Foster. — Vocês dois deviam ir.

— Está pronta? — pergunta Foster para mim.

Eu estou.

Acompanho a viagem até Morel no celular, só às vezes tendo coragem de olhar para o cenário em mutação do lado de fora. Eu me pergunto se, quando for batizada, essa vai ser uma das partes de mim que a água vai levar. Cada vez que eu consigo dar uma espiada, eu vejo sinais de primavera. Aquela sensação limpa e verde está no ar.

Rob...

A voz de Foster me arranca dos pensamentos.

— Posso perguntar uma coisa?

— Depende do que é.

— Você lembra?

Eu me viro para ele.

— Lembro o quê?

— De Lev... te trazendo de volta.

Não consigo ler a expressão dele, mas ouço a hesitação no tom. A pergunta é importante para ele e foi difícil perguntar. A resposta é importante para mim, mas eu não sei como poderia fazer justiça com palavras.

— Eu tive delírio de CTI — digo. Ele ergue uma sobrancelha. — Já ouviu falar?

— Você achava que as enfermeiras iam te matar?

— Não. — Mas quase desejo que sim, porque teria sido menos doloroso do que as alucinações que eu tive. — Eu via a minha mãe… — Ela segurava minha mão e estava chorando. Mas ela também supostamente estava morta. Se eu me esforçasse, poderia me colocar de volta naquele leito de hospital e sentir de tão real que era. — Mesmo depois que me contaram que ela estava morta, eu poderia jurar pela minha vida que tinha acontecido. Ou às vezes eu achava que estava numa floresta…

— Numa floresta?

Dou uma risadinha, mas não é engraçado. Eu vejo, agora, um verde intenso em volta do leito de hospital. O ar estava carregado como fica na floresta no verão, e eu sentia na pele, nos pulmões. E embora eu estivesse em um leito de hospital na floresta, o que deveria ter sido a primeira pista de que algo não estava certo, fez sentido para mim na hora. O resto que não fazia.

— Em um determinado momento, eu achei que havia um homem no pé da minha cama, esticando as mãos para mim. Eu tinha pesadelos porque não sabia quem ele era nem o que queria, mas…

— Era Lev — conclui Foster.

— Era. Por que você queria saber?

— Eu só queria saber como é ser um milagre… — Ele para de falar. —Você foi uma lenda. Uma das primeiras coisas que eu ouvi aqui foi sobre você…

— Eu queria que alguém tivesse me contado antes.

— Ah, bom, tem uma coisa que Lev diz.

— O que é?

— “Quem perder a vida por minha causa a encontrará.”

Eu inspiro por entre os dentes. Eu nunca achei que ouviria alguém dizer essas palavras de novo e sinto-as me puxando do presente, me arrastando para o passado, e me pergunto se algum dia vou ficar tão longe das piores coisas que eu vivenciei quanto finjo estar. Sinto o cheiro da estação, sinto Jeremy como se estivesse perto, como se quase pudesse esticar a mão e agarrá-lo, segurá-lo. Fecho os olhos e o vejo ali.

— O que isso quer dizer?

— É rendição — responde Foster. — Aceitar sua expiação é se render a Deus. Você não pode entrar no Projeto por motivos egoístas, senão não duraria um dia, porque o que ele exige de você é tanto que só pode ser motivado por crença em algo maior do que você. — Ele fica em silêncio por um momento. — Por isso, ninguém podia te contar. Nem Bea. O momento tinha que se revelar a você quando você estivesse pronta.

Eu não digo nada. Não sei como dizer para Foster que Deus não é o motivo para eu ter pedido para ser batizada no Projeto.

Eu sei para quem estou me rendendo.

Não demora para esvaziarmos meu apartamento.

Foster carrega as poucas caixas para o SUV, impressionado com a pouca vida que eu fiz nos últimos anos. Parte de mim sente o mesmo. É surpreendente ver minha incompletude como pessoa tão inegável na minha frente, as mentiras que eu contei para mim mesma para existir dentro do vazio dela... como se não fosse um reflexo da minha. Eu nunca quis carregar isso comigo, e é um alívio deixar para trás.

Eu entendo agora por que essa parte é importante.

— Pronta? — pergunta Foster. Eu cruzo os braços e olho para minha antiga janela, com vista para a rua. Eu poderia ir embora agora e fazer com que isso fosse o fim. — Lo?

Mas tem outras coisas que eu não quero mais carregar.

— Eu tenho que ir ao cemitério.

— O quê?

— Meus pais. — Eu me viro para ele. — Eu quero prestar minha homenagem.

Ele assente.

— Claro. Vamos.

— Eu preciso fazer isso sozinha.

Eu não quero ser fortalecida pela presença de Foster, não quero que me faça finalmente passar pelo portão. Eu quero provar que posso fazer isso sozinha.

— Não sei...

— Só me encontra em St. Andrew's em uma hora.

— Eu não devo te deixar sozinha.

— O que ele acha que vai acontecer comigo?

— Para com isso, Lo — diz ele. — Todo mundo está tenso.

— Quarenta e cinco minutos?

Depois de um momento prolongado, ele cede.

— Tudo bem.

— Obrigada.

— Quarenta e cinco minutos — repete ele.

Passo pela *SVO* no caminho, indo mais devagar quando os prédios aparecem. As luzes estão acesas no andar de cima, no meio do dia. Meus pés quase me levam para a entrada, o músculo da memória tão entranhado. Eu me lembro do meu primeiro dia, de sentir que seria uma porta aberta atrás da outra a partir daquele momento. Como eu me enganei.

Eu deixo para lá.

Levo dez minutos para chegar em St. Andrew's. Paro na frente do portão com um nó se formando no peito. Patty colocava flores lá no aniversário do acidente. Eu esperava no carro e me recusava a me juntar a ela. *Não é bom pra você*, ela me dizia, mas nunca conseguiu me fazer mudar de ideia. Chegou uma hora em que eu parei de ir. Eu achava que era a forma de impedir que o acidente me tocasse, mas só prendeu mais minhas perdas em mim.

Lev estava certo; eu morava dentro dele.

Eu passo pelo portão.

Eu tenho uma ideia geral de onde consigo encontrar a lápide dos meus pais. Enfio as mãos nos bolsos, as botas esmagando o que resta da neve enquanto ando até lá.

Sigo pelas fileiras de túmulos e faço uma careta pelos vestígios de festas ainda decorando alguns (poinsétias falsas, guirlandas, fios de luzinhas de Natal) e as decorações que contam histórias de negligência; flores falsas com bordas irregulares e rasgadas, desbotadas do sol. Mas tudo aquilo é melhor do que o nada que eu sempre fiz.

O túmulo deles, quando o encontro, é modesto e despretensioso, e o nó no meu peito se afrouxa, a expectativa se mostrando pior do que a coisa em si. Parece tão meu quanto é deles, de certa forma. A Lo que eles conheceram morreu com eles. A garota tímida e doce deles. Eu vivo nesses opostos há tanto tempo, a ponto de não saber se eles gostariam de me conhecer ou sentiriam orgulho de me conhecer. Mas talvez, depois que eu for batizada, essa questão se torne menor. Espero que sim. Eu estico a mão, passo os dedos nas letras dos nomes deles. Eu fecho os olhos.

Eu os deixo para trás.

— Bea?

Eu abro os olhos.

Talvez eu tenha ouvido errado.

Mas soa de novo.

— ... Bea?

A voz não é nenhuma que eu reconheça, mas faz minha pulsação acelerar. Eu me viro e fico cara a cara com um padre. Ele parece um pouco mais velho do que o Paul, com pele escura e cabelo preto ondulado, um rosto suave e redondo. Ele percebe o erro quase imediatamente, os olhos castanhos notando minha cicatriz.

Ele curva a cabeça num pedido de desculpas.

— Desculpe. Eu achei que você fosse...

— Bea Denham? — pergunto com voz fraca.

Ele assente e me olha com mais atenção.

—Você deve ser a irmã dela... Lo? — Dou um passo para trás, atordoada, quando ele estica a mão. — Me perdoe. Sou o padre Michael.

Eu olho para a mão dele, o espaço entre nós encolhendo até virar nada. A voz dele é grave, tranquilizadora, mas não me deixa menos perturbada. Ele abaixa a mão com insegurança. Eu levanto o olhar até o dele, tentando entender.

— Como você conhece Bea?

— Eu a conheci ano passado. — Ele indica a lápide. — Ela estava visitando seus pais, como você agora... nós começamos a conversar... — Eu levo a mão ao peito, tentando acalmar o sobe e desce frenético, me imaginando entrando pelo portão mais cedo, encontrando-a ali. Ele me observa. — Me desculpe. Eu estou te chateando?

— E ela te contou sobre mim?

— Contou.

— O que... o que ela disse?

— Ela mencionou sua recuperação milagrosa depois do acidente...

Dou um passo desajeitado para trás e levo a mão à testa. Tem uma raiva borbulhando dentro de mim, ameaçando explodir. Ela esteve ali. Ela falou com ele sobre mim.

Mas para mim ela só tinha...

Tchau...

— Ela contou que deu as costas pra mim? — pergunto, e ele pisca, surpreso. — Ela ainda vem aqui? Você a vê?

Ele abre e fecha a boca, parece perceber que pisou sem querer num campo minado. Depois de um momento, indica a igreja.

— Lo, você não quer entrar pra conversar? Talvez tenha alguma coisa que eu possa oferecer...

— Não. — Eu balanço a cabeça. — Eu não... não tem nada que você possa me dizer que eu já não saiba. Estou cansada de ouvir sobre a minha irmã por outras pessoas. Mas talvez... talvez você possa dizer uma coisa pra ela por mim.

Ele franze a testa.

— Vou fazer o possível.

— Diz pra ela... — Eu faço uma pausa. — Espera. Você sabe que ela tem uma filha?

O padre Michael assente.

— Emmy.

Eu fecho os olhos brevemente.

— Tudo bem — digo, a amargura espalhada na minha voz. — Tá, tudo bem. Diz pra ela que eu e Emmy e Lev... nós estamos ótimos sem ela. Só isso.

— Acho que consigo repassar isso. — Ele parece triste.

— Obrigada, padre. — Olho para a rua, vejo o SUV se aproximando de nós, e saber que não estou tão longe de voltar para Lev me acalma um pouco, acalma uma parte da minha raiva. Mas a ausência dela me deixa envergonhada. Eu me viro para o padre. — Me desculpe por eu...

— Tudo bem. Eu entendo. — Ele faz uma pausa. — Lo, se eu disser essas coisas a Bea e ela quiser te procurar...

— Ela não vai querer. Mas obrigada.

Eu me viro e vou na direção da rua.

— Mas, se ela quiser — diz ele para as minhas costas —, você pode me dizer como ela pode fazer isso?

Eu paro por causa da pergunta e aperto os lábios.

Não, Lo.

Deixe-a para trás.

É o que você tem que fazer.

— Se ela realmente me quiser — digo por fim —, ela pode me encontrar na Casa Chapman. Ela sabe onde fica.

O céu se abre, o som da chuva uma cacofonia no telhado do chalé. Lev é pego na chuvarada. A porta se abre e ele entra correndo, encharcado, os cachos grudados na testa.

— Você acha que Emmy está bem? — pergunto com um sobressalto quando um trovão alto soa acima de nós, tentando lutar contra a vontade de ir até ela só para ter certeza. Eu a botei na cama mais cedo, mas agora a imagino acordada e apavorada com o som. Odeio não estar perto para consolá-la.

— Por que não estaria? — pergunta Lev, tirando o casaco e as botas.

— Os grumbos — respondo. Ele me olha sem entender. — Foster disse que ela tem medo de tempestades... ela chama de grumbo...

— Certo. — Os ombros dele murcham. Ele passa a mão nos olhos. — Grumbos. Ela vai ficar bem. — Sinto a exaustão dele nos meus ossos. Vejo-o andar pela cozinha e preparar café, a última coisa de que ele precisa. — Como foi em Morel?

Eu hesito e me pergunto se devo contar sobre o padre. Acho que Bea não vai me procurar, apesar da minha mensagem. E sei que Lev não me condenaria pela minha fraqueza, mas ele ficaria decepcionado. Não quero que ele olhe para mim e veja alguém que não está pronta para o passo final. Não vou deixar Bea tirar mais de mim do que já tirou.

— Eu me sinto mais leve — digo. — Não vou sentir falta.

— Que bom — diz ele e vem até mim, encosta a palma da mão molhada no meu rosto. Cubro-a com a minha. Os olhos dele estão orgulhosos e o orgulho dele me aquece. Ele diz de novo, com carinho: — Que bom. — Depois de um momento, ele abaixa a mão. Sinto falta do toque dele quase imediatamente. — Estou realocando funcionários temporariamente para várias residências esta semana. Vamos ficar só eu, Casey e Foster aqui... e você e Emmy, claro.

— Por quê?

— Eu preciso entender o impacto do artigo nos membros mais distantes. Abalou algumas das nossas pessoas. Os funcionários vão ser meus ouvidos e olhos. Se houver alguma inquietação, dúvida, medo, preocupação... essa é a forma mais expediente de resolver.

— Faz sentido.

— Ah, e antes que eu esqueça... — Ele enfia a mão no bolso e pega uma coisa. De cara, não sei o que estou olhando, mas aos poucos entendo. Meu celular. Ou o que era meu celular. A tela está completamente rachada. Pego da mão dele e tento ligar. Quebrou.

— O que aconteceu?

— Seu palpite é tão bom quanto o meu. Nós o encontramos no quarto da Emmy — diz ele. Eu fecho os olhos. — Desculpa, Lo. Casey vai comprar um novo.

— Tudo bem — digo com cansaço. — Obrigada.

O olhar dele percorre meu corpo de um jeito que eu entendo. Coloco o telefone de lado e me viro de costas para ele, tiro a calça e desabotoo a camisa, sentindo os olhos dele em mim enquanto me dispo. Gosto da sensação, mas, quando me viro para me mostrar para ele, ele está de costas, olhando pela janela, perdido em pensamentos profundos. Consigo adivinhar em que ele está pensando.

— Quem é Rob? — pergunto. Ele fica tenso. — Eu ouvi o nome hoje de manhã, quando estava vindo pelo corredor... você acha que ele escreveu o artigo?

Ele se vira para mim.

— Eu falei que não estava sem fazer nada.

— Eu achei que você tivesse dito que precisava do nome...

— Eu disse que precisava de uma retratação. Não falei que não sabia quem tinha escrito. — Ele cruza os braços. — Fé é confiar no que você não entende com a compreensão de que vai te preparar pra tudo que o desconhecido pede de você. Você precisa confiar em mim, Lo.

— Desculpa. — Meu rosto arde. — Eu confio.

Ele fica em silêncio, me deixa sentir a vergonha.

— Rob é um antigo membro — responde Lev. O tom dele está cuidadoso, protegido. — E ele é o único membro que eu pedi pra sair do Projeto Unidade.

Eu absorvo devagar. É difícil imaginar Lev afastando alguém do Projeto quando ele só quer oferecer refúgio para as pessoas.

— Por quê?

— Porque ele era perigoso. Ele era uma ameaça aos membros. Foi um último recurso. Eu nunca quis que chegasse a isso.

— Uma ameaça?

— O Projeto recebe todos de braços abertos, mas muitas das pessoas que nos procuram foram machucadas. Muitas encontram consolo na minha história. Algumas se identificam de forma profundamente pessoal. Rob e eu compartilhamos passados parecidos e ele me idolatrava. Ele nunca tinha visto alguém passar por algo parecido com o que ele passou até me conhecer. E nunca teria imaginado o que era possível na vida dele até me conhecer. Ele desenvolveu... uma fixação. Não era saudável.

— O que você quer dizer?

Lev levanta um pouco o canto da camisa e revela as cicatrizes. Meu estômago dói de olhar para elas. Não consigo me acostumar a ver.

Eu nunca quero me acostumar a ver.

— Ele tentou se fazer a minha imagem.

Dou um passo para trás, a mão na boca.

— Meu Deus...

Ele abaixa a camisa.

— Conforme a... devoção dele se intensificou, os membros passaram a ter que ser bons aos olhos dele para serem dignos de mim. Ele agia no meu nome, sem o meu conhecimento, e os machucava para mantê-los na linha. — Lev faz uma pausa. — Eu tive que falar pra ele ir embora.

Eu passo os braços em volta do meu corpo.

— Ele não recebeu bem, imagino.

— Ele achava que, se ele não era bom o suficiente pra mim, ninguém era. Ele nos ameaçou várias vezes ao longo dos anos. Prometeu que seria o fim do Projeto Unidade. — Ele expira e afasta o olhar de mim, volta-se para o fogo. — Eu queria tanto ajudá-lo, Lo. Eu o conto como um dos meus maiores fracassos.

— Você tem certeza de que ele escreveu o artigo?

— Tenho.

Eu o vejo tirar as roupas, deixá-las com cuidado na mesa de centro e entrar no chuveiro. Pego a camisa dele e encosto no rosto para sentir o cheiro. Quando o chuveiro é desligado, ele me encontra esperando na cama, nua, o cabelo caindo nos ombros. Ele para e me observa. Percebo que eu raramente vejo Lev sorrir, mas consigo perceber quando algo o agrada. Fica claro nos olhos dele.

Eu vejo agora nos olhos dele.

— E como você consegue a retratação?

— Todo mundo tem um preço.

— E depois? — pergunto.

Lev vai até a cama e se inclina, os lábios dolorosamente próximos dos meus.

— Eu vou perdoá-lo — diz ele. — E vou amá-lo como Deus o ama.

2017

Bea foge para os cantos da Casa Chapman de tempos em tempos e procura Lo na internet, mas nunca consegue encontrar a irmã em lugar nenhum. Lo se recusa a viver qualquer parte da vida *on-line* e Bea, de um jeito estranho e injusto, se ressente da irmãzinha por não ser uma luz na escuridão dela, principalmente considerando o risco que ela corre ao pegar o *laptop* de Lev para verificar. Quando sua tentativa mais recente de encontrar Lo deixa Bea de mãos vazias, ela pesquisa o nome da Patty por impulso. E fica chocada de encontrar o obituário.

Ela acha que deve ter acabado de acontecer, mas, quando ela vê que um ano inteiro passou com a tia-avó a sete palmos do chão, parece que o mundo some debaixo dela. Ela tenta imaginar Lo em algum lugar, sozinha depois daquilo, e é tão insuportável que ela passa mal. Ela entra escondido no escritório da Casey para usar o telefone fixo (porque ela tem certeza agora de que eles monitoram o celular dela desde o começo) e liga para o número da Patty, mas não funciona, porque Patty está morta há um ano e ninguém contou para ela.

MARÇO DE 2018

A Casa Chapman fica silenciosa desde que os outros membros foram embora, mas Emmy se esforça para preencher o silêncio. A plateia dela reduzida a quatro significa que boa parte da exigência dela por atenção recai sobre mim. Ela é cansativa, mas eu não me importo e me pergunto se a novidade que é ela vai passar, se pode passar. Estou brincando com ela no Grande Salão, com papéis espalhados para todo lado (o jogo: desenhar o que Emmy disser), com Atara cochilando num raio de sol perto das janelas, quando Lev e Casey entram. Percebo pela expressão deles que aconteceu alguma coisa.

— Rob pediu uma audiência em Bellwood — diz Lev. Casey olha para um desenho de Emmy e faz um elogio baixo enquanto veste o casaco. — Nós vamos voltar mais tarde.

Eu me empertigo.

— Eu quero ir com…

— Você não pode — interrompe Lev antes que eu possa defender minha presença, embora não tenha certeza se há como. — Ele foi bem claro sobre os termos do encontro. — Ele me encara. — Eu falei que todo mundo tem um preço.

— Nós temos que ir — diz Casey.

Lev dá um beijo em Emmy e encosta a testa na minha, me prometendo baixinho que tudo vai ficar bem, e ele e Casey saem. Vejo o carro se afastar da casa, inquieta, até Emmy decidir que eu tenho um propósito maior.

— Desenha! — ordena ela.

Mas eu não consigo me concentrar. Emmy está perdendo a paciência comigo e é um alívio quando Foster chega e se oferece para colocá-la na cama. Ele a pega nos braços e sopra no pedacinho de barriga que aparece embaixo da blusa. Ela grita com alegria.

— Foster? — chamo quando ele está na porta. Ele se vira. — Você conhecia o Rob? — Ele hesita e assente. — O que você acha... — Eu estico os braços, tentando encontrar palavras. Não quero que Foster pense que estou perguntando se o artigo é verdade. Eu não estou perguntando isso. — Do que ele fez?

— Tem um nome pra gente como Rob — responde Foster. — Testemunha falsa. Eu odeio a ideia de ele obter qualquer coisa de nós por isso, mas... como Lev diz: deixemos com Deus. Ele vai resolver.

Ele sai com Emmy. Atara arranha a porta e eu a deixo sair. Passo os braços em volta do meu corpo e ando pela sala, sem conseguir afastar o sentimento ruim que tomou conta. Eu nem consigo enviar uma mensagem de texto para Lev ou para Casey para saber deles; eles ainda não substituíram meu celular.

Depois do que parece muito tempo, percebo que Foster não voltou. Vou até o quarto de Emmy. A porta está entreaberta e coloco a cabeça dentro. A cena que vejo é dolorosamente doce. Foster está deitado na cama de Emmy, com Emmy descansando nos braços, os dois dormindo profundamente. Vejo o sobe e desce regular e quase sincronizado do peito dos dois, os rostos em paz, antes de sair e fechar a porta.

Quando volto para o Grande Salão, um novo som chega aos meus ouvidos. Atara latindo loucamente lá fora. Ela fica louca quando sente cheiro de algum animal. Vou até a porta e presto atenção, esperando que ela se acalme. Ela não se acalma.

É outra coisa.

Eu me viro para o corredor para chamar Foster, mas mudo de ideia.

Calço os sapatos e o casaco e saio.

— Atara — chamo. Ela continua a latir. Sigo o som até o fim da estrada, onde ela está com os pelos eriçados, virada para a rodovia.

Eu bato na coxa.

— Atara. Aqui, garota.

Mas eu não sou Lev e ela não me dá atenção. Ela continua a latir, agitada, com o que está vendo. E ela está vendo alguma coisa.

Meu estômago treme.

Eu olho na direção da casa.

Eu posso voltar ou posso ir em frente.

Eu vou em frente.

Tem uma perua velha estacionada na lateral da estrada, os faróis acesos, o motor ligado. A visão é sinistra de tão deslocada. Ninguém que já não faça parte do local vai lá. Enfio a mão no bolso para pegar o celular e lembro de novo que não tenho mais celular e é nesse momento que percebo que aquilo foi um erro.

O carro é desligado.

Depois de um momento, a porta do motorista se abre.

As orelhas de Atara estão grudadas na cabeça enquanto ela late.

Um homem sai do carro.

— Padre Michael? — Coloco a mão na cabeça de Atara, tentando acalmá-la, fazer com que ela perceba que ela não precisa me proteger dele… eu acho. — O que você veio fazer aqui?

— Peço desculpas se alarmei você — diz ele. — É um cachorro lindo… — Eu coço Atara atrás das orelhas e fico perto dela. — Eu vim em nome da Bea.

Eu falei para ela vir até mim, eu dissera para ele, como se fosse fazer diferença.

Eu só ia entrar no carro.

Só quando saímos do acostamento, da estrada que leva à Casa Chapman, que eu pergunto aonde ele está me levando. Eu devia ter perguntado isso primeiro. Meus olhos estão longe da janela, virados para as mãos. Eu as mantenho unidas. Não consigo sustentar um pensamento fora o fato de que eu vou ver a minha irmã.

Eu finalmente vou ver a minha irmã.

Ele me diz que estamos indo para uma casa pastoral e eu pergunto a que distância fica da casa. Ele cita toda a rota; fica a uns 15 minutos de distância.

— Eu não posso demorar — digo. — Preciso... eles não sabem que eu saí.

— Eu entendo.

Eu observo o padre Michael. A mandíbula dele está contraída. Ele aperta o volante com tanta força que a pele dos nós dos dedos está esticada. Não sei por que ele está tão tenso. Isso me deixa nervosa. Eu olho em volta. O carro está surpreendentemente bagunçado: tem embalagens de *fast food* entre nós, guardanapos amassados. Tem livros no chão aos meus pés, alguns de teologia... mas também vejo um suspense de James Patterson. Algo nele me chama atenção. Eu pego o livro e sinto os olhos do padre Michael em mim. Tem um cartão entre as páginas, funcionando como marcador, mas o azul familiar é motivo suficiente para eu investigar mais. Eu abro o livro. Um folheto de Bíblia. Um céu azul.

Aquele versículo.

Mas o Senhor é fiel; Ele os fortalecerá e os guardará do Maligno. — 2 Tessalonicenses 3:3. Eu viro o folheto, a mão tremendo. *Unidade em Cristo. Proteção em St. Andrew's.*

— Ah, meu Deus — sussurro.

— Como?

— Me deixa sair...

— O quê?

— Me deixa sair deste carro...

— Lo...

— Você envia isto para o Projeto. — Eu mostro o folheto. — Você os odeia. Foi o que Casey me contou... Eu quero... eu quero sair deste carro. — Puxo a maçaneta como uma idiota, mas a porta está trancada. Eu bato com o punho nela. — Me deixa sair da porra do carro!

Ele leva o carro para o acostamento, deixa parar. A porta é destrancada. Eu a abro; não acredito que fui burra a ponto de entrar nele. Estou com um pé no chão quando o padre Michael diz:

— Lev ia à minha igreja.

Eu paro na mesma hora.

Eu me viro.

— Em Indiana?

— Depois de Indiana. Em St. Andrew's. No comecinho de 2009.

— Você está mentindo. Ele já tinha renunciado à Igreja.

— E estava querendo salvar as pessoas dela — responde o padre Michael. Eu engulo em seco. — Ele entrou em St. Andrew's dizendo que queria se conectar com a minha congregação pela fé católica. Ele me enganou para chegar a eles. Um dia, eu fui para uma missa. Metade da minha congregação tinha ido embora, Lev dentre eles. Eu não fazia ideia do que tinha precipitado esse êxodo... alguns meses depois, encontrei um antigo membro da igreja. Eu perguntei se eu fiz alguma coisa ou se eles estavam passando por alguma dificuldade, se havia algum jeito de St. Andrew's poder oferecer assistência e apoio... mas eles tinham encontrado uma pessoa nova para seguir.

— Ele roubou a sua congregação? É por isso que você envia os folhetos? — Esse momento quebrado se encaixa de uma forma que vira meu estômago. — Você está tentando roubar membros de volta? Foi isso que você fez com a Bea? Encheu a cabeça dela de mentiras e é por isso que ela não quer...

— Eu quero que os membros do Projeto saibam que há algo além da ideia de fé de Lev Warren.

— As pessoas tomam suas próprias decisões — digo rispidamente. — E, se a sua congregação *escolheu* ir com ele, você não pode responsabilizar Lev.

O padre Michael pensa sobre isso e pergunta com cuidado:

— Como você se envolveu com o Projeto, Lo?

— Eu a estava procurando e encontrei algo melhor.

— Não te preocupa em nada ela ter escolhido ir embora? Mesmo sob a luz do artigo da *SVO*?

— Aquele artigo é *mentira*. Eu sei os motivos dela, e eles não têm nada a ver com o que havia lá... senão ela não teria deixado Emmy com eles.

O silêncio dele preenche o carro.

— Não é? — eu pergunto com voz baixa.

— Eu não posso responder a essa pergunta — diz o padre Michael, a voz gentil de uma forma que faz tudo parecer bem pior. — Mas eu sei quem pode.

O carro para.

Eu olho pela janela. Nós paramos na frente de uma casinha de tijolos ao lado de uma igreja velha. O padre Michael assente e eu saio do carro, meu coração disparado, ainda não convencida de não estar fazendo uma coisa colossalmente idiota. Por que eu deveria acreditar que um homem de coleira branca não ia me querer mal? Por que deveria acreditar que Bea não me levaria para uma coisa da qual eu não conseguiria sair, só porque ela é minha irmã?

Ela me abandonou, afinal.

O padre Michael sai do carro e gira as chaves nas mãos

com nervosismo. Eu o sigo pelo caminho de concreto até a casa. A porta se abre assim que chegamos lá e eu paro.

Não é Bea.

Um homem sai. Ele é alto, branco, tem um pouco mais de 1,80 metro, com ombros largos e cabelo curto louro-areia. Tem linhas fundas nos cantos dos olhos dele. O olhar se desloca lentamente até minha cicatriz, tão familiar para ele quanto ele é desconhecido para mim. Depois de um momento, ele diz com uma voz que gera um arrepio na minha espinha:

— Lo Denham. Eu nunca achei que te conheceria.

Eu me viro para o padre Michael, fico sem ar nos pulmões e o mundo some lentamente nas beiradas. Não é possível.

— Você disse que seria Bea...

— Não disse, não. — Ele evita meus olhos. — Eu disse que tinha ido em nome dela.

— Já contaram a você sobre mim — diz o homem, e a dúvida sobre quem ele é desaparece. Eu me viro para ele e enfio a mão no bolso para pegar o celular antes de me lembrar novamente de que não está lá. Mas o padre Michael não sabe disso.

— Por favor, não — diz ele rapidamente. — Não tenha medo.

— Sua irmã não teve — diz Rob enquanto volta para dentro da casa.

A casa paroquial é datada, velha. Tem um cheiro mofado, que precisa de limpeza faz tempo. O tapete laranja já deveria ter sido arrancado, assim como o papel de parede amarelo desbotado. Há sinais de religião aqui e ali, mas, mais do que tudo, me lembra de como a casa da Patty seria se ela tivesse vivido mais uns vinte anos e não a tivesse conservado. Sigo o padre Michael pelo corredor, olhando para trás para ter certeza do caminho de saída.

Nós encontramos Rob na cozinha, que é tão velha quanto o resto da casa, até na geladeira verde-menta com bordas enferrujadas e ladrilho mofado no chão. Ele está abrindo e fechando portas de armário até encontrar um copo e o encher na pia para virar a água em segundos.

Ele está com tanto medo quanto eu, percebo.

O padre Michael se senta pesadamente à mesa de fórmica, coloca as chaves do carro na frente dele e apoia as mãos entre as pernas. Ele e Rob trocam um olhar de reconhecimento.

— Você escreveu o artigo — digo para Rob.

Ele se apoia na pia e fecha os olhos brevemente.

— Eu tive que escrever.

— Por quê?

— Porque não aguentei mais — diz ele. E engole em seco.

— Porque, quando Jeremy morreu, ele estava indo me ver e eu sabia que alguém tinha que dizer alguma coisa.

— Não — digo, balançando a cabeça. — Não...

— Eu tentei... muito tirar o Jeremy de lá. — Rob não me olha. Ele está olhando para as mãos agora. — Mas ele estava tão abalado que se matou. O Projeto entra fundo assim nas pessoas e fode a mente... o pobre filho da mãe.

— Nada afetou Jeremy. Ele estava doente...

— Ele estava vulnerável.

— Como ele sabia que devia te procurar?

O padre Michael limpa a garganta.

— Nós supomos que ele ouviu da Bea.

— De jeito nenhum. Jeremy morreu antes da Bea ir embora — digo, e Rob e o padre Michael trocam um olhar; eles claramente acreditam no contrário. — Foi o que Lev disse... — Eu paro de falar com a voz fraca, odiando a forma como eles me olham quando eu falo. Eu me viro para Rob. — Eu *nunca* vi nada acontecer no Projeto Unidade como o que você escreveu pra *SVO*...

— Isso porque Lev ainda não te mostrou. — Ele vira a cabeça para a janela por cima da pia e eu sigo o olhar dele para o céu cinzento e pesado lá fora. — E quando mostrar... Há quanto tempo você entrou, Lo? — Eu não respondo. Não preciso responder. Eu cruzo os braços. — Eu fui o primeiro a sair. Não foi fácil na época. Só ficou mais difícil.

— Ele pediu pra você sair.

O rosto dele fica pétreo.

— Foi o que ele disse?

— Foi.

— O que mais ele disse sobre mim?

— Não importa. Eu não estou aqui pra me explicar pra você. Você me diz o que você acha que sabe e eu vou pesar contra o que eu sei. — Eu indico os dois. — Como vocês dois se conhecem?

O padre Michael fala:

— Rob era da minha igreja.

— Eu estava lá quando Lev chegou. — Rob passa a mão pelo cabelo curto. — E o padre Michael estava lá quando eu abandonei Lev. Graças a Deus.

— Foi ideia sua enviar os folhetos da Bíblia?

— Eu comecei a enviar quando que vi o estado de Rob depois que ele saiu — diz o padre Michael, e Rob se mexe com desconforto.

— E eu *não* fui expulso — diz Rob. — Eu fui embora. Eu *fugi*.

— Por que você entrou?

Rob contrai a mandíbula, fecha as mãos. Tem algum tipo de luta acontecendo dentro dele. Olho para o padre Michael, que olha para Rob com um carinho que me lembra um pai com o filho, embora Rob não possa ser muito mais novo do que ele.

— Lev tem um jeito de ver as pessoas — responde o padre Michael por ele.

Rob ri com amargura.

— Ele me viu mesmo. — Ele aperta o alto do nariz. — Nós tínhamos um... meu pai me batia quando eu era criança. E quando eu digo que ele me batia, eu quero dizer muito. Eu não conseguia... eu guardei tão profundamente em mim, eu não podia...

— Você não precisa falar — diz o padre Michael.

— Lev viu. Mais ninguém via. Ele me disse... — A voz de Rob falha e ele inspira e treme. — Ele foi a primeira pessoa na minha vida a me dizer que eu valia alguma coisa. E, assim que ele fez isso — Rob estala os dedos —, ele me conquistou. Ele conquistou todos nós.

— Certo — digo. — Eu só estou impressionada de ele arrumar tempo pra abusar de todo mundo enquanto cuida de Centros Unidade, dos programas de divulgação, das arrecadações...

— Ele não faz isso. Casey faz, mas ele pegou ela também. Eu preciso ser claro com você, Lo: quando eu escrevi sobre o dinheiro roubado, confissão como garantia, reuniões de noite toda e o... *fogo*... — Ele fecha os olhos. — Eu estou falando sobre Lev. O Projeto Unidade foi minha família e eles são pessoas lindas. Eles só queriam fazer o bem nessa porra de Terra.

— E, se era tão ruim quanto você diz que é, por que eles ficam?

Ele fica em silêncio, imóvel, por muito tempo. Por fim, vira-se da janela e atravessa o aposento como se fosse embora, mas se vira. Ele expira.

Ele levanta a camisa.

O padre Michael faz uma careta, apesar de não poder

ser a primeira vez que ele vê. Eu recuo até a bancada e levo a mão à boca. Lev me avisou, mas eu não estava preparada. As cicatrizes no corpo de Rob são uma imitação rudimentar das de Lev, as queimaduras de cigarro, as linhas, a pele inchada do lado esquerdo. A pele está tão traumatizada que está vermelha. Não é coisa recente, mas parece que a pele não aceitou as lesões e ainda luta contra a violação.

Ele tentou se fazer a minha imagem.

Eu olho para Rob, a garganta apertada demais para eu engolir.

— Ele limpa com água. Pune com fogo, e assim que você peca ou hesita, ou comete qualquer erro aos olhos dele, no Projeto, você precisa ser corrigido. Se ele decidir que você não aprendeu, ele faz você percorrer o caminho da fé dele. — Ele abaixa a camisa, e não há alívio no gesto porque a imagem está gravada na minha mente. — Pois quem Deus ama, ele corrige.

— Você fez isso em você mesmo...

Antes que eu possa terminar, ele está perto de mim, na minha cara, furioso.

Eu me encolho.

— Rob — avisa o padre Michael.

— Não — diz Rob, e é a única coisa que ele diz antes de se afastar.

— Ninguém... ninguém ficaria *aceitando* isso...

— Ah, é? — Ele se vira. — Eu fiquei. Fiquei e fui ficando e não fui o único. Você entra no Projeto, um mundo, e ele te ama, e Deus te ama e Ele vai ficar te amando, apesar de tudo. E o que é isto — ele indica o próprio abdome — em troca desse amor, Lo? Não é nada. E cada vez que eu começava a duvidar, eu via as pessoas serem seguradas e queimadas, e quando acabava, sabe o que elas diziam?

— O quê? — eu sussurro.

— "Obrigado, Lev." E quando você vê seus amigos, sua família dizendo *obrigado* com sinceridade... talvez o errado seja você. Talvez você não tenha sido queimado o suficiente...

Ele começa a chorar e esconde o rosto nas mãos. O padre Michael se levanta e vai até Rob, segura o ombro dele com força, o apoia. Eu fico com a sensação de que vou vomitar.

Quando Rob abaixa as mãos, o rosto dele está molhado, vermelho.

— E, apesar disso tudo, você está mudando a vida das pessoas, está fazendo o trabalho de Deus e está tornando o mundo um lugar melhor e dá pra *ver* que está ficando um lugar melhor... como você pode argumentar com esses resultados? No fim de tudo, sabe o que ele promete? Ele promete o *paraíso*. Que os pecadores do mundo vão se queimar e só vai sobrar o Projeto Unidade. Eu não queria ficar pra trás. Eu fiquei pra trás a vida toda. E é *por isso* que eu fiquei. É por isso que todos ficam.

— Quando você soube que queria ir embora? — Minha voz treme.

— Na primeira vez em que ele me queimou, que foi quando eu o vi de verdade. E eu conheço abusadores. Sei como é a verdadeira cara deles. E ele não conseguiu esconder naquele momento. Naquele momento, eu o vi... e, apesar de eu *saber* quem ele realmente era... eu fiquei.

— Eu não... — Eu encosto as mãos no rosto. — Ele não faria isso... Lev não *faria* isso, não depois do que a mãe dele fez com ele...

— Ela fez? — pergunta Rob, e eu abaixo as mãos, horrorizada. —Você sabe que a mãe dele morreu num incêndio? Por acaso, ele estava em Indiana na época.

Eu olho para o padre Michael e para Rob.

—Você só pode estar de brincadeira.

— Quando uma coisa vira dúvida — diz o padre Michael —, tudo vira dúvida.

Eu me viro para Rob.

—Você sabe quem eu sou. Você ouviu falar de mim.

— Nós todos ouvimos falar de você, Lo.

— Então você sabe que ele *salvou* a minha *vida*...

—Você não acha que os médicos podem ter tido alguma coisa a ver com isso? — pergunta Rob. —Você estava em um *hospital*, é isso que os hospitais fazem...

— Disseram que eu ia morrer e Lev apareceu...

—Você era nova, você lutou pra voltar...

— Eu fui *escolhida*!

Os dois me olham com pena, como se eu fosse uma coisa trágica. Eu não quero a pena deles e eu não sou trágica.

Só uma pessoa me olhou como se eu não fosse.

— Eu sinto muito, Lo — diz Rob. — Sei o quanto significa se sentir assim.

Minha cabeça está latejando. Quero fazer um milhão de perguntas e tenho medo de todas, então minha boca fica fechada. Eu me sento na cadeira vazia do padre Michael.

— Você não pode ir contra o Projeto. Depois que eu saí, ficaram me vigiando. Fizeram tudo que puderam pra tornar minha vida tão infeliz a ponto de eu voltar. Eu procurei o padre Michael. Ele me abrigou e eles perderam noção de onde eu estava por tempo suficiente para eu me recuperar, e eu me recuperei... lentamente, mas com segurança, eu reconstruí a minha vida e aí... — Ele me olha. — Um dia, no ano passado, Bea aparece.

2017

A família dela não questiona como ela é com Emmy. Lev diz para eles que ela era frágil demais para o presente que Deus colocou nos braços dela, que quase perder Emmy depois da perda dos pais acabou com ela. Ela não sabe como superar o medo e ser mãe. Eles precisam aceitar isso nela. A família não vê seu desejo, sua necessidade, sua angústia nascida dessa negação. Eles não veem porque Lev os mandou não ver.

Mas o padre vê.

Ele a encontra de joelhos no túmulo dos pais com uma foto de Emmy nas mãos, sussurrando *esta é a minha filha* sem parar porque ela precisa que alguém saiba. Ele demonstra compaixão. Demonstra preocupação. Ela tinha esquecido como é receber essas coisas e essa reintrodução a sufoca. Ela se confessa com ele.

Ele conhece uma pessoa que talvez possa ajudar.

Rob se encontra com ela na casa paroquial do padre Michael dias depois. Ela consegue fugir; nem sempre é fácil para Lev encontrá-la na casa. Ela vai descobrir se sua saída foi bem-sucedida quando voltar.

Quando Rob abre a porta, o ponto de ruptura acontece.

Ela se vê pequena e frágil aos olhos dele. E ele está tão melhor do que quando ela o viu pela última vez, mais saudável, sólido, seguro. Ela cai nos braços dele. Ela está morrendo, ela diz para ele. Vai morrer no Projeto Unidade se ele não a tirar de lá.

Quando ele se afasta, ela levanta a blusa e mostra para ele. É a primeira vez que ela vê a devastação do que ela passou no rosto de outra pessoa. Ele conhece tudo aquilo muito bem, tem as cicatrizes dele. Ela se deita no sofá da sala e Rob cuida do abdome dela, as mãos navegando pelas teias de estrias e pela barriga flácida que não voltou totalmente depois do parto até o território de pele que Lev tomou para si.

Ele faz cara de quem quer chorar.

Está infeccionado, diz Rob.

Ela inspira e expira entre os dentes.

Me conta tudo, diz ele, e ela conta. Ela conta sobre Foster, o colar, o laço que eles formaram. As consequências da partida de Rob, o controle mais apertado de Lev. Ela conta sobre a filha. Como Emmy chegou ao mundo, manchada com o pecado dela, mal se agarrando à vida, e que Lev a salvou apesar da traição de Bea. Quando chega nessa parte, ela se pergunta se está errada. Se o que aconteceu depois é o que ela merece, se tirar Emmy do Projeto vai botá-la em perigo. Se o dom da vida de Lev só dura enquanto ela estiver perto dele. Um pânico frio toma conta dela e ela diz: *Eu não devia estar fazendo isso*, e tenta se levantar do sofá, mas Rob a ajuda a se deitar e segura a mão dela com muita força.

Não funciona assim, diz ele. *Nunca funcionou assim.*

A filha dela não sabe o nome dela.

Mãe, mamãe...

Não é amor, diz ela, mas sai como uma pergunta.

Não é, promete ele.

No fim da visita, eles têm um plano.

Naquela noite.

Ir embora com Emmy naquela noite.

Quando Bea deixa Rob, ela tenta não ver a dúvida nos olhos dele.

Lev parece sentir que ela foi a um lugar aonde não deveria ter ido. Ele faz perguntas com uma voz baixa e perigosa. Ela não está conseguindo se explicar quando Jeremy Lewis para ao lado dela e se oferece.

Ela estava comigo, diz ele, e inventa uma tarde de trabalho do Projeto que a manteve com ele, e ela percebe pela forma como Lev olha para Jeremy que Jeremy vai responder por isso depois. Quando acaba, Jeremy olha para ela por um momento, hesita... mas vai. Enquanto ela o vê se afastar, parece que ela o está vendo pela primeira vez. Ele adorava tudo lá, mas não está mais nos olhos dele. Ela não viu nos olhos dele. Há quanto tempo ele quer sair? E quantos outros estão dentro daquelas paredes gritando por dentro, desesperados para fugir?

Ela vai para o quarto dele mais tarde e enfia um folheto da Bíblia por baixo da porta.

MARÇO DE 2018

— Ela não apareceu — diz Rob.

Eu me inclino na cadeira, a cabeça nas mãos, os dedos enfiados no cabelo, tentando rejeitar tudo que ele me contou, tentando fazer com que seja mentira. Mas sinto no sangue, nas entranhas, nos ossos… algo ali é real e não pode ser negado.

— Eu achei que ela tinha mudado de ideia. Que ela estava tão dividida sobre ir embora que… eu só supus que ela voltou, ficou com Emmy. Mas o padre Michael me contou que encontrou você e que você disse que Emmy ainda está lá mas Bea não…

— E daí? — pergunto.

— Se Emmy ainda está no Projeto e Bea não… — Rob não termina a frase. Meu estômago dói. — Alguma coisa ruim aconteceu com ela, Lo. Porque, eu estou te dizendo… ela nunca, *nunca* teria deixado a filha pra trás.

— Ela *deixou* — digo, olhando para ele. — Ela me ligou, ficou me ligando, eu falei com ela! Eu falei com ela, ela disse… ela disse *tchau*. Eu ouvi a voz dela… ela disse *tchau*.

Rob franze a testa e olha para o padre Michael, que também franze a testa.

— O que mais ela disse? — pergunta Rob.

Eu engulo em seco.

— Só isso.

Rob faz uma pausa.

— Quando eu saí, eu recebia ligações... primeiro, só respiração pesada, a qualquer hora do dia e da noite. Eu trocava de celular, arrumava celulares descartáveis. Eu mudava o número, mas eles me encontravam. Eles faziam isso pra eu saber que eles sempre conseguiam me encontrar. Quando eu comecei a pedir o dinheiro que botei no Projeto... eu estava passando fome, mal conseguia manter um teto sobre a cabeça, eu ameacei ir a público com o que eles faziam, e aí, quando recebia as ligações, havia uma voz do outro lado da linha. — Ele me olha. — Era minha. Era a minha voz, Lo.

— O quê?

— Eles tinham editado as minhas Ajuramentações, porque eles gravam a Sala da Reflexão, e as merdas que eles fizeram parecer que eu tinha dito... você está dizendo que você falou com Bea? Ou que você a *ouviu*?

— Ela disse *tchau*. — Eu aperto os olhos. — Você espera que eu acredite...

— É a *verdade*. Ah, cara, eles tentaram acabar comigo de todas as formas que conseguiram pensar. Eu acordava de manhã e encontrava o gás ligado... entrava no carro e estava indo a 140 na estrada e a porra do carro não *parava*... — Ele passa a mão na boca. — As minhas cicatrizes são reais. Eles me seguraram. Me amarraram. — Ele expira. — E depois que eu terminar aqui com você, Lo, sabe o que eu vou fazer? Eu vou embora da cidade, porque eu não vou sair disso vivo se não for embora. Eu não quero botar o pescoço em risco assim, mas, se Bea queria uma coisa, era tirar Emmy do Projeto, e eu sei que a *última* coisa que ela ia querer era ver vocês duas nele...

— Você acha que ela está morta — digo de repente.

Os dois me olham em silêncio.

— Não — digo, balançando a cabeça. — Não... eu não acredito em você...

— Nós temos que conversar com alguém — diz o padre Michael sem me encarar. — Chamar as autoridades em Morel, Chapman...

— Eles estão com Bob Denbrough comendo na palma da mão deles — diz Rob — e metade do Departamento do Xerife de Chapman também...

— Se você acha que ela está morta, fala — sussurro.

— Nós temos que pensar em uma sequência de ações...

— Eu nem te conheço! — eu explodo. Os dois param de falar. Eu olho para eles, trêmula, meus olhos se enchendo de lágrimas. — Se você acha que ela está morta... fala.

Por fim, Rob diz:

— Sinto muito, Lo.

Pego a chave do carro do padre Michael na mesa e estou na porta antes de eles perceberem o que está acontecendo, e estou no carro quando eles chegam na porta, dando ré e pegando a rua. O mero esforço de estar no volante me empurra na direção de um ataque de pânico intenso, mas eu preciso voltar para casa. Emmy está na casa. Chego a um cruzamento na mesma hora em que um caminhão aparece na rodovia. Eu piso no freio e canto pneus, meu corpo forçado para a frente pelo impulso… mas o carro para.

Ele para.

Eu paro o carro em uma clareira no caminho até a casa, jogo a chave no banco da frente e corro até lá. Assim que estou perto da porta, ela se abre e Foster está lá, de olhos arregalados, enlouquecidos.

— Onde você estava?

— Eu fui correr — digo, ofegante. — Eu só... precisava sair.

Ele cobre o rosto com as mãos.

— Meu Deus do *céu*, Lo... eu me levantei e você não estava. Eu te procurei em *toda parte*. Você devia ter deixado uma mensagem, alguma coisa...

— Eu não tenho celular — eu lembro a ele, e fico impressionada como tudo sai da minha boca sem esforço. Ele está me olhando e não vê uma pessoa que está morrendo. Olho para trás dele, tentando ver o Grande Salão. — Lev voltou?

— Eles estão a uns dez minutos daqui.

Porra.

— Cadê a Emmy?

— Ela está lanchando e vendo televisão.

— Tudo bem. — Eu assinto, minha garganta tão apertada que em mais um minuto eu não vou conseguir dizer mais nada. — Tudo bem. Eu vou até o chalé tomar um banho...

— Está bem. — Ele me observa. — Você está legal?

— Estou.

Ele não parece acreditar.

— Não vai pra nenhum outro lugar.

— Eu não vou.

Eu o encaro por tempo demais, minha cabeça tomada pela voz do Rob. Foster e Bea. Emmy. Filha de Foster. Estou apavorada porque consigo ver, agora, que tem partes de Emmy que não pertencem a mim nem à Bea, à nossa mãe e ao nosso pai. E o que eu achava que podia ser do Lev, a curva do queixo, o corpo, os ombros quadrados, pertencem de forma muito óbvia e dolorosa a outra pessoa. Ele fica incomodado sob meu olhar.

— Que foi? — pergunta ele.

— Você disse que a Bea ia voltar. Você acha mesmo isso?

— Claro que acho.

— Por quê?

— Porque Lev viu.

Eu bato a porta do chalé quando entro e ando de um lado para o outro.

Ela não pode estar morta.

Não pode.

— Você não pode estar morta — sussurro.

Ele salvou minha vida.

Eu caio de joelhos e aperto as mãos no chão, chocada demais, entorpecida demais para chorar. *Ela não pode estar morta*. Eu a procuro, tento conjurá-la do nada para provar que estou certa. Você não está morta, Bea, só não está aqui.

Volta.

A porta do chalé se abre e Lev entra e me encontra no chão. Ele diz meu nome e eu não respondo. Ele se ajoelha na minha frente, preocupado.

— Lo? O que foi?

Eu olho para ele.

— Você viu Rob? — sussurro.

Ele afasta o olhar.

— Foi infrutífero, mas isso não acabou.

Eu não consigo me segurar; eu começo a chorar.

— Lo. — Ele fica alarmado. — O que foi?

— Eu estou com medo — consigo dizer.

— De quê? — Ele aperta a mão na minha bochecha e eu fecho bem os olhos e vejo um caminhão vindo pela estrada e meus freios não funcionam. As ligações, a respiração do outro lado da linha. *Tchau*... — É o batismo? — Ele encosta os lábios na minha testa enquanto lágrimas continuam descendo pelo meu rosto. — Confia em mim com todo o seu coração. Não tenta entender, só confia em mim, e eu vou te mostrar o caminho.

— Se a Bea voltasse — pergunto —, onde ela se encaixaria?

Eu abro os olhos e me vejo cara a cara com o colar. Está virado, a âncora junto da garganta, e, de onde estou, vejo pela primeira vez o que está gravado atrás, o que Rob me disse que havia atrás: b & f.

Olho para ele lentamente.

Ele limpa uma lágrima da minha bochecha.

— Você acha que ela vai voltar?

— Esquece as coisas que ficaram para trás — diz ele — e olha pra frente.

Esta noite.

Fugir com Emmy esta noite.

2017

Bea espera.

No chalé, enquanto Lev toma banho, ela se encolhe no sofá e fecha os olhos. Quando ele termina, ela está com o corpo imóvel, a boca aberta, a respiração regular e profunda. A luz muda por trás das pálpebras dela, a sombra cai sobre o corpo enquanto ele o contempla. E ela reza (para quem, ela não sabe) para que ele a deixe descansar.

Ela tem medo do que está prestes a fazer.

Ela tem medo de como seria fácil ficar.

Lev estica a mão por cima dela para pegar a colcha que está no encosto do sofá e a coloca sobre ela. Ela o escuta se movendo pelo espaço apertado, espera que ele se acomode para dormir, que vá para a cama sem ela. Ele acaba indo.

Depois de seis anos, ela o conhece, sabe como ele dorme, sabe que, quando ele tiver mergulhado bem fundo abaixo da superfície, ela pode agir com segurança. Ela também sabe como essa janela é limitada, sabe como é fácil o mundo o chamar de volta.

Ela sai lentamente de debaixo da colcha e se levanta do sofá.

Atravessa o aposento na ponta dos pés, calça os sapatos, pega o casaco no gancho; vai vesti-lo do lado de fora. Ela respira fundo e estica a mão para a porta, dá uma última olhada para trás. Seis anos antes, ela não poderia ter imaginado aquele momento.

Agora, ela está desperta.

A porta geme quando ela a abre. Ela a fecha com cuidado depois de passar. Dá passos lentos e cuidadosos para longe do chalé e, quando chega nas árvores, sai correndo.

Quando ela chega na casa, as luzes estão apagadas.

Lev não acordou; não alertou Casey.

Seu coração poderia explodir de alívio; outro sinal de que as coisas estão funcionando a seu favor.

Ela olha pelas janelas para o Grande Salão. Atara deitada no chão. Ela entra. Atara ergue a cabeça e Bea passa a mão brevemente no pelo, acalmando-a. Ela segue apressada pelo corredor até o quarto de Emmy, abre a porta e entra.

Sua filha está dormindo, banhada no brilho da luz noturna. Bea vai até ela, tomando o cuidado de não perturbá-la antes de guardar a imagem na memória: a filha pequena e perfeita que ela fez, tão tranquila, prestes a encontrar a mãe pela primeira vez.

Seus olhos se enchem de lágrimas.

Isto é amor.

MARÇO DE 2018

— Emmy — sussurro com urgência. — Emmy, calça os sapatos.

Ela me olha sonolenta, confusa. Sinto um ataque de birra e me movo rápido, jogo o casaco nos ombros dela e pego os braços, empurro pelas mangas em movimentos meio bruscos. Isso a distrai temporariamente; nada daquilo faz sentido.

— Quero dormir — diz ela.

— Você vai, você vai, querida. Nós vamos... — Eu olho para trás, para a porta fechada do quarto, e presto atenção em sons no corredor. — Nós vamos viver uma aventura e todo mundo está te esperando. Eu só preciso botar seus sapatos...

Eu os pego e tento enfiar as botas de borracha nos pés dela. Ela grita tão alto que meu coração para. Não importam os sapatos. O casaco basta. Puxo o capuz sobre a cabeça dela enquanto ela se debate e choraminga, e eu a pego nos braços e ela surta, gritando *NÃO! NÃO! NÃO!* Tudo fugiu do controle. Eu só espero ter vantagem suficiente. Abro a porta e saio para o corredor vazio, e a mudança repentina de cenário a faz ficar quieta.

Nós chegamos à porta da frente quando eu ouço meu nome.

— Lo?

A luz se acende. Casey está ali. Ela olha para mim e para Emmy, uma sombra surgindo no rosto, parecendo que ela já viu isso antes.

— Me explica isso — diz Lev.

Foster arranca Emmy dos meus braços e a carrega de volta para a cama, murmurando palavras tranquilizadoras nos ouvidos dela. *Está tudo bem, amor, foi uma brincadeira divertida e agora está na hora de dormir.* Casey está parada na porta da frente, os braços cruzados, bloqueando a passagem. Lev se posicionou na outra, na área das janelas. Olho para a noite fria lá fora, atrás dele. Casey o chamou da casa e eu o vi surgir das árvores, sem nada nos olhos. Os passos de Foster indicam seu retorno. Ele entra na sala e fecha a porta suavemente.

— Me explica isso, Lo — diz Lev de novo.

— Cadê a Bea?

Ele franze a testa, olha de Casey para Foster e volta a atenção para mim. Cruza a sala e meu coração bate mais forte e mais rápido quanto mais perto ele chega.

— O que aconteceu com você? — pergunta ele.

Ele leva a mão ao meu queixo, inclina meu rosto para a esquerda e para a direita como se pudesse encontrar a resposta lá. O toque dele gera uma pontada de pânico em mim e eu mal consigo respirar.

Meu corpo treme.

Ele sente o tremor.

— O que aconteceu com a Bea? — pergunto.

— Que tipo de pergunta é essa?

Não consigo mais suportar o toque dele. Levanto os braços para empurrá-lo para trás, mas ele segura meus pulsos e aperta. Eu faço uma careta e, em reação à minha dor, ele aperta ainda mais.

— Eu te vejo — digo baixinho.

Os olhos dele não se afastam dos meus.

— Não entendi o que você quer dizer.

— O que você fez com ela?

Casey faz um som baixo de deboche atrás de mim.

— De que ela está falando? — pergunta Foster.

— Foi o Paul? — pergunta Lev. — Você anda falando com o Paul de novo?

— De novo?

— Ela é fraca — diz Lev para eles, os olhos ainda em mim. — Muitos virão em meu nome pra te desviar, Lo. Quem desviou você de mim?

— Bea — digo.

Ele me solta. Eu corro para a porta.

— Foster — diz Lev rapidamente, e os braços de Foster me envolvem e me seguram. O aperto dele é impossível e sei que não adianta lutar; eu fico inerte. Ele me deixa afundar no chão, aceita minha derrota... mas não minha liberdade. Lev atravessa a sala e as botas param na minha frente.

— Onde — minha voz falha — está minha irmã?

— Nós andamos pela fé, Lo, não pela visão — diz ele baixinho, decepcionado — e, quando eu te aceitei no Projeto, eu sabia que a sua era fraca, mas fiz a escolha de confiar no seu caminho, de que você fecharia os olhos e o percorreria. Mas não deu certo. — Ele se agacha na minha frente. — Agora, você precisa fechar os olhos e seguir pelo meu.

Ele me manda ficar de pé.

Eles me colocam na Sala da Reflexão.

Deitam-me no chão, amarram meus braços e minhas mãos, e eu resisto, mas não faz diferença no final. Eles apagam a luz e me deixam no escuro. Fico olhando pela janela enquanto a lua se desloca pelo céu, a luz atravessando meu corpo lentamente. Eu choro. O gosto salgado e doentio das minhas lágrimas na boca. Eu espero.

A porta é aberta.

A silhueta de Lev ocupa o espaço. Ele está segurando alguma coisa, mas não consigo ver o que é, e ele fecha a porta depois de entrar. Seja o que for, ele coloca na mesinha no canto. Ele olha para mim antes de se ajoelhar no centro do meu corpo, estica a mão e começa a desabotoar a minha blusa.

— Não — digo com um gemido.

— Que bom que você está com medo — diz ele baixinho. — O medo de Deus é o começo do conhecimento. Os tolos desprezam sabedoria e instrução…

— Você não é Deus — digo para ele.

Ele me encara por um longo momento e tira o meu cabelo do rosto, como que para me confortar. Tento me soltar, mas as amarras me limitam e me fazem me sentir um animal se contorcendo, morrendo.

— Eu preciso que você entenda sofrimento, Lo — diz ele. — Você acha que sabe, mas não sabe. Os que sofrem sem fé são pervertidos pelo sofrimento. São consumidos por ele. A dor se torna um motivo para machucar os outros que os leva a pecar. Eles viram a cara para a glória de Deus. Mas, se você for fiel, no fim do sofrimento, Deus vai te fortalecer e te firmar e te tornar inteira. Foi o que aconteceu comigo. Ele não vai te deixar sentindo dor, vai te guiar por ela. Quando eu fui para Indiana e parei na frente do ódio da minha mãe pela última vez, Deus me guiou por ela. E Ele me fez perfeito.

Ele leva a mão à parte de trás da calça *jeans* e tira o que confundo primeiro com uma caneta hidrocor, mas é mais largo, mais grosso. Ele tira a tampa e há dois fios pequenos retorcidos em uma ponta perfeita. Ele aperta um botão e os fios brilham. Ele levanta a minha blusa, empurra para cima e inspeciona a pele, onde eu tenho mais cicatrizes do acidente, menos pronunciadas do que a do meu rosto, mas ainda lá. Sem avisar, ele aperta a caneta de cauterização no meu abdome, e por um momento não há nada, mas aí... uma queimação furiosa na minha pele da qual meu corpo faz de tudo para se afastar. Eu me contorço e tenho espasmos; Lev empurra meus ombros até eu ficar tão imóvel que ele me marca repetidamente, e um aroma morto e doce se espalha pelo ar. Eu não entendo, a princípio, que o cheiro sou eu.

Eu estou queimando.

Estou ofegante quando para, o abdome manchado dele na minha cabeça.

O abdome manchado de Rob.

O meu.

Ele bota a caneta de lado.

Lágrimas descem pelo meu rosto. Ele limpa uma e o dedo passa na linha da minha cicatriz.

— Eu sei que dói, Lo, mas não estou pedindo que você aguente mais do que eu tive que aguentar.

Eu fecho os olhos, engulo bile, tento controlar a respiração.

— Você fez isso com Bea?

Ele não responde e eu começo a chorar de novo porque a ideia de ela passar por isso é mais insuportável do que eu passar por isso, porque eu sei agora que ela passou por tudo achando que estava sozinha. Ela estava tão sozinha...

Lev estica a mão para a mesa, para a outra coisa que levou, e vejo agora: uma chaleira.

Ele coloca no chão ao lado dele e sinto o calor chegar em mim.

— Ah, Deus. Por favor, por favor... por favor, não...

Ele leva o rosto para perto do meu, encosta a testa na minha.

— Isso não é nada que estou fazendo com você. É uma coisa que estou fazendo por você. Estou deixando sua alma exposta como a minha ficou exposta, e, nas próximas trinta horas, Deus vai te revelar. Esse foi meu caminho e é meu presente pra você. — Ele se empertiga e pega a chaleira, contempla-a antes de erguê-la sobre mim.

— Não, não, não, não...

Ele me manda fazer silêncio e diz, por cima do meu corpo:

— "Pois quem quiser salvar a vida, a perderá, mas quem perder a vida por minha causa..."

Ele inclina o bico da chaleira. O mundo explode à minha volta, meu corpo em convulsão quando a água escaldante queima minha pele, penetra nela e deixa o mundo todo branco.

— Lo — diz ele.

— Você a matou — sussurro.

Ele abotoa a minha blusa e o tecido gruda na desgraça em carne viva da minha pele queimada. O fogo ainda arde na minha barriga. Eu não consigo parar de tremer.

— Lo. — Meus olhos rolam de um lado para o outro, tentando focar alguma coisa e falhando. — Lo, olha pra mim.

Estou fazendo ruídos baixos, de morte. Não consigo parar.

— Eu a salvei. O que aconteceu com ela foi misericórdia.

Ele me diz que as trinta horas seguintes são minhas.

Ele me manda rezar.

— Bea — digo; minha única oração.

Eu sonho com o passado, mas não consigo encontrá-la lá.

Cada vez que acordo, estou sozinha.

— Você está bem — uma voz gentil me diz.

Meus olhos tremem, se abrem, e eu me encolho porque a consciência é dor, e as queimaduras no meu corpo estão desesperadoras. Uma mão tranquilizadora no meu ombro. Olho para Foster quando ele levanta a minha blusa e inspeciona as lesões. Ele faz uma careta e eu me pergunto se a humanidade da reação dele é algo com que consigo argumentar. Se ele ama Bea tanto quanto Rob me disse que amava, tanto quanto Bea disse para Rob que ele amava. Mas ele levanta a própria camisa e me mostra as cicatrizes dele.

— Vai valer a pena. Eu prometo.

Eu balanço a cabeça.

— Bea morreu.

— Eu te falei, Lo. Ela vai voltar.

— Ele a matou.

— Não diz isso. Para.

— Ele a matou. — Eu choro e ele me puxa para uma posição sentada. A dor é tão forte que eu perco o ar.

— Você não está pensando direito — diz ele.

Eu olho para ele.

— Emmy é parecida com você.

O rosto dele fica pálido.

— O quê?

— Eu só conseguia ver a Bea nela, mas agora eu vejo você em toda parte. Emmy tem o seu tipo de corpo, ela... — Eu inspiro fundo, tentando recuperar o fôlego. — Ela tem as suas mãos... o formato do rosto...

— Quem te contou sobre a Emmy? — pergunta ele.

— Rob.

— Rob? Mas quem...

— Bea contou pra ele.

Foster se afasta de mim, a mão na boca.

— Ela queria sair — digo, a voz ficando mais alta, desesperada. — Bea queria sair. Ela queria sair dessa...

— Eu sei. Eu *sei* — sibila ele, me fazendo calar. — Eu sei disso. Mas ela não... é porque ela não conseguia aguentar... Lev disse que ela não conseguia aguentar olhar para Emmy e ver o pecado dela...

— Ela *queria* a filha. Não teria deixado ela aqui. Ela ia embora com Emmy, mas não conseguiu. Só que ela *nunca* deixaria Emmy pra trás. Nunca. — Minha garganta trava. —Você sabe que ela nunca deixaria Emmy pra trás. Ela está morta.

Foster balança a cabeça.

— Não é verdade.

Os passos familiares de Casey soam no corredor, chegando mais perto.

— Agora, eu vou morrer — eu sussurro.

— *Não*. Não.Você não vai morrer... você vai ser batizada.

Só isso. Você vai se sentir melhor quando isso tudo acabar, você vai ver, você vai ver…

Ele me puxa para que eu fique de pé e eu seguro o rosto dele, enfio as unhas nas bochechas.

— Eu vou morrer — digo para ele de novo, e ele balança a cabeça, recusando. — Não, Foster, me escuta. Eu não vou voltar. Bea *não vai voltar. Então, por favor, por favor…* enquanto eu estiver no lago, pega Emmy e vai embora. — Eu o obrigo a olhar para mim, a ver a verdade, a ouvir, a sentir tão perto dos ossos que não pode ser negado. — Pega a sua filha e *vai embora.*

Lev para na margem, o rosto virado para a água e para o sol poente.

— Vá até ele — diz Casey baixinho nas minhas costas.

Eu faço a caminhada até ele sozinha, os passos hesitantes, sofridos. As queimaduras na minha pele parecem estar se espalhando, parecem estar envolvendo meu corpo inteiro, penetrando abaixo da superfície. Cada vez que eu respiro, sinto o fogo reivindicando mais e mais de mim.

Eu quase quero a água agora.

Encontro Lev com os braços passados sobre a barriga. Ele olha para trás de mim, para Casey, e assente, sinaliza para que ela volte para a casa.

— Deus revelou você — diz ele. — Me diga quem você é.

Espero que Emmy esteja nos braços de Foster agora, que ele a esteja carregando pela casa, pela porta de entrada, que tenha entrado com ela em um carro, uma estrada à frente dos dois, um futuro lindo à frente dos dois...

Tento tornar essas imagens reais na minha mente, reais o suficiente para morrer com elas.

— Quem é você? — pergunta ele, esticando a mão.

— Irmã da Bea — digo.

Ele abaixa a mão.

— "Quem ama seu pai ou sua mãe mais do que a mim não é digno de mim" — diz ele. — "Quem ama seu filho ou sua filha mais do que a mim não é digno de mim. E quem não toma a sua cruz e não me segue, não é digno de mim."

— Foi por isso que você a matou?

— Você veio até mim tão destruída, Lo. Eu via sua solidão, sua vontade e sua necessidade. Você achou que andava pelo mundo invisível, mas não é verdade. Sua dor era tão óbvia, tão obscena, ninguém conseguia suportar olhar pra você. Mas eu te via e te amava e te dei tudo que você queria. — Ele inclina a cabeça e me observa. — Você já considerou que tudo que aconteceu com você foi planejado? Que era seu destino estar aqui? Que o maior propósito da Bea foi te trazer até mim? — Eu me encolho. — Eu te salvei uma vez. Vou te salvar de novo. Aceite sua expiação.

— Não.

— Então vamos deixar com Deus.

— O que isso quer dizer?

— "Quem acredita Nele nunca vai morrer."

— E se não acreditar?

Ele estica a mão de novo.

Eu seguro.

Nós olhamos para o lago juntos e ele me direciona em silêncio a ir na frente. A água gelada corta meus ossos, mas minha pele queimada anseia por ela. Lev anda ao meu lado, a água batendo nas roupas. Ele encosta o corpo no meu, encosta a boca na lateral do meu rosto antes de ir até a concha do meu ouvido.

— Seja parte disso — sussurra ele.

Ele bota uma das mãos na minha nuca, a outra apertando delicadamente meu peito quando ele me deita na água. O lago me envolve, tira a queimação do meu abdome e leva aos meus pulmões. A pressão atrás dos meus olhos aumenta. Minhas pernas começam a se debater e meus braços seguram os braços dele e as mãos dele me seguram embaixo da água, me mantêm lá. Minha pulsação lateja alto na minha cabeça, meu peito começa a doer desesperadamente e meu coração clama por ela, só ela.

Bea…

Eu respiro e escuto.

2017

Ele reza acima dela.

Ela não consegue entender as palavras.

Só ouve o som tenso e horrível da própria respiração.

Ele a carrega pelo caminho. Ela vê os pinheiros quase de cabeça para baixo, os galhos entrecruzados, emaranhados. Ele a leva até o lago e, quando a água cobre seu corpo, ela só vê o céu e, de repente, ela é criança de novo, no balanço do quintal da casa de novo, impulsionando forte com as pernas, ganhando velocidade, cada vez mais rápido, indo cada vez mais alto, mais alto do que ela já foi. Ela acha que ouve seu nome, mas está vindo bem lá de baixo, e o céu está em volta dela agora, se projetando à frente dela, infinito.

PARTE CINCO

SETEMBRO DE 2018

Quando eu chego na estação de trem, está chovendo.

Gotas escorrem pelo para-brisa quando eu paro na vaga na rua. Saio do carro e boto moedas no parquímetro, corro para a estação, mas o trovão grave no céu parece capaz de ser uma promessa vazia. Vai passar direto, penso. Quando eu entro, olho os avisos eletrônicos na parede. O trem vindo de Bellwood está bem na hora. Vou até a plataforma, abrindo caminho entre os passageiros, e espero. Por um momento, eu acho que vejo um garoto. Eu fecho os olhos e, quando os abro, ele sumiu. O trem para devagar e eu vejo um estranho atrás do outro descer até meus olhos pousarem em um rosto que eu reconheço.

— LO! — grita Emmy. As pessoas saem da frente dela com um sorriso gentil no rosto quando ela corre na minha direção, se joga nos meus braços, com Foster logo atrás.

Eu a abraço. Eu só a abraço.

Nós não sabemos, no início, onde vamos conversar.

Nós avaliamos o tempo. Parece perigoso levar Emmy para um lugar fechado, ela tem tanta energia para queimar, mas as nuvens se abrem e o sol sai, e nós decidimos ir para um parque que não fica longe da estação.

Foster e eu nos sentamos a uma mesa de piquenique juntos. Estamos cercados de crianças, brincando felizes umas com as outras. Eu vejo Emmy encontrar um grupo de meninas e se inserir sem esforço de um jeito que eu jamais conseguiria na idade dela. Eu as vejo ocuparem os balanços, vejo Emmy bombear com as pernas com determinação enquanto Foster me olha. Cada vez que me encontro com ele, ele parece mais inteiro e um pouco menos completo e eu sinto o mesmo de mim, acho que ele deve estar me olhando e sentindo a mesma coisa. Eu enfio a mão na bolsa para pegar o gravador e o coloco entre nós.

— Pronto? — pergunto, e ele assente.

Eu aperto o botão de gravar e inicialmente nenhum de nós fala nada. Costuma ser assim mesmo. Há um milhão de perguntas; encontrar o caminho da primeira sempre é quase impossível. Foster brinca com o pingente no pescoço. A âncora.

— Você tem seguido a Casey? — pergunta ele depois de um minuto.

— Tenho. Dinheiro é uma coisa incrível.

Ele ri com deboche. Não havia nada que Casey não soubesse que estivesse acontecendo dentro das paredes do Projeto Unidade. Como mão direita do Lev, ela era exposta a tudo e ajudava a garantir que o pior acontecesse, inclusive, tenho certeza, a morte de Bea. Ela passou um minuto presa antes de o pai pagar a fiança. Lev Warren a afastou da família, diz ela, a encheu de mentiras, inventou uma história de trauma para ela para que os dois pudessem ficar próximos. Eles estão lutando por uma sentença bem leniente.

Eu estou fazendo tudo que posso para garantir que isso não aconteça.

— Eu andei pensando — diz Foster depois de um tempinho, enquanto crianças gritam à nossa volta. Empurro o gravador mais para perto dele, torcendo para que grave tudo. — Eu andei pensando que foi Deus. Que foi Deus que trouxe você de volta quando você ia morrer, e foi Deus que salvou Emmy quando ela ia morrer. Lev levou o crédito, mas eu sinto que Deus estava trabalhando todas essas coisas porque Ele sabia que você tinha que ser o fim de Lev. Que todas aquelas coisas aconteceram pra você... pra você fazer ele parar.

— Eu fico impressionada de você ainda acreditar em Deus — digo.

— Eu fico impressionado que você não acredita.

Eu dou de ombros.

— Eu só acredito em coisas...

— Em coisas que você consegue ver — conclui ele. Ele se inclina para a frente. — Como você saiu daquela água, hein? Quanto mais de milagre você pode ser?

Eu olho para as minhas mãos, para as palmas abertas, e olho para Foster sem dizer nada.

— Aconteceu alguma coisa no lago — diz ele. — Duas pessoas entraram e só uma saiu. Eu te vi, Lo. Não tem como você ter conseguido...

Eles me encontraram na margem, o rosto contra a terra, e eu estava imóvel, como se não estivesse respirando, mas estava, enquanto Lev boiava na água atrás de mim, os pulmões cheios.

— Se isso foi um plano divino, isso não significaria que Deus matou Bea?

— Não. — Ele não elabora, mas percebo que a pergunta o perturba.

Eu não conto que tenho ido mais à igreja desde que aconteceu. Mas, só depois da missa, sentada entre o padre Michael e Rob, o gravador na mão. Eu escuto enquanto eles falam do que houve depois, dos Centros Unidade fechados, dos membros de coração partido compartilhando as cicatrizes uns com os outros. São tantas histórias e eu me vejo em algumas, menos em outras... mas todos nós acabamos nas garras do mesmo homem. Como isso acontece?

Eu não sei como acontece.

Tenho medo de isso nos tornar fracos, mas o padre Michael não acha. Ele acha que o Projeto Unidade nasceu dos fracassos do mundo, das fraquezas. Que era preciso força para responder ao chamado. Que o bem que os membros fizeram foi tão inegável quanto o mal do qual eles foram vítimas e a necessidade desse bem, neste mundo, permanece. Ele espera que nós não desistamos dele.

— Posso perguntar uma coisa? — pergunto a Foster.

— É pra isso que a gente está aqui, não é?

— Quando eu falei sobre o artigo em Chapman... você disse que era mentira.

— Eu disse que Rob era uma falsa testemunha.

— Como você pôde dizer isso se tudo que ele falou era verdade?

— Porque... — Ele para. — Porque, naquele momento, não era. Ele disse que era abuso. Eu não achava que estava sofrendo abuso.

— Você sente falta?

Ele fecha os olhos por um longo momento, a dor evidente nas feições.

— Eu sinto muita falta — diz ele, a voz rouca. Ele abre os olhos. — E você?

Eu estico a mão para o gravador, para pará-lo, mas me obrigo a não fazer isso. Eu engulo em seco, abro a boca e a fecho de novo.

— Eu fiquei pouco — consigo dizer.

— Você sente falta? — pergunta ele de novo.

Meu rosto desmorona. Ele estica a mão por cima da mesa de piquenique e aperta a minha. Eu expiro, trêmula, e me empertigo, indo para longe do toque dele. Eu não consigo mais suportar quando pessoas me tocam e tenho dificuldade de explicar. Não é porque eu não queira ser tocada. É porque eu quero, e tanto, e tenho medo de entregar o que sobrou de mim para me sentir menos solitária.

Eu já fiz isso uma vez.

Eu limpo a garganta e olho o relógio.

— Pra onde você vai depois?

— Nós vamos visitar o túmulo da Bea. Você pode vir com a gente.

O lago foi dragado e ela foi encontrada. O que tinha sobrado.

Ela não estava muito longe.

— Eu tenho que voltar. — Olho para Emmy, as pernas quase tocando o céu. — Ela...?

Foster segue meu olhar.

— É muita coisa pra desemaranhar — diz ele. — Mas estamos a caminho.

Nós nos despedimos logo depois disso.

No caminho de volta para a estação, para o carro, uma corrente percorre meu corpo, a sensação de que eu estou sendo observada. Eu paro, olho para um lado e para outro da rua, depois do mar de gente indo para lá e para cá. Encosto a palma da mão no peito, sinto o coração saltando, um puxão estranho. Eu me viro lentamente, meus olhos parando na esquina da avenida Wilson com a rua Hall, mas não tem ninguém lá.

— Feliz aniversário de revista, novato.

Eu coloco um *cupcake* que comprei na padaria na mesa do Wesley. Ele ergue o olhar da tela do computador, os olhos azuis cansados e ávidos. Vejo a confusão do calendário do Google do Paul no monitor e não sinto nenhuma saudade. Nem um pouquinho.

— Há quanto tempo eu estou aqui? — pergunta ele.

Eu levanto um dedo.

— Um mês.

— Parecem anos.

— O Paul tem esse efeito.

— Eu ouvi isso — grita Paul da cozinha.

Ele e Lauren estão lá, conversando de pertinho. A luz bate na aliança de noivado dela e a faz cintilar. Eu vou para o meu cubículo, bem ao lado do dela, e faço *login* no meu computador. Abro meu documento do Word. Consigo ver vagamente meu reflexo na tela, o título na minha cara.

O PROJETO, por Lo Denham

— Como está ficando? — pergunta Paul a caminho da sala dele.

Eu olho para ele.

— Eu só quero… tem que ser a verdade, sabe?

Ele assente, os olhos solidários.

Eu me viro para a tela.

Tem que ser a verdade.

Eu não sou a única que ela está mantendo viva.

2017

Hoje vai ser o último dia.

Hoje, a vida dela no Projeto vai acabar e amanhã ela vai abrir os olhos na casa do padre Michael, num café da manhã com *ketchup* com Emmy, e ela vai começar o processo cuidadoso e delicado de finalmente apresentar mãe e filha.

A ideia a deixa mais feliz do que ela esteve em muito tempo.

Ela está voltando de Morel para Chapman e está parada na esquina da avenida Wilson com rua Hall quando vê Lo. Bea quase não a reconhece, mas tem algo na forma como ela para e olha por cima do ombro antes de atravessar a rua. Ela para na frente de uma padaria, mandando uma mensagem de texto pelo celular. Um fluxo regular de carros passa e Bea chega um pouco à frente para olhar melhor, a respiração entalada na garganta.

Ela pode estar enganada.

Ela não acha que esteja.

É a cicatriz que confirma, aquele corte na lateral do rosto de Lo, mas está tão diferente nela agora. Quando ela tinha 13 anos, tomou aquela parte de Lo de uma forma tão inteira, ainda estava tão recente, que era doloroso de olhar. Agora, seis anos se passaram e a cicatriz se acomodou, quer Lo goste ou não. Lo está mais alta do que Bea esperava que ela ficaria e parece mais dona de si do que Bea sentira naquela idade. A idade que ela tinha quando seus pais morreram.

Ela se pergunta se Lo ainda quer ser escritora.

Seus olhos se enchem de lágrimas e ela leva a mão à boca, encosta os dedos nela, aproveita o momento do jeito que dá, a garantia de Lo, de um mundo fora do Projeto Unidade, independentemente do que Lev disse para ela.

Sua irmã vai entrar para o Projeto. Eu vi... A fé dela depende da sua.

Mas ele não é profeta, não é curandeiro, não é Deus, e Bea está reconfortada agora com sua falta de fé, com sua irmãzinha linda do outro lado da rua, vivendo uma vida da qual Bea quer tanto fazer parte e vai fazer de tudo para ser. De repente, uma visão nova de amanhã se desenrola na frente dos olhos dela: a casa do padre Michael, o café da manhã com *ketchup* ao lado de Emmy, o processo cuidadoso e delicado de finalmente apresentar mãe e filha... tia e sobrinha.

Por que ela deveria esperar?

Mas ela hesita.

A situação a apavora, por mais que ela a queira.

Ela fecha os olhos.

Tem tanto tempo.

Há tanto a ser dito.

Por onde ela começa?

Lo.

Bea abre os olhos, expira suavemente no espaço vazio onde Lo estava. Ela olha para um lado e para outro da rua a procurando, mas Lo não está em lugar nenhum. Ela engole em seco por causa da decepção amarga, mas se consola com o fato de que hoje, dentre todos os dias, ela olhou para o outro lado da rua e a irmã estava lá, como um sinal, como a mãe dela disse uma vez: uma promessa.

Elas vão se ver de novo.

AGRADECIMENTOS

O comprometimento de Sara Goodman em elevar o sarrafo e usar todas as ferramentas do ofício dela para garantir que seus autores cheguem nele é uma de suas maiores habilidades e dons como editora; ela insistiu em *O Projeto* quando eu mais precisava, e a persistência, a orientação, o entusiasmo, a compaixão e a atenção dela produziram uma história da qual eu não poderia me orgulhar mais. Tem bem pouca coisa pela qual não passamos ao longo de 14 anos e sete livros, mas trabalhar com uma editora tão perspicaz, atenciosa e encorajadora como ela sempre foi um privilégio e sempre se mostrou valer a pena.

Minha agente, Faye Bender, é uma das pessoas mais serenas com quem eu já tive a sorte de trabalhar. Ela tem uma capacidade brilhante de ver cada peça do quebra-cabeça que dá para mover e de colocá-las perfeitamente no lugar. Sou agradecida pela visão e conhecimento dela, pela firmeza, gentileza, empatia e humor. A estratégia e o cuidado que ela demonstrou com a minha carreira tornaram bem mais coisas possíveis para mim criativa e profissionalmente. Meu agradecimento também para o The Book Group por serem tão profissionais.

Tem uma equipe nos bastidores cuja dedicação incansável e entusiasmo pelo trabalho fizeram *O Projeto* acontecer. Sou grata a todos na Macmillan, na St. Martin's Press e na

Wednesday Books pelo apoio ilimitado, pela energia, engenhosidade e disposição de agarrar e criar novas e empolgantes oportunidades — e por serem simples e extraordinariamente gentis e legais: Jennifer Enderlin, Eileen Rothschild, Anne Marie Tallberg, Jennie Conway, Brant Janeway, DJ DeSmyter, Alexis Neuville, Jeff Dodes, Rivka Holler. Tracey Guest, Meghan Harrington, Jessica Preeg, Mary Moates. Jennifer Edwards, Jessica Brigman, Rebecca Schmidt, Gretchen Frederickson, Taylor Armstrong, Sofrina Hinton, Mark Von Bargen. Sou grata à Macmillan Library — Talia Sherer, Emily Day, Amanda Rountree e Samantha Slavin por divulgarem meus livros com atenção e dedicação. Obrigada ao Macmillan Academic Team. Sou agradecida à Macmillan Audio — particularmente Matie Argiropoulos, Emily Day e Amber Cortes —, pela riqueza e profundidade dadas aos meus livros no espaço de áudio. Sou grata a Kerri Resnicj, cujo talento artístico e abordagem inigualável do *design* deram vida a *O Projeto*. A visão icônica dela foi perfeitamente complementada pela belíssima ilustração de Marie Bergeron. Obrigada a Anna Gorovoy, que completou o lindo pacote de *O Projeto* com os olhos apurados para o *design* do interior. Agradeço a Lena Shekhter, Lauren Hougen, Chrisinda Lynch, Elizabeth Catalano e NaNá V. Stoelzle pela atenção aos detalhes. Agradeço a Tom Thompson, Britt Saghi, Lisa Shimabukuro e Dylan Helstien pelo lindo trabalho criativo que eles ofereceram na campanha de *O Projeto*. Obrigada a todos da Raincoast — principalmente Fernanda Viveiros e Jamie Broadhurst — pelo trabalho árduo e tudo que eles fizeram acontecer para mim no Canadá. Obrigada a qualquer um que eu tenha deixado passar. Trabalhar com essa equipe tem sido um sonho profissional e uma alegria pessoal.

Sou grata a todos os meus amigos pelo apoio e pelo amor; as formas ousadas e destemidas como eles vivem suas vidas me inspiram a viver a minha de forma tão ousada e destemida também. Eu lamento não conseguir citar todo mundo aqui, mas essas pessoas em particular me acompanharam em todos os estágios de desenvolvimento de *O Projeto* e o livro não teria sido terminado sem elas. Lori Thibert é uma presença constante na minha vida e vou viver eternamente maravilhada com o fato de que acabei tendo o tipo de melhor amiga sobre o qual eu sempre lia e desejava nos livros quando eu era criança e adolescente — uma pessoa inteligente, interessante, gentil, engraçada e leal, que vou admirar para sempre e aspirar ser tão boa quanto ela. A força combinada da amizade de Somaiya Daud, Sarah Enni, Maurene Goo e Veronica Roth me elevou como pessoa, e sou agradecida pelo humor ácido, talento feroz e apoio inteligente e inabalável de cada uma delas. Emily Hainsworth e Tiffany Schmidt estão comigo desde o começo, e eu poder contar com o coração generoso e a mente brilhante delas, como quer que o tempo esteja, é uma coisa que nunca vou deixar de valorizar. Brandy Colbert, Whitney Crispell, Laurie Devore, Meredith Galemore, Kate Hart, Kim Hutt Mayhew, Michelle Krys, Amy Lukavics, Baz Ramos, Samantha Seals, Nova Ren Suma, Kara Thomas e Kaitlin Ward são algumas das pessoas mais engraçadas, inteligentes, talentosas e cuidadosas que eu já tive a honra e o privilégio de conhecer.

Sou agradecida aos vendedores, leitores, bibliotecários, educadores, blogueiros e vlogueiros de livros que encontraram um espaço para os meus livros nas prateleiras deles. Eu já disse isso antes, mas sempre vai ser verdade: o apoio consistente e entusiasmado deles, a disposição de me seguir de livro em livro não é parte pequena de por que eu consigo fazer o que eu amo e por que eu amo o que eu faço.

Obrigada a Amy Tipton e Ellen Pepus Greenway, da Signature Literary Agency.

Minha gratidão é ilimitada pelo amor e apoio de toda a minha família, próxima e distante. Estou cercada de pensadores incrivelmente inteligentes e criativos, os mais velozes de pensamento, mestres improvisadores e infringidores e fazedores de regras, e minha carreira na escrita começou com a crença fiel deles em mim. Obrigada a Susan e David Summers, Marion e Ken Lavallee, Lucy e Bob Summers, Megan, Jarrad, Bruce, Cosima e River Gunter. O impacto que eles causaram na minha vida não pode ser quantificado, e essa seção de agradecimentos sempre acaba sendo menor em tamanho — mas não se engane: eu devo tudo a eles.

SUA OPINIÃO É MUITO IMPORTANTE

Mande um e-mail para **opiniao@vreditoras.com.br**
com o título deste livro no campo "Assunto".

1ª edição, maio 2022

FONTE Mr Tiger 24/28,8pt;
Plantin Std Regular 10,75/12,9pt
Avenir Light 10.25/12,3pt

PAPEL Ivory Cold 65g/m²

IMPRESSÃO Geográfica

LOTE GEO230322